フランシス・キング

家　畜

横島 昇訳

みすず書房

A DOMESTIC ANIMAL

by

Francis King

First published by Gay Men's Press, London 1984

家畜

Gへ

みじめな境遇に在って、しあわせの時を想い起こすより悲しきは無し。

——ダンテ

あまりに多く愛することは、取り返しのつかぬ不幸に相手を追いやってしまうことである。

——ボシュエ

1

「いま、絶望の淵《ア・ルーメ・スペント》で、私はこれを認《したた》めています——あたりはすっかり闇に閉ざされているようです」

これは、今から一年二ヵ月前、復活祭の休暇で妻と二人の子供の待つフロレンスに帰ったアントニオに宛てて私が初めて書いた手紙の書き出しである。が、アントニオが永遠に英国を去った今、私はこの同じ書き出しで、彼と私自身にまつわる物語を始めようと思う。明かりはまだ消えたままである。勝手のわからぬ部屋に一人取り残された盲人のように、これから私は、わが身をその邪悪な隅々にあてて打ち傷や切り傷をあちこちにこさえながら、アントニオとの思い出の中をよろよろと歩いていくことだろう。

「あなた、お家《うち》に下宿人なんか置く気はないわね？」アントニオとのすべては、ウイニー・ハーコートのこの言葉で始まった。

もしウイニーが、この三週間にわたる私との電話での毎日のやりとりで、こちらの言葉に真面目に耳を傾けていたら、目下の私が下宿人を置く立場にないことを悟ったはずである。だがあいにく、彼女は自分のことを話すのに懸命で、他人《ひと》の話に耳を貸すことはほとんどなかった。「あら、おはよう。ご機嫌いかが？」ウイニーはいつも決まってこんな調子で友だちに電話を入れる。で、その友だちがそれを受けて、今朝は頭痛がするとか熱があるとか歯痛がするとか洩らすと、彼女は相手の話がすまないうちに、「あら、わたしもね、実はいま、ホントに調子悪いのよ」といった具合にまくしたてるのである。そういう次第で、私は彼女の許を訪れたその日、自分が以前住んでいた家を出てすでに新しい住まいに移っており、しかもそこでは建築業者がかなり仕事を残しているので、目下のところ地下室で耐乏生活をしている、ということを相手が聞き漏らしていると知っても驚かなかった。

「でも下宿人を置くなんて、そいつはどだい無理な話さ。そりゃああの地下室には、ちょっとした場所が空《あ》くには空いているが、せいぜい子供ぐらいしかいられやしない。けど、いったい何でそんな下宿人なんぞ？」

「ええ、それが、例の大学の世話焼きのマッカンバーさんがね、英国《こっち》へ哲学の研究に来ているイタリア人を一人面倒みてくれないかって、さっき訪ねてきたのよ。そのイタリア人てのが、リューイスのなんだかひどい下宿にいて、だいぶ参っちゃってるらしいの」彼女はそう言いながら時計を見た。「もうそろそろ、本人が顔を見せてもいい頃なんだけれど……それにしてもイタリア人て、ホントにいつも時間にルーズで困っちゃうわ」

ギリシア人は頼りなく、アラブ人は不正直で、朝鮮人は不潔。ウイニーの頭は、自分の家に下宿した外国人についてのこうした単純化で満ち満ちていた。

「いいから、自分でその人の面倒を見ておあげよ」

「だって来月ジムが戻ってくるのよ。わたしには、下宿人は一人でたくさん。雅の場合は、趣味で置いているだけ。話し相手としてね。どうせ下宿人なんか置いたところで、一ペニーだって儲かるわけじゃなし……」ウイニーは下宿人から大抵週九ギニーの部屋代をとっていたから、こんな風に、下宿屋稼業が金にならないなどとことある度《たび》にぼやかれると、こちらは彼女のことが腹立たしく思えてくるのだった。「それに、わたし、もうイタリア人を家に置こうって気がしない。あなた、わたしがあのジーノのことで、どれだけ迷惑こうむったか覚えているでしょう……まあ、かわいげのある人ではあったけれど」

ウイニーはジーノを家に置いていた頃、時によっては日に二度も三度も電話をよこし、数分間にわたって、この男が浴槽の掃除をしないとか、下着をちっとも替えないとか、早朝から騒々しくコーヒーを沸かすとか、あるいはまた、次から次とあばずれ（これはよくウイニーの口をついて出た言葉だった）を連れ込み、その女たちがそこらじゅうにタバコの灰や白粉《おしろい》や髪留めを落としていくので堪《たま》ったものではないと、彼の不作法や欠点をいちいち並べ立ててこちらを辟易させたものだが、そんな男のことを、よもや私が忘れようはずがなかった。「一度イタリア人と付き合ってみたらいいのよ。彼らは、絶対家畜みたいに大人しくないから」

「その通り。連中は、家畜じゃなくて野獣だよ」私は言った。

と、ちょうどその時、玄関の呼び鈴が「坊やと少女が遊びに出ます」とメロディを奏でた。この歌を耳にするや、ウイニーはのっそりと席を立った。「きっと彼だわ」

あの日を振り返って今、私はアントニオを見るなりすぐに彼の虜《とりこ》になった、というのはたやすいことである。実際、私は幾度となくアントニオにそう言いもした。だが、厳密に言って、それは本当ではない。アントニオがこちらの手を握って挨拶したとき、まるで、手入れされぬまま長い間放っておかれた機械のある部分が、それを覆う錆や埃や汚れの外皮の抵抗に遭いながらゆっくりと作動し始めたようだった。この機械がもとの機能を取り戻すには、それから数日が要ったが、機能が回復し、それが容赦もなく狂ったようにぶんぶん動きつづけるのを目の当たりにすると、今度は、この騒々しさがおさまるのに後何年かかるのだろうと、私は不安になるのだった。

それは、後になって私には馴染みのものとなったのだが、最初このイタリア人を見て印象深く思ったのは、彼の態度にみなぎる異常なまでの快活さと、よほど疲労が蓄積しているか、それとも実際何かの病気にかかっているのかと思わせる表情とが示す対照だった。緑のコールテンのズボンとスエードの深靴に、プルオーバー（彼のもっている衣装はごく僅かだったが、この種のセーターだけは数多くもっており、それが殊のほか印象にのこった）を着たこのイタリア人は、肩をいからせながら私の前までやって来ると、こちらにさっと手を差し伸べて握手を求めたものである。

「アントニオ・ヴァリです。どうかよろしく」その声は高く、少々鼻にかかっていた。

「お会いできて嬉しい《モルト・ピアチェーレ》です」

「おおこれは、イタリア語がおできになる《アー、パーラ・イタリアーノ》！」

「いえ、なに、ほんの少しだけですよ《ノー、ノー、ポキッシモ》」

「でも、イタリアには、いらっしゃったことがあるんですか《マ、エ・スタート・イン・イタリア》？」

「学校を出て最初に勤務したのがフロレンス、つまりフィレンツェの英国領事館だったんです」再び私は英語で話し出した。

「おや、そうだったんですか。フィレンツェは僕の郷里なんです。あの町は、さぞかしお気に召したでしょう。そりゃあ、きれいな所ですからね」

「とってもね」

それから、こうした折りによくあるように、私は、この言葉の響きのもつ広大な幸福感と釣り合うような物言いのできない自分を悲しく思うのだった。「とってもね」などと陰気な声で口籠もったところで、フロレンスで過ごした一年半が、私のこれまでの人生で最も幸せな時期であったということを、相手がどうして知りえよう。

「ええ、フィレンツェは、とても、とてもきれいな町です」アントニオはつづけた。

ウイニーはこの私たちのやり取りに、さながらボール遊びをしていた幼い少女が、自分の球を、彼女の存在など無視してしまおうと意地悪い決心をしている二人の年長の友だちの間に上げてしまったときに見せるようなあの不安な面持ちで、ひっきりなしに私からアントニオに、そしてアントニオから私へと視線を移すのだった。ウイニーは、自分一人が除《の》け者にされることをつねに恐れた。だから、彼女の果てしのないおしゃべりというのも、実を言えば、「わたしはここよ、ここにいるわ、だから、あなたたちはこっちを向いてくれなきゃダメよ。わたしを除け者にして、二人だけで仲よくしちゃいけないわ」という、この女の心の叫びなのである。

「さあ、あなた、ここにお座りなさいな」ついにウイニーはアントニオの腕に触って言った。

アントニオはウイニーの言葉に従った。その腰の据え方はすぐに私に馴染みのものとなったが、彼は両膝の上に腕を置いて前屈みになり、あたかも何時でも立ち上がれる姿勢を保とうとするかのように、彼女のすすめた椅子の端っこに浅く腰をかけた。その片方の足には、使い古した折り鞄がもたれかかっている。

「お茶はいかが?」

「どうも、でも、水が一杯いただければ、それで」

「お茶はもう淹《い》れてあるの。トムソンさんとわたし、ちょうど一杯飲もうと思ってたところなのよ。だからあなたも遠慮せずに」

「せっかくですが」アントニオは頭《かぶり》を振った。「僕は水で……」ウイニーは気づかなかったが、アントニオのこの頑《かたくな》な態度に、私はすぐこのイタリア人はお茶が嫌いなのだと思った。

「じゃ、クランペットは？」

「えっ？」

アントニオがこう言うなり、ウイニーは、燃え残りの蠟燭の芯さながらに冷たいバターの中に収まっている焦げ目のつきすぎたクランペットの一つ載った皿を青年の前にさし出した。「これね、イギリス特製のホットケーキ」

「ありがとう、トムソン夫人《さん》。でも、おなかは空いていませんから」

明らかにウイニーは、このイタリア人が私たち二人のことを、夫婦か親子か姉弟《きょうだい》だと思いなしているということに気づいていなかった。アントニオの言葉使いを気にもとめず、彼女は茶目っ気たっぷりに言った。「この〈クランペット〉って言葉にはね、普通の意味のほかに、もう一つ隠れた意味があるのよ。そのことで、我家《うち》に下宿している雅っていう日本人とわたし、どれほど笑いこけたかわかりゃしないわ」

「僕にはなんのことだかさっぱり……」

「じゃあ、このトムソンさんにお訊《き》きになるといいわ。こういう言葉の解説は、殿方の方が向いてるわ。きっと」

こう言って、ウイニーはけたたましく笑った。「水をくんできてあげるわね」

ウイニーが台所へたつと、アントニオは彼女の言った説明を求めて私の方をむいた。「はじめに断っておくけどね、ウイニフレッド・ハーコート小母様《デイム》は私の友人で、私たちは、夫婦でも姉弟でもないんだよ」私はこう話を切りだした。

「おや、そうなんですか。僕はてっきり……じゃ、あなたがトムソンさんだとすると、あの女性は……」

「ウイニフレッド・ハーコート小母様さ」だが私は、「小母様《デイム》」という言葉にはどんな意味があるのかということを説明したものかどうか戸惑った。

「じゃあ、僕が置いてもらうのは、あなたのお宅かハーコートさんのお宅か、いったいどちらなんです？」

「悪いが、この件は私とは関係ないんだ。それに、ウイニフレッド小母様が君をここに置くかどうかってことも、今のところ、はっきりとはしていない」

「でも、マッカンバーさんの話じゃ……」

と、この時、ウイニーが水の入ったコップを受け皿にのせて戻ってきた。「わたし、おいしいお夕食をつくったのよ」が、私もアントニオもそんなものを食べるつもりはなかったから、この科白《せりふ》はいささかしらけたものになった。「キドニー・ソテーに、庭でとれた薄荷入りの豌豆炒めでしょう。それにブリーチーズ。もうじき雅が帰ってくるわ。わたし、今朝あの子に薫製ニシンを出したのよ。ちょっと変化をつけてみたくなってね――彼、いつも朝は目玉焼でしょ」

アントニオは水の入ったコップを手にすると、仰向いて、中のものを一気に飲み干した。

「のどが渇いていたのね」ウイニーが言った。「もう一杯いかが？」

「いえ、結構です。充分頂きましたから」

「じゃあ、まず、こっちの事情をお話するわわね」ウイニーは駱駝よろしくずんぐりと肥った体をソファーに沈めるや、その長目の足を組んで言った。「わたし、マッカンバーさんには、もちろんあなたにお目にかかりはするけど、お部屋を貸すのはむずかしいって言ったの。ご承知のように、わたし、兄とこの家を共有してるんだけど——そう、この家の半分は兄のもので、残りの半分はわたしのもの——彼、今月の終わりか来月の中頃、ポーランドから帰ってくると思うのね。兄はもっぱら外国勤務についているの。どういう仕事かお分かりになる？　彼は外国とのいろいろな交渉にあたっている、つまり外交官てわけ。この家には寝室が四つ、まあ屋根裏部屋をいれると五つになるわね。でも、あそこは、アイロンかけとガラクタ入れに使っているの。もっとも、ベッドぐらいならあるけれど。で、間借り人についちゃどうかって言うと、雅っていう生化学の勉強している日本の若い人がいるの。とっても頭のいい人よ。それにスイスから来ている女学生。この娘が、とんだ唐変木で丸損なの。それに、時には珍しい友だちや親戚も来たりするし……」

ウイニーはこんな調子で際限なく喋りつづけたが、アントニオはといえば、この女が口を開いている間中彼女を見つめ、私は、彼女を見つめる彼を見ていた。時折り私の友人などは、このウイニーといるとたまらなく退屈させられるとこぼすが、私は一人でいても退屈しないと同様、彼女と一緒にいても、誓って退屈することはない。それというのも、彼女がそばにいても、私は独りだからである。ウイニーは一通りのことを言ってしまうと、話をやめて大きく息を吸い込んだ。私は自分の胸にあることを考えるのに忙しく、彼女の言葉には一切注意を払っていなかったが、ウイニーにしてみれば、私が彼女の話に耳を傾けているかどうかは二の次だったので、こちらが、相手の口にすることにいちいち気を配る必要は微塵もなかった。それに、話がいったん終わった後で、たとえ私がそれを聞いていなかったことが判明したとしても、彼女は喜んで最初から同じ話を二度でも三度でもしてくれるのである。

その不可思議な紅色の目で、ウイニーのみにくい鳥のような顔を凝視している間にも、アントニオの右膝は、あたかも彼の体内に充満してパチパチ音をたてている電力が出口を求めて蠢いてでもいるかのように、時折り激しくひきつった。後になって、アントニオが三三歳になっていることを知ったが、私はこの時、この男はてっきり二〇代の前半だろうと思った。くぼんだ眼《まなこ》の下に台地のように盛り上がった頬骨といい、また角ばった顎や、その鬢が長く弧を描いている重い瞼といい、アントニオの面貌は意外にもスラブ人のそれとして私を打った。今もそうだが、この時のアントニオはどれほど美しかったことだろう。しかも、その容貌は私にとってのみ魅力的なのではなく、それが男であろうと女であろうと、彼と接するほとんどすべての者は、その顔立ちの美しさに魅了されることになった。私は今までくり返し――この日私たちの間でウイニーの果てしのないおしゃべりがつづくなかで行い、今また孤独の暗闇の中で行っているように――その美しさの所以《ゆえん》を分析しようとしてきたが、そうする度に、彼の肉体の中でいちばん魅力的なのはその艶やかさであるという結論に達するのだった。この日、長くのびて手入れの行き届いていなかった金髪は、暗褐色をしていたが、赤味がかった不思議な光沢があり、額と鼻梁に小さなそばかすが散らばっている蒼白いその顔もまた、時折りそれと同じ色の輝きを放つのだった。そして次に、こちらが肉の奥底に疼きを感じるほどに打たれて注目したのは、彼の歯と手のみごとさであった。歯の美しさは全く完全だった（が、後で、これはただの見かけにすぎないと知った。アントニオはいつもその歯を自慢していて、自分は一生歯医者にかかる必要がないと強弁していたものだが、ある時彼の寝室に入ってみると、時折り肉体的な疾患のようにこの男を襲うショックから、彼は意気消沈してベッドに体を投げだし、眠りもできずにぐったりとしていたが、そばによると――あたかも断末魔の苦悶の中にいるように、アントニオは口を大きく開けてうめいていた――口の奥の方で、イタリアでは普通でも昨今の英国では珍しくなった、高価そうな金の詰めものが輝いていた)。一方、その手はといえば、大きいばかりかとてつもなく力強そうで、もし彼がそれに念入りな手入れをほどこしていなければ、この男の祖先であるトスカナ地方の農夫のそれと見紛《みまが》ったことであろう。が、爪のあま皮は入念に手入れされ、爪そのものもきれいな半円形に鑢《やすり》で磨かれていた。指にはえている赤味がかった毛は手首のところで一段と濃さを増している。

と、突然アントニオは私が彼に視線を向けていることに気づき、ウイニーの顔から目を転じてこちらを見ると、ゆっくりと、ほとんど夢うつつに私の瞳を探し求めた。微笑が彼の顔に輝いた。が、開くと大きく矩形をしたくだんの美しく白い歯の並びをあらわにする落ち着きのない口の動きや、寝入っている時でさえ真から休息しているようには見えない小刻みな体の動きとは対照的に、私の凝視を見返す瞳はその中に不可解な倦怠と悲しみを秘めていた。彼はズボンのポケットに手をさし込み、両足を前に投げ出したまま、まるで「俺たちはまだ当分、この女のお喋りを我慢しなけりゃならないね」と言いでもするように、ちょっと肩をすくめた。

私がウイニーを黙らせようと決めたのは、この時である。「このヴァリ君が私の今いる地下室での生活《くらし》に満足するなんて、とてもじゃないが思えない。でも、もし君が彼をこれから二、三週間――せめてジムさんが帰るまで家に置いてくれるんだったら、その頃にはこちらも階上《うえ》に移れるだろうから、後は私が彼を引き受けてもいいいんだけどね」

「そうね、さっきも言ったように、今、ここでもう一人家に下宿人を置くってことに、ちょっと気乗りがしないの。はっきり言って」こう口にして、ウイニーはアントニオの方を向いた。「今時のお部屋代じゃ、一人下宿人を増やしたときの面倒を考えると、結局そんなことはしない方がトクよ。さっきも話したけど、わたし、いま雅っていう日本人の学者さんを家に置いてるでしょ。とっても頭の切れる人だけれど、経費の面からいえば、週末には結局わたしの方が損しているものね」が、こんな繰り言を並べる間にも、ウイニーはまじまじとアントニオを眺めた。彼女の蒼白い目が、彼のきつめのコールテンのズボンや、スエードの深靴や、プルオーバーや、深くくぼんだ大きな眼《まなこ》の下に盛り上がった頬骨の赤味をおびた煌きの上を動きまわっている。こんな風にウイニーがアントニオを注視するのは初めてだったが、私はこの時、彼女が彼を家に入れることに結局同意するだろうと知った。この時点で既にこちらには分かっていたことだが、アントニオは誰もが好意をもつ種類の人間だった。

「たった二週間か三週間のことじゃないか」もう一度私は言った。「大工さえいなくなれば……」しかし実を言えば、もう三ヵ月もの間私は大工のいなくなる日を待ち望んでいたが、そのメドは全くつかないでいた。

「下宿人の帰宅があまり遅くなるのは困りますよ」ウイニーはため息をつくと、そう注意を促した。「雅――さっきから言っている日本人だけど、あの子、この点だけはしっかりしてるの。ブライトンには押し込み強盗が多くてね。つい六ヵ月前にも被害にあっているの。だからわたし、床にはいる前に、どこも全部カギがかかっているのをこの目で確認しないと、安心できないのよ。それから、我家《うち》へ来てもらうには靴のこともあるわ。例のスイス娘ね、寝台を整頓してくれるのはいいんだけど、靴をきれいにしないのよ。あなた、靴はちゃんと汚れを落としてくださらなきゃダメよ。あのスイス娘ったら、ホントに靴が汚いんだから」この他にも、ウイニーは次から次と下宿の心得を述べたてたが、それらの注意に対して、アントニオは体を前に乗り出して相手の顔をまじまじと見つめ、例のごとく膝を絶え間なくピクピク動かしながら、「はい、分かりました」とか「ご心配なく」とか言葉少なに応じ、軽くうなずくのみであった。

　それからついに、ウイニーは部屋代のことをもち出した。「食事の方は、朝食と夕食をお出しするし、土曜日と日曜日には、お昼ご飯も用意するわ——で、お代のほう、一週間に九ギニー頂きたいの。そうじゃないと、とってもやっていけないのよ——セントラルヒーティングの費用もかさむし、ポンドの平価を切り下げるっていう王党派のとんでもない悪政を長年押し付けられていたせいで、食品の値段も鰻のぼり。下宿代としちゃあ、これでも目一杯おさえたつもりよ。これだけ払ってもらって、まあとんとんっていうとこかしら」

　当時のアントニオは、英国での生活費について全くといってよいほど無知であったから、こういう白々しい嘘を見抜くには無理があった。「分かりました」アントニオは言った。「その条件で、結構です」

「でも君、リューイスでは下宿代いくら払ってたの？」

　私は少々ウイニーを困らせてやろうという腹づもりから、彼女にとってはいやなことをアントニオに訊いた。

「リューイスで、ですか？　ええっと、週に五ギニーです」

「あら、もちろんリューイスなら、ここよりずっと安いでしょうよ。でも、きっと暖房の設備だって不十分でしょうし、食事の内容だって、ここよりかだいぶ粗末なはずだわ。自慢する訳じゃないけど、トムソンさんだって認めるとおり、わたしの料理の腕はこのブライトンじゃ指折りなのよ」ウイニーは必死で抗弁した。

「僕がリューイスで借りている部屋は、居心地が悪いってもんじゃないんです」アントニオはウイニーの言葉を認めた。「だから今度出ようって決心したんです。暖房なんて、石油ストーブしかありゃしない。それにまた、そのストーブが臭いのなんのって。おまけに風呂に入る度に、二シリング払わなきゃなりませんし、洗濯にしたって、お湯もつかえやしない」

「ほら、やっぱりそうでしょ」ウイニーは勝ち誇ったように叫んだ。「外国からの留学生を……」彼女は私の方を向いた。「外国からの留学生を、そんな風に下宿屋の女将が食い物にするなんて、言語道断じゃなくって。このことについちゃあ、わたし、ちょっとマッカンバーさんとお話しなきゃならないわね。あなただって、もっと大学が真剣に自分たちの面倒見てくれたらって思うでしょ。英国《こっち》にきた外国人の第一印象って、そりゃあ大切なのよ」そう言うなり、ウイニーはアントニオの方を向いた。「それで、いつ引っ越してらっしゃる?」

「今夜はどうでしょう?」

「今夜ですって!」

「僕は、あっちの下宿代、もう明日までの分も払ってますから——いつも一週間さきに支払いをすませるんです——出ようと思えばいつでも出られるんです。なに、一晩ぐらい損したって構やしません」

「でも、あちらに前もって言いもしないで、やぶからぼうに引っ越しっていうのは……やっぱり、あらかじめ大家さんにちょっと断るべきじゃないかしら」

「どうしてです?」そう言って、アントニオは笑った。「こっちは、今の下宿でよくしてもらったことなんて、ちっともないんですよ。そう、こんなことがありました。ある夜遅く帰ってくるととっても寒かったものですから、自分でココアを沸かして飲んだんです。そしたら翌朝ベリッジ夫人《さん》が――ベリッジ夫人てのが今いる家のおかみさんなんですが――『ヴァリさん、次からミルクなんかあたためる時は、ちゃんとこっちの許可とってからにしてくださいね』なんて、言うんです。夜中の一時に起こされたいんですかね？」

「あら、そういう時は……」ウイニーが言った。

この時アントニオの見せた態度は、私にはきわめて理にかなったものに思えた。が、今にして思えば、この男のうちに潜んでいる薄情さの兆候、もしくはその優しさや明るさや愛嬌のにじむなめらかな夏の肌の下に隠れている邪悪な巌《いわお》の陰は、この態度の中にすでに現われていた。

ほどなくアントニオは席を立った。例の緑のコールテンのズボンはぴったりと彼のたくましい足にくっつき、かかとからかなり上にあがっていたので、彼は立ち上がるや腰をかがめてズボンのはしを下へ引っ張らねばならなかった。「じゃあ、荷物をとりに行ってきます」

「よかったら、わたしの車で運んであげるけど。でも今はだめよ。我家《うち》じゃ、六時半に夕食なの」

「いえ、いえ、車なんか要りませんよ。体力には自信がありますから。スーツケースの二つぐらい自分でもって、ブライトン駅でタクシーを拾えばいいんです」

「なんなら、キドニー・ソテー、残しておきましょうか？」

「えっ？」

「こっちへ帰ってきたら、夕食に何か食べるものがほしくない？」

「ええ、もしあまりご面倒じゃなかったら、もちろんそうして頂けるとたすかります。どうもご親切に」

「分かったわ、それじゃあ腕によりをかけて、とっておきのごちそうつくっておくわね」ウイニーは言った。「きっと、英国《こっち》の料理はふつう外国人が思っているほどマズくはないってことが、分かって頂けると思うわ」

「僕も楽しみにしています――きっと美味しいものが食べられるって」アントニオは後の言葉を口にするのに、一瞬ためらいをみせた。このとき、彼はちらりとこちらをぬすみ見たが、その一瞥はこのイタリア人が、先ほど雅のために「おいしい」料理をつくったと言って得意になったウイニーを小馬鹿にしていることを明かしていた。

通りへ出ると、アントニオはこちらを向いて言った。「トムソンさん、いろいろありがとう。それじゃあまた」

アントニオがこう挨拶してその場を立ち去ろうとしたとき、一瞬、自分がまだ書いていない書評と、今夕観るのを楽しみにしているテレビ番組のことが脳裏をかすめたが、それを振り払うようにして私は言った。「いや、私も駅まで一緒に行くよ。今とりたてて用事があるわけじゃないから」

「そりゃあいいや」

ウイニーの家で初めてアントニオを見たとき、私には、この男の体つきがすらりとしたものに見えた。が、歩きながら時折り彼を側目《そばめ》にかけるうち、腰や尻は驚くほどほっそりしているものの、その胸や腕や脚はボクサーのそれのように逞しいことに私は気づいた。だが、その歩きぶりとなると、左足首は外側に、右足首は内側にそれぞれわずかながら向いて、いかにも奇妙だった。アントニオは自分が喋らないとき、歯を強くかみ合わせて口笛を吹いた。それは小さな調子外れの音で、あとにはこの口笛が私の神経にさわることになった。

駅まで歩く間、当然私たちの話題になったのはウイニーのことだった。アントニオが、彼女のことを話すときに使った「小母様《デイム》」という言葉の意味を知りたがったので、私は、ウイニーがかつては労働党の有力党員で、終戦直後同党が政権を握った時、彼女は政務次官を務めたことがあり、現在も、犯罪をおかした青少年の更生や、養育院・国教会《アングリカン・チャーチ》の運営等に関するさまざまな委員会の委員を務めていること、そしてまた、彼女の一族はこの二世紀にわたって国政をになう人材を輩出してきた名門であることなどを話した。が、これまでこちらに数え切れぬほどの親切を施してくれたこの女友だちのことを青年に語るに際して、私は無意識のうちに、僅かではあるが、嘲《あざけ》りの気持ちをこめていることに気づいた。われわれ三人の中で、私とアントニオは二人一緒におり、有名で賞賛の対象にすらなりそうなウイニーは一人離れて立っていた。そして私たちは、この立派な婦人を少しばかりコケにして楽しんでいたのである。が、あとに、私は自分の他の友だちについて話した折り、またもや無意識のうちに、ウイニーの時と同様、僅かながらその口ぶりに、相手に対する揶揄の気持ちをにじませたものだが、アントニオは自分の友だちについて語る時、こういう態度を避けたものだった。今にして思えば、何が私をして自分の友を揶揄させたかは明らかであり、その時の自分の魂胆を思うと、まったくいやになるほど羞恥の念にかられてしまう。

「……君がウイニフレッドのところへ移ったところで、ホントに旨いものがどっさり食べられるかどうかは疑問だね。でも、彼女の料理が健康に良くて害にならないってのは間違いないよ。あの小母様っていうのは、こっちで俗に〈気取りのない料理上手《ア・グッド・プレイン・クック》〉と呼ばれる種類の人間でね、イタリアじゃ、出来損ないのうちに入るんだろうが、英国《こっち》じゃ、腕のいい料理人がだんだんいなくなってきているから、あんな女でも、上手だともてはやされるってわけさ」

「あなたは大学の先生?」

ウイニーの話が一段落ついたところで、アントニオはいちばん気になっていたらしいことを尋ねてきた。

「いや、私はモノ書きさ」

「作家ですか!」彼はこう言うと、私たちが今渡っている道路の真ん中に立ち止まり、こちらの腕をとった。「作家だなんて、ワクワクするな。で、どんな本をお書きなんです? 教えてくださいよ」

アントニオのこんな言葉に気をよくして、私は自分の作品について話し、最近イタリア語訳が出たある小説を貸そうとまで言った。「いや、翻訳なんて結構です。どうせなら原文で読みたいな。どうか原書の方をお願いしますよ」こう彼は言い張った。

駅に着いたとき、自分も切符を買って、リューイスまで彼について行こうという衝動をおさえるのに骨が折れた。が、改札口で別れてしまうことはできかねて、アントニオとともに、私はプラットホームまで出た。

「タバコは?」

「いえ、僕は喫わないんです」

「ほら、この車両が空いている」

「ホントだ。こりゃいいや」

が、アントニオが乗り込んだのは、私が言った車両ではなく喫煙車の方で、その客車の隅には蒼白い顔の女がかけており、爪をかみちぎったらしい骨張った手を、その長く柔らかな金髪にはしらせていた。

アントニオは側の窓をおろして、そこから身を乗り出して言った。「いろいろご親切にありがとう。お宅でなら、きっと楽しい生活《くらし》ができるだろうね。つくづくそう思ったよ」

「でも、私がどんな所にいるか、確かめなくてもいいのかね?」

「ああ、そんなことは必要ないさ。あなたを見てりゃ、みんな分かっちまう。じゃあね」

「なら、好きにしたらいい」私は言った。

「それじゃあ——ホントにありがとう」

アントニオは窓から腕をさし出し、こちらの手を握りしめた。

彼の電車を見送ると私はすぐ改札口の方に足を向けたが、しばらくして、再度プラットホームの彼方に首をめぐらせた。だが、寂しさが残っただけであった。アントニオの顔はすでに見えなかった。もうすぐ美しい山の頂が見えると楽しみにしていた旅行者が、その場に着いたとたん、頂上に深い霧がかかっていることに気づいたときの失望であった。

2

「あの当時はほんとうに幸せでしたよ」と私が心から言える時期は、終戦直後にフロレンスの領事館で過ごした一年間と、ギリシア北東部のアトス山で暮らした二週間、それにケンジントンのチャーチ・ストリートの一部屋で送った短い休暇期間を挙げることができるのみで、ほんの僅かにすぎない。そういった幸せの期間はたいてい幸福な恋愛と結びついていると親友などは言うけれど、私の場合、幸福な恋愛といえども、たえず非常な悔恨や罪の意識を引きずっているから、彼らの話がこちらにぴったり当てはまったためしはただの一度もない。フロレンスで私が幸せだったのは、ただ英国という監獄から抜け出すことができたからだ。アトス山で幸福だったのは、たんに好天気の中を独りであちこち修道院めぐりができたことによる。そしてチャーチ・ストリートの小さなアパートで幸せであったのは、もっぱら、その時期執筆していた作品の中で、ついに自分が自らの声を発見したということを興奮のままに実感できたからである。だから、私のこれまでの幸福感と恋愛とは全く関係なかったわけであるが、アントニオと過ごした最初の数週間だけは、私が熱情をさかんにすることによって幸福感に酔えた時期であった。

が、はじめのうち、私はこの自分の抱く熱情に全く気づかないでいた。すでに言ったように、私の胸の奥深いところで、くだんのさびた機械はきしり、ゆっくりと作動し始めてはいた。しかし、それにもかかわらず、私はその兆候を見て見ぬふりをしようとし、自分に対してはもちろん周囲の人間に対しても、「アントニオは魅力的な青年でね」とか、「あれだけの知性をそなえた人間はめずらしいよ」とか、「一緒にいると、そりゃあ面白いんだよ」とか言っていたにすぎず、この十四年近い間に初めて自分が本当の恋に落ちたことは全く認めていなかったのである。

アントニオとの出会いのあと、私は自分が早く移りたがっている、摂政時代の広壮な邸の下の小さくてむさ苦しい地下室でどんなに元気よく目覚め、頭上で大工がひっきりなしにたてる騒々しい音に気を滅入らせたり、次から次に届く請求書に不安を覚えたりすることなく、この数ヵ月間味わったことのない目眩くような幸福感にどれほど深くひたされていたかを、はっきりと覚えている。けれども、自分がこの幸福感とアントニオの存在とを結びつけることができたのは、朝、浴槽の中でお湯を激しくかき回している時だけだった。そしてその時でさえ、なおも私はそれを、自分がついに友人となれる下宿人を見つけたことによると思いこもうとした。

朝食のあと、私はウイニーの電話を待たず――そうさ、いつも彼女に電話をかけさせなくてもいいんだ、と私は独りごちた――こちらから彼女に電話を入れた。受話器を取ったウイニーは、電話をかけてきたのが私だと知ると、すぐさま声を高くした。「ディック、あなたの方から連絡を下さるなんて、嬉しいわ。わたしもいま、あなたにお電話しようと思っていたところなの。ホント、偶然ね」ウイニーの声には、明らかに喜びの色があった。彼女は、朝はちょうどこの時間に電話をよこすのが常だったから、この一件を彼女が偶然と感じたと言うのは当たらない。しかしこの女にとって、人生のあらゆることは、すべて、信じられない不思議なことがいわばくもの巣状に寄り集まったものであり、もしこのくもの巣の存在に対する信仰が消え失せれば、浮きぶくろを奪われた水泳中の子供のように、彼女はこの人生という海の中でもがき、やがては溺れてしまうだろう。

「やあウイニー、どう元気?」「ええ、昨晩はあまりよく眠れなかったのよ。胸やけがしちゃって……床にはいる前に、熱い牛乳を飲んだのが間違ってたみたいね」私はウイニーの話すにまかせながら、書評の依頼を受けている本の頁をペラペラ繰っていたが、長い無駄話が一瞬とぎれて相手が黙したとき、すかさず尋ねた。「そっちの小家族《リトル・ファミリィ》はどう?」「小家族」というのは、ウイニー自身がおのれの家庭の采配ぶりを語るに際していつも口にする言葉であった。

「ねえ、あなた、ちょっと聞いて下さる? わたし、あのバカ娘にいちいちシナ茶はどの茶筒に入っていて、紅茶はどれだって、説明させられているのよ。わたしたちが朝食にいつも紅茶飲んでることぐらい、わかりそうなものなのにね……」

私はウイニーの話を聞きながしながら、さらに何頁かを繰った。

「じゃあ雅は?」話がなかなかこちらの興味のあるところまで来ないので、ついに私は言った。

「ええ、あの子、かわいそうに痔をわずらっているんだけど、ここんとこ、ちょっと良くなったみたいなの。それにしても、どうしてこうも、日本人には痔が多いのかしらね? わたし思うんだけど、これ、きっとお米のせいよ。ええ、でも、あの子、いつもの陽気な彼に戻ってるわ——もっとも陽気って言ったって、もともとあの子、そこぬけに明るいってんじゃないけれど……ええ、あの子、今わたしの話聞いてクスクス笑っているのよ……そう、彼、ちょうどここにいるの。朝ごはん食べているわ。きのうは、たまには変わったものをと思って薫製ニシン出したんだけど、今朝はいつもの目玉焼なの。わたし思うんだけど、彼って、やっぱりこれが好きみたいね。ねえ雅、あなたホントに目玉焼が好きね」

アントニオのことを話題にのせるのに、私はもう三頁、本を読まなければならなかった。

「で、例のイタリア人はどう?」

「あら、ちょっとあなた聞いてくれる? あのイタリア人たら、六時半に目を覚まして、七時には階《し》下《た》に降りて朝ごはん待っているの。あのバカ娘が彼に合わせてベッドを出るなんてこと、ありっこないじゃない。で、お茶の淹れ方とか、トースターの使い方とか、そういうこと一通り教えてあげてね、それくらいは他人を頼まず、どしどし自分でやらなければダメだって諭《さと》したのよ。わたしの言いたかったことはね、あんな時間に朝ごはんを食べさせろって言われても、こちらとしちゃあ、そんなこと、とてもじゃないけどジゼーレに頼めやしないってことなのよ。あなた、そうはお思いにならない?」

「アントニオはとても魅力的に見えるがね。それに知的だし」

「ええ、そうね」受話器の向こうからは、そう言ってウイニーが溜息をつく声が聞こえてきたが、私にはその声から、アントニオを持て余し気味の彼女が嘆息混じりに、そのぐんにゃりたれた乳房を突き刺しでもするかのように、鋭くとがった自分の顎を胸につけるさまが目に浮かぶようであった。

「ホントのこと言って、あの人が我家《うち》の生活にちゃんと馴染んでくれるかどうか、自信がもてないのよ。その点、雅はここの優等生ね。まあ、だれも下宿人に雅のようになれとは言わないけれど、イタリア人って、家畜じゃなくて野生動物みたいなものでしょ。あの人たちって、そりゃあ軽率で思慮分別に欠けるもの。ちょっと彼ったらね、朝は六時半に起きて湯につかって、はな唄なんか歌ってるんですからね。夜にしたって、何時に寝ているのやら分かりゃしない。この前なんか、わたし、真夜中をだいぶまわった頃、お手洗いのドアのチェーンが鳴る音を聞きましたよ」

「君の話だと、彼、エネルギーに満ちあふれているって感じだね」

「ええ、そりゃあすさまじい精力だわよ。もっともわたしなんか、その精力をもっと部屋の整頓に使ってくれたら、なんて思うんですけどね。あのイタリア人が大学に出かけるとね、いつも他人のアラさがしばかりして喜んでいるジゼーレが例の挑発的な調子で、彼の部屋に来るようわたしを呼ぶのよ。『ウイニフレッド小母様、ちょっと、これごらんになって下さいます?』ってね。そこで、言われたとおりあの男の部屋に行って彼女の指さす方を見ると、またその場所が、これまでお目にかかったことのないくらいの散らかしようなの。何週間も洗ってないような洗濯物が床の上に散らばっているわ、パジャマは窓際のテーブルの上の、ジムの大切にしている、あの小さくて可愛らしいセーブルの羊飼いの娘の人形の上に投げつけてあるわ――あれが倒れて壊れなかったのは、奇跡と言ってもいいくらい――奥さんや子供の写真はそこいらじゅうに散らかっているわ、もう、目も当てられないくらいなのよ……」

が、こういう取るに足らないような苦情が雅やジゼーレについて言われたなら全くうんざりするところであるが、それがアントニオについてだと、私はもううっとりして聞くのだった。そこで私は、他のことをあれこれ考えることはよしにして、今はじっくりウイニーの話に耳を傾けることにした。

彼女の話から私は、アントニオがマーマレイドのついたナイフを平気でバター入れに突っ込むことや、彼女に切手を九ペンス分貸してくれと頼んだこと(「あの人、ホントに貸した切手、返してくれるかしら」とウイニーは言った)、あるいは「びっくりするほどおんぼろ」のトランクを運び込んでいることや、部屋代の前払いは一切してくれないこと、そして、朝はぐずぐずしていて、結局、ファルマー行きの列車に乗るのに、授業に遅刻しそうになった子供さながら、通りを大急ぎで走っていくことなどを知った。

自分の家でのアントニオの生活《くらし》ぶりをそれからさらに数分間にわたって話したあと、ウイニーはまたぞろ大きな溜息をついて言った。「あの人が次から次とひき起こす面倒を、いったいどうやって片づけていったらいいか、見当もつかないわ——まあ片づけると言ったって、ホントにそんなことができればの話だけど。でもわたし、一番いいと思えることをやろうって、これでも頑張っているのよ」「でも、もう少しの辛抱さ。二週間もすれば、我家《こっち》に移ってもらえると思うから」「けれど、現実に彼を引き取ったとき、あなたがあの人をどう思うか、わたし心配だわ。あなただって、そりゃあ、わたしなんかと比べたら、だいぶ神経質で気むずかしいところがあるもの。ホント、わたしたちみたいな神経の細かい人間は、ああいう世話の焼けるイタリア人なんかとは、関わりをもたない方がいいのよ。あんな人を家に入れて、あなた、後悔しなければいいと思うけど」

その日は一日中、手が少しでも空くと私はアントニオのことを考えた。夕刻五時半過ぎに老犬のキティをつれて散歩に出たとき、私の足は自然とウイニーの家の方を向いた。ウイニーは連れ合いのいない一人暮らしの女であったが、人がこの種の女にいだくイメージに反して、彼女は動物が好きではなく、ことに犬となると、それを毛嫌いしていた。が、幸いにも、このキティに対しては、彼女は、他の同程度に気にくわない私の友人に対してと同様、なるべく愛想よくしようと努めてくれた。「あら、ワンちゃん、お元気?」キティをウイニーの許につれていくと、彼女はこんな風に言いながら、犬の頭や胴をポンとたたくのだった。「あら、今日のワンちゃんの具合はいかが? 彼女、このチョコの乗ったビスケット、食べるかしら?」が、まるめこまれるにはあまりに賢いキティは、こんな時相手の「好意」に不機嫌そうなうなり声を上げて警戒するのが常で、そうなるとウイニーの方はおびえて後ずさりするしかなかった。

「まあ、ディックじゃない。よく来てくれたわね」この日ウイニーを訪ねると、彼女はこんな調子で私を迎えてくれた。「いらっしゃい、キティちゃん、さあ、台所へどうぞ。わたしちょうど今、お夕食の準備をしているところなの」ウイニーは七時より遅くに夕食をとることはなかった。「わたしの下宿人さんたちを喜ばせたくって、腕をふるっている最中なのよ。庭でとれたタマネギ使ったオニオンスープにおいしいチキンの鍋焼きにカスタードプリン。これだけのお料理食べさせて上げるんだから、あの人たちだって文句の言いようがないわよね。そうでしょ」

私は台所の椅子に腰をかけ、キプロスシェリーをすすりながら、人がよく隣家の庭で鳴っているトランジスタ・ラジオに心ならずも耳を傾けるようにして、とめどないウイニーのお喋りに聞き入った。私は待っていたのである。

最初に帰宅したのはアントニオではなく雅だった。

この男がおよそ三ヵ月前ウイニーのもとにやって来たとき、私も彼女も、彼のことをたまらなく退屈な人間だと思いなしたものだが、こちらの目に、土塊《つちくれ》のような鈍感さと映ったものは、英語力の不足が原因で決して知性や性格上の欠点に起因するものでないことを、われわれはすぐに悟った。雅は当時三〇代の前半だったが、肉体的にはその年齢の人間よりははるかに若く、精神的には同年齢の人間よりはるかに老成していた。雅はこの時、手垢で光る、裾と袖がとても短い、青いサージの背広を着て、黒のネクタイをきつく結び、少なくとも一サイズは大きい靴をはき、その嘴さながらの小さな鼻の油じみた鼻梁の上をすぐに滑り落ちてしまう眼鏡をかけていたが、彼はいつもそんな恰好《なり》で学校に通っていた。

「今晩は、雅」

「おや、今晩は、トムソン先生」

私はこれまで幾度となく雅に、「トムソン先生」などと言わず「ディック」と言うように話してきたのだが、相手の年齢と社会的地位を重視する日本人にとって、そんな呼び方は思いもつかぬことだった。

「そっちに行っちゃ、お邪魔になります？」

「いいえ、とんでもない。さあこっちへ座って、トムソンさんとお話なさい。今夜はオニオンスープよ。あなた、これ好きなんでしょ」が、あいにくこの時、雅はこちらと話をする隙《すき》など見つけられなかった。料理をする間、ウイニーがのべつ幕なしに口を開いていたからである。

と、暫くして、表の扉がバタンと閉まる音がしたかと思うと、玄関を騒々しく歩く足音が聞こえてきた。

「やあ！」

それから何週間かして、私はしょっちゅうアクセントのおかしなその二音節のあいさつが、彼の口をついて出るのを聞くことになった。大学での一日を終え、疲れ切った蒼白い顔で家に駆け込み背後でバタンと戸を閉めたとき、あるいは前夜遅くに帰宅し、パジャマのままかすんだ目をして朝食を食べに足を引きずるようにして階下へ降りてきたとき、また、こちらがロンドンで夜の用事を済ませて帰宅したとき（やはりパジャマ姿で階段の上にたたずんで）、アントニオはこう言って私に挨拶するのだった。アントニオの声を聞くなり、ウイニーがシチュー鍋の中をうかがったまま顔をしかめるのに、私は気づいた。すぐにこちらにも分かったが、ウイニーがアントニオを快く思わないのは、どうもこのイタリア人がいつも何の造作もなく、彼女がいつも独り占めしたいと思っている聴き手をさらっていってしまうことにあるらしかった。「やあ、トムソンさん。ご気分はいかがです?」こう言いながら、彼は軽く私の肩に手をかけた。

「気分はあんまりよくないね。頭上《うえ》の大工がやたら流行歌を鳴らすんで、仕事がはかどらないのさ。でもうるさいのを我慢して、何とか書評を書くことだけはやってるよ。とにかく、そいつだけはこなさないとね。で、君の方は?」

「こっちも気の散ることばかりですよ。なにしろサセックスは、二千人もミニスカートの女の子がいる大学だなんて、誰も教えちゃくれませんでしたから」

アントニオがこう言うと、雅はその華奢な手を口にあててクスクス笑った。「日本人にとっちゃ、こんなの、どうせあほらしいことさ。窓の外で何が起こってたって、勉強に集中できるんだからね、そうだろ雅? でも俺たちイタリア人にとっちゃ……」

「ねえ、あなた、もうちょっとあっちへいっていて下さらない? そんなところに居座っていて、どうしてわたしに冷蔵庫の所までいけって言うの?」ウイニーが冷蔵庫の置き場所までいくには、よほどの間隔があいている必要があるらしい。この時、いつもは下唇がたれている彼女の口は真一文字にかたく結ばれていた。

「これはどうも、ハーコートさん」ウイニーの苦情に、アントニオはそう言ってすぐさま立ち上がると、自分の腰掛けていた椅子を私の方へ引き寄せた。アントニオがその椅子にまたもや腰掛けた時、彼の膝が私の膝に当たったが、奇妙なことに彼はそのまま自分の脚を動かそうとはしなかった。

「ディック、晩ごはん、あなたも一緒に召し上がる?」ウイニーは尋ねた。

このようにウイニーが夕食にさそってくれる時、私は断りを言うのが常である。六時半という早い時間に晩めしを食べるなどというのは、考えただけでぞっとする話である。が、それにもかかわらず、その時私は言った。「ああ、いいね。余分があるんだったら頂こうかな。独りで作って食べるのはいやなもんだからね」

「あなた、お独りでおすまいなんですか?」

「ああ、私は独身者《ひとりもの》さ」

「結婚なさってない?」

「ああ、結婚してないんだ」

「でも、一人暮らしはよくないですよ」

「仰るとおり、よくはない。だから私は、君が我家《うち》へ来てくれるのを心待ちにしてるってわけさ」

私のこの言葉に、アントニオは脇の方へ視線を転じたが、その拍子に彼の膝がこちらの膝に強く当たった。彼の頬骨の平らな頂にほのかに現われた赤らみが次第に額の方にひろがっていくのが分かった。

「トムソン先生は、いわゆる〈頑固な独身者《コンファームド・バーチュラー》〉なんですよ」雅がそう口をはさんだ。

「つまりね、この人はあまりに我儘で、他の誰かと生活をともにするなんてことは、とても考えられないのよ」ウイニーは柄にもなく不機嫌な口調で言った。

「私は我儘だから結婚しないことにしたんじゃないよ。結婚しないから、こうして我儘になったんだ」

「微妙なちがいね……さあ誰か、あのお嬢さんにごはんだと言ってあげて。あの娘《こ》がきたら始めましょう」

いつものようにジゼーレは食事の間中、異様に突き出た青い目をうつむけて、周囲の誰とも口をきこうとせず、出された料理をむしゃむしゃ食べていた。彼女は食事中、あたかも手術中の外科医が次に患者のどこにメスを入れるか決める前に相手を見下ろすようにして、時折り眼前にならんだ食べ物の組織的な破壊を中断し、おのれの攻撃相手を凝視する癖があった。そうしてウイニーはウイニーで、他の誰よりもこの娘《むすめ》の食事に気をつかい、「あら、それ、もっと食べなきゃいけないわ」とか、「ほら、この胸肉めしあがれ」とか、「この肉汁おいしいから、あなた、きっともう一杯ほしがると思ってたの」とか言いながら、自分の料理をすすめるのだった。ジゼーレのような若い外国人の娘を常時家に置き、彼女たちに威圧的な態度と思いやりのある母親のごとき態度とを交互に見せるこのウイニーを、友人の多くは、同性愛者ではないかと訝ったものだが、仮にそれが事実なら、周囲の誰かがその種の噂を当人にもらせば、彼女はたちどころに震えあがることだろう。ところで、全くもって男旱《おとこひでり》のこのご婦人だが、普段はどれほどその事情に暗くても、いたって多弁であるにもかかわらず、いったん性のことが話題にのぼると、とたんに身体をこわばらせ、口をつぐんでしまうのだった。一度、私がまだよく彼女のことを知らない頃、公衆便所で情事にふけっているところを見つかって罷免されかかった議会の彼女の知人のことを話すと、ウイニーはこちらの言うことには一切耳を傾けようとはせず、慌てふためいて台所に逃げ込んでしまい、しばらくしてから、「わたしがお昼ごはんにつくった凝乳、ちょっとこちらへ来て味見してみない？」などと、全く関係のない話を始めるのだった。こういうウイニーが、私のアントニオに対する想いをどれくらい察知していたかは、皆目分からない。私もウイニーも、こちらが不幸のどん底にあった時でさえ、アントニオのことについては一言も口にすることがなかった。

夕食後、私はアントニオと雅に、居酒屋《パブ》に行かないかと誘った。が、礼儀上ウイニーにも声をかけないわけにはいかないと苦慮していたところ、都合のいいことに彼女は、今から「タイムズ」紙の読者通信欄に手紙を書くと言いだした。彼女はその頃、野党の攻勢に遭って満身創痍の労働党内閣を守るべく、ありとあらゆる新聞に連日のように投書していた。

通りに出ると、アントニオはすぐさまジゼーレのことを話し始めた。あのスイス娘はまったく女性的な魅力に欠けるというのである。なるほど彼女は気の毒なほど、頭はふけだらけで、脚はずんぐりしていた。が、ジゼーレの欠点をあげつらい、まるで彼女を出来損ないのように言うアントニオの口調には、きわめて残酷なものがあった。雅は、アントニオが彼女について何か言うたびにクスクス笑っていたが、彼のそんな笑いは、当人がこちらと同様、アントニオのこの酷評にショックを受けていることを表わすものではなかったか、と私は思う。

私は二人を、「三〇年代パブ《サーティーズ・パブ》」と呼ばれている居酒屋へ連れていった。そこは飛行機の格納庫ほどもあろうかと思われる広い店で、オーク材がはりめぐらされていたが、石の暖炉があり、あたりにはまるで靴墨を塗ったようにつややかな、ポートワインやシェリー酒の樽がならんでいた。中に入るなりアントニオは、「こりゃあ英国の伝統的なパブだね。きっと歴史があるにちがいない」と言ったものだが、私は彼の言葉にうなずいた。

私は、雅が甘い酒しか口にしないことを知っていたので、彼にはポートワインを注文したが、アントニオの方はジンのオンザロックを欲しがった。彼はグラスを受け取ると、それを一飲みにしてすぐさま言った。「あんたもこれ、一杯どう?」

「でも、まだこちらの酒に手をつけちゃいないから」

「そんなこたあ、かまやしないよ、飲めったら——ちょっとお嬢さん、そこのお嬢さんたら！」

アントニオに声をかけられるなり、若くもなければ品もない女給がすぐにこちらに向かって駆けてきた。女給にこんな注文の出し方をするなど、私にはほとんどできないことである。

アントニオは義理を負わされてウイニーの許で暮らす身であったから、一つにはそのことへの反動からであったと思うが、私は、雅と比べて、このイタリア人がきわめて開けっぴろげであることを知った。彼はイタリア人がよく金銭のことについて語るあの率直さで、この夜、彼の大学の研究員としての給料が月一二〇ポンドであることや、その半分は故国の妻に仕送りしなければならないことを打ち明けた。それにしても、こういう境遇にあるアントニオからウイニーが週九ギニーもの部屋代を取っているかと思うと、私には腹立たしい気がした。

「じゃあ、やりくりもなかなか大変だね」

「生まれおちての運命《さだめ》でね」アントニオはそう言うと、肩をすくめて笑った。

「でも、君ならきっとうまくやれるさ」

私とアントニオのこんなやり取りに、雅は真から心を痛めて言った。「じゃあアントニオさんは、僕の給料の半分しかもらっておられないんですね」

「こんな狂った世の中じゃ、哲学者なんざ、生化学者の半分の値打ちしかないのさ」

「哲学って、君はいったいどんな研究をしているの？」

ウイニーのような人間を相手にする時は別として、アントニオはいつも自分が話をしている相手の反応に異常なほどに敏感だった。だが、いったん話題が哲学のこととなると、この男はおのれの妄想をがなり立てるに近い状態になり、相手が自分の話を理解しているかどうかはお構いなしに喋りまくるのだった。私はこの時もその後も、彼の話にとうてい随いていけなかったが、アントニオは全くこのことに気づかずにいた。ところが、雅はアントニオの言うことが理解できた。およそ雅の随いていけないような話題はほとんどない、と言ってよかった。雅のように、相手に対してこれほど多様な対応ができる知性をそなえた人間に、私はついぞ出会ったことがなかった。

アントニオはぐいぐい酒を飲みながら話をつづけたが、そのうちさすがの雅もかるい眩暈《めまい》をおこし、彼に随いていくのが難しそうに見えた。私はといえば、雅の立つ場所のはるか後方である。が、アントニオだけはいくらジンをあおってもいっこう平気だった。

店が閉店時間を迎えたので表へ出たとき、アントニオは告げた。「明日《あす》は、サッカーに出なくちゃならないんだ」

「サッカーですって!」雅が叫んだ。

「ああ。でも残念ながら、俺は研究員で学部の学生じゃないから、一軍じゃできないんだ。君、サッカー好きなのかい?」

「好きだなんてもんじゃないですよ」雅は言った。

「好きだって、どこでサッカーやってたんだい?」

アントニオのこの問いかけに、雅は体をゆらしながらくすくす笑いだした。「いや、僕にゃ、サッカーなんてできませんよ。そんなのやったことありません」それから雅は念を押すように言った。

「僕はスポーツマンじゃないんです。でも試合を見るのは大好きで」

「俺はね、昔、プロのチームでやってたことがあるんだ」アントニオが言った。

この言葉に私は驚愕した。「本当かね？」

こちらがこう問い返したのを切っかけにして、アントニオは、彼がまだ一〇歳の時父親に死に別れたこと、未亡人となった母親は戦時中、彼と彼の兄弟を育てるため外に働きに出ねばならなかったこと、また十五歳で学校をやめてからビール醸造所や倉庫の下働きやレストランの給仕《ボーイ》と職を転々とし、さる地方のアマチュアのサッカーチームで好成績をおさめたあと、ついにフロレンスのプロチームの選手になれたことなど、詳しい身の上話をした。プロのサッカー選手になってからは大金が入るようになったので――「お金だけなら、哲学なんかやってるよりサッカー選手の方がはるかに稼げるよ」とアントニオは言った――彼はそのお金をため、すでに二〇歳をすぎていたが、まず中等学校《リセ》にもどり、そこを終えて大学に入ったのである。アントニオが当然のこと強い誇りを顔面にみなぎらせながらこれを語ったとき、彼の過酷な境遇に比べ、自分が予備学校《プリパラトリー・スクール》から私立中等学校《パブリック・スクール》、私立中等学校からオクスフォードと、なんと安楽な人生を送ってきたことかと、反省せずにはいられなかった。これに続く何週間かの間、アントニオはしばしばこんな調子で自分の幼い頃の話をした。彼は自分の話に私が少なからぬ興味をもっていることを知っていて、時には、「あんたが俺の話を全部小説に書く日がきっと来るよ」というようなことまで言った。

私たちは海岸通りを歩いていた。目が痛み涙がでてきた。海風のせいである。それは私の外套にあたってパタパタと音をたてた。私はその時、雅がそばにいないことに気づいた。振りむくと、雅は私とアントニオのはるか後方を歩いていた。

「雅、一体どうしたんだい？」アントニオは首をめぐらせると、肩ごしに叫んだ。「疲れちまったのかい？」

「もう、下宿《うち》へ帰らなきゃと思ってね」雅は言った「明日は、しなければならないことが沢山あるんですよ。ちょっと疲れちゃって」アントニオと私には希薄な自衛本能が、雅にはいつも強かった。

「明日は明日、今夜は今夜だよ」

「でも、今夜といっても、もうほとんど明日ですよ——十一時を回っている」

「そう言わずに来いよ、雅。一緒につきあえよ」

「いや、悪いけど、今夜はこれで失礼させてもらいます。寝る前に、家内に手紙を書かなきゃならないので」

「奥さんにはよく手紙を書くの？」

「まあ、週に二回ってとこですかね」

「なんだ、それっぽっちかい。俺なんか、女房にゃ、毎日出してるよ。毎日、毎日だよ。でもだからって、俺は人とのつきあいを断ったりゃしないぜ」

「僕にはあなたのような元気はありませんよ」雅はそう言うと、ちょっと残念そうな顔をして溜息をついた。

雅は先に帰宅することを重ねてわびると、お辞儀をして、一緒に誘ってくれたことのお礼を言い、それぞれ私たちの手を握ってさようならを言ってから、足取りも軽く、背後の闇をめがけて駆けていった。

「あわれな男だね、雅って奴は」雅の姿が見えなくなるなり、アントニオは言った。が、後になってはっきりしたが、彼は何か明確な理由があって、雅のことをこんな風に言ったのではなかった。だが結局雅は、私やアントニオとはちがい、人生から期待できるものとできないものとをわきまえ、それと完全な調和を保っている人間だった。

アントニオは私の腕をとると、重い外套につつまれたこちらの体を、顔の色と美しい調和をみせているオリーブ・グリーンのプルオーバーと薄くぴったりしたズボンだけの彼の体に引き寄せ、何とはなしに笑いはじめた「あんたも疲れたかい?」アントニオはこちらに顔を向けて心配気に言った。

「いや、私は大丈夫、疲れてなんかいやしないよ」

こんなことを自慢げに言うのはいかにも馬鹿げていた。が、アントニオと付き合い始めた頃、この男とどれほど一緒にいても疲れを感じない、というのは本当だった。

「俺はねえ、これからイギリスでの暮らしが楽しいものになるって期待してるんだ」

「君なら、どこにいたって楽しいんじゃないのかい?」

「仰せの通りさ」アントニオは答えた。「俺はいつだって楽しいんだ。さてと」こう言うや、彼は私から腕をはなすと、背を丸めて、ズボンのポケットに深く手を差し込んだ。「でも、ガキの頃はちっとも楽しくなかったな。学校に行くようになってからだって、面白くもなんともありゃしない。俺が今こうしていられるのは、全くサッカーをやってたおかげだよ」

突然アントニオは、あたかも自分にまとわりついている陰鬱な気分をふり払うかのように、私たちがつい今しがた数ヤード下からやっとのことで上がってきた小石だらけの浜と遊歩道を隔てている鉄柵の上に飛びのり、両腕を広げて、そこを危険をおかして走りはじめた。

「アントニオ! 降りるんだ、危ないぞ!」

風に脚をさらわれそうにして傍《そば》をゆく通行人たちが首を巡らせて鉄柵の上を凝視した。が、アントニオはこちらの言葉に耳をかたむけようとはせず、ただ笑っているだけである。と、彼は体のバランスを崩し、今にも下へ転落しそうになった。

「アントニオ！」

一瞬、私は手遅れかと思ったが、すぐに傍に駆けよってアントニオの腕をつかんだ。彼は私がそうするや、すさまじい力でこちらの肩をつかんで、私の方へ倒れ込んできた。そのあまりの衝撃に、こちらはその時、自分の骨が折れるかもしれないと思ったほどである。

「バカ！」アントニオの向こう見ずな行為と、彼がこちらに与えた痛みのことを思い、怒りと喜びの入り交じった気持ちで、私はそう叫んだ「ヘタをすると、死んでたかもしれないんだぞ」

私がそう言うや、アントニオはこちらを抱きしめた。「だいじょうぶ、だいじょうぶさ」

3

その時、それからさらに数日の間、私は、アントニオがこちらを惹きつける魅力の底にある性的なものについて、全く気づかずにいた。彼の美しさといったものは、我家のシャム猫セリマや、母親のつとめと過食がその姿を醜くする前のキティのそれと、質的には何ほどの違いもないと思われたのである。アントニオが体をひくひくさせ、派手な身振りをしながら、あのいつもの幾分鼻にかかった、高く甲走った声で話しかけてくる時、その話の中身もさることながら、この男の漂わせる獣の優美さと力強さにうっとりしながら見入っていたものである。アントニオを知ってから私は、生来の気むずかしさが消えて自分でも驚くほど陽気になり、それと同様に生まれつきの皮肉好きも改まって、とつぜん他人に寛大になっているのが分かった。周囲の友人たちも私を見ると口をそろえて、「最近、君はずいぶん元気そうだね」と言ったものだが、中にはもっと直截に、「近頃の君はホントに幸せそうだよ」とはやす者もいた。何ヵ月もの間、指先に刺さったトゲのように私をいらだたせていた家の騒音も、今やまったく取るに足らないものになっていた。私の念頭にあったのは、なるべく早くアントニオを迎え入れる用意をととのえようということだけであった。

この頃の私はもっぱら時間を、アントニオのことを考えたり、次にどうして彼に会おうかという算段をしたり、あるいは彼の喜びそうなことで簡単にできることをあれこれ思案することに費やした。

アントニオがその時々に見せる、ちょっとした癖や動作の細かい点をいろいろ思い出しながらキティと散歩をしていると、はて自分がどこを歩いているのやら、ほとんど分からなくなる始末であった。冬の陽がアントニオの頬骨のあたりに青味がかった微光をなげかけるその様子とか、彼が体を終始前後にゆらしながらこちらと話をするとき、その片方の膝にかかる手とか、サッカーの試合日に、アントニオに呼ばれて部屋に入った時、腕を後ろで合わせるようにして、しみのある背中をひっ掻きながら、下穿《したば》き一枚で平然と窓辺にたたずんでいた姿とかを思い出して、私は忘我の境に入ってしまうというわけであった。

私は何かにことよせて頻繁にウイニーの家を訪れるようになったが、気のいい彼女はそれに疑いをもつでもなく、こちらが訪問の口実に示す好意を率直に喜んでくれた。「まあ、あなたって、なんて優しい人なの！」ウイニーはよくそう叫んだものである。

「あなた、表の花壇にさし木をするのに、わたしがこんな切り枝欲しがっていたの、知ってたのね」「まあディック、わたしの友だちの中じゃ、やっぱりあなたがいちばん思いやりがあるわ。あなた、わたしがパイナップルが食べたくって食べたくって、夢にまで見てるってこと、どうして分かったの？」ウイニーがこうしてこちらの持参するものを大喜びするたび、私は自分の下心が恥ずかしくなって、なにやらその場逃れの作り事を口ごもったものである。ウイニーには、ロンドンのしかじかの協会の委員会に出席したり、自分が後見役を買って出ている、家運の傾きかけた一、二の親戚を訪ねたり、またあちこちの補欠選挙で一席ぶつために、家を空けねばならないことがよくあった。「わたし、あのバカ娘が我家《うち》の家事、ちゃんとやってくれるかどうか、心配だわ」ウイニーがこうこぼしたので、すかさず私は言ったものである。「あの連中を夕食に、僕の所によこしなさいよ」

「でも、いくらなんだって、それじゃあなたに悪いわ。自分の分をつくるのだって大変なのに」

「いやいや、いいんだ。連中に、僕の料理を食べてもらいたいのさ」

こちらがそう言うと、はたしてウイニーは言った「もちろん、ご存知だとは思うけど、あのアントニオって、そりゃあ大飯食らいなのよ」

「ああ、分かってるよ」

奇妙なことに私は、この旺盛な食欲を満足させることに言いしれぬ喜びを感じるのだった。

大方のイタリア人の男の例にもれず、アントニオも女に甘えることに慣れていた。彼はくだんのスイス娘ばかりかウイニーにさえ、自分の汚れた衣類の始末をさせたりパジャマをたたませたり、風呂にはいるというので浴槽を掃除させたりしようとしたものだが、そばに使い勝手のいい女を見つけては、この男はすぐさま彼女に靴ひもを買ってこさせたり、小包を郵便局に持っていかせたり、フィルムを現像に出させたりするのだった。そうして手近にそういう女のいないとき、アントニオはその代役を私にやらせようとした。ある時、アントニオが灰色の深靴のひもを切ったというので、こちらにその種の靴ひもの買えるところを尋ねたことがあったが、そう訊《き》かれると私は私で、すぐに、「それじゃあ、午後に買い物に出るから、その時私が買ってきてあげよう」と申し出るのだった。しかも私はアントニオのためになんとしても、彼が使っていたものと全く同じ長さ、同じ色合い、同じ地のものを求めようと足を棒にして方々の店を探しまわり、やっとのことで自宅《いえ》からよほど離れたホウヴの問屋でそれを見つけ、さりげなく品物を渡したものだが、受け取った方は、ただ無頓着に「ありがとさん」と言うだけで、この親切を尽くすために私がどれほど苦労したかということなど、まったく思ってもみないのだった。この時期、アントニオは再三再四こちらに電話をよこしたものだが、彼に頼み事のあるのはその声音《こわね》ですぐに知れた。

「おや、アントニオじゃないか。一体どうしたんだ?」「ディック、ちょっと助けてくれよ」アントニオの電話はおよそこんな科白で始まるのだが、それに応じるこちらの文句も決まっていた。「ああ、いいともアントニオ。何なりと言ってごらん」

アントニオの頼みごとの内容というのは、ケンブリッジやオクスフォードやアメリカの学者宛てに書いた英文の手紙の添削であったり、いささか骨がおれるが、「マインド」や「哲学」誌の中のある文章の説明であったり、あるいは、良い洗濯屋やタイプライターのインクリボンの販売店を教えるという生活上のことであったりしたが、彼がこちらに適当な洗濯屋や文房具店の紹介を頼むときは、要するに、自分の代わりに私にそういう店に足を運んでほしいのだった。私は長年、もっぱら自分一人のために暮らしてきたから、その時間の大半を他人のために費やすというのはいかにも奇妙な気がした。

雅と一緒にアントニオが私の家に食事に来るようになると、彼はすぐに、自分が料理をつくってもよいかと尋ねてきた。

「君は料理ができるのかい?」

私がこう訊くと彼は笑った。「郷里じゃ、お袋や女房がやってくれるから、得意だとは言わないが、ためしにやってみるのさ」

「何をつくろうって言うんだい?」

「うん、そうだなあ」一瞬彼は考えた。「ねえ、ディック、俺はハーコートさんとこに厄介になってから、まだ一度もパスタを食ったことがないんだよ。俺たちの最初の晩餐会《ビアット》のために、ひとつ、パス夕なんかつくってみたいねえ」

「大好物だよ」

「そりゃあいいや、じゃあ、スパゲッティ・ミートソースから始めようか。いいかい？」

「ああ」

「それから、そうだな、マグロの冷製ケイパー《ヴィテッロ・トンナート》なんかいいと思うんだが、どうかね、これは？」

私は、アントニオの言葉がすぐには全部信じられなかった。

「そりゃあ、つくるのが一寸むずかしくはないかね？」

「いやいや、心配ご無用。こんなもんつくるの朝メシ前だよ」

「でも、つくったことはあるのかね？」

「いや、つくったことはないけど、つくり方なら知ってるよ。心配ないって」

とうとう私たちは買い物表を作り、以前この男の靴ひもを求めた時と同じように、どこまでも彼の満足のいくものを手に入れるため、私はブライトン中の店を歩きまわったのだった。

その夜、アントニオと雅は大学から直接私の家にやってきた。雅は手垢で光る紺色の背広に濃紺のダブルの外套、頭には靴と同様サイズが一つ大きく見える黒のおかしなソフトという恰好だったが、アントニオの方はそれとは対照的に、下は例のスエードの深靴にコールテンのきつめのズボン、上はプルオーバーという出立ちだった。このイタリア人の厚手のズボンを見ていると、つくづく、こんながっしりした逞しい脚《あし》にはくのだから、薄手の安物ではすぐに破れてしまうだろうと思われた。

「今晩は、お呼ばれに来たよ！」玄関に入るなり、アントニオはそう叫んだ。

彼の瞼は重く、その灰色の頬からはまたも疲労の蓄積が読みとれたが、すぐに台所に駆け込むと、

「すばらしい！　この世の中に、あんたみたいにイカス奴はいないよ。あんた、マジョラムに、こんなにいいパルメザンチーズに――それからイタリア製のスパゲッティまで見つけてくれたんだね。イカス、イカス、最高だよ！」と、のべつ声をはりあげながら、こちらの買ってきたものを一つひとつ吟味するのだった。アントニオは台所を踊りまわるようにしてエプロン掛けからエプロンをひったくり、下に着ているワイシャツの脇の下の綻びが目につくのもいとわずにプルオーバーを脱ぎすてると、腰に前掛けをつけた。「俺と雅で、ワインを買ってきたよ、キャンティだぜ」アントニオは言った。

「ワインなら沢山あるのに」私は不服そうに言った。

「いやいや、あんたは充分材料をそろえてくれた。これをみんな買ってくれた。酒ぐらい、こっちで用意しなくっちゃ。さあ、ここは俺に任せて、あっちで休んでいてくれよ。出来上がったら呼ぶからさ」

「独りで大丈夫かね？」

「ああ、大丈夫、大丈夫だってば。雅と話でもしていてくれよ。ただね――」私が食堂のドアに手をかけようとすると、アントニオはこちらを呼びとめた。「ちょっとジンが欲しいんだよ。あるかい？ジンだけでいいんだ。ベルモットやピンクジンやソーダ水はいらないよ」

相手の要求に応じてこちらが酒の入ったグラスを手渡すと、アントニオはそれをぐいっと一呑みにし、軽く会釈をしてから器を私に返した。

「ありがとさん《グラツィエ・シニョーレ》」

雅はといえば、私の用意したテーブルにじっと目をやり、考え込むようにして、地下の陰気な居間の中央にたたずんでいた。

「何してるんだい？　ほら、座った、座った」私は急きたてるように雅に言った。

こちらの勧めにしたがって、雅は遠慮がちに長椅子のすみに腰をかけ、膝の上で手を組んでいたが、彼をもっと知るようになった後になっても、少なくとも出会いがしらの三〇分は、この青年からはにかみの消えることはなかった。

「奥さんはどんな具合かね？」

雅は自分の初めての子供の誕生の知らせを、首を長くして待っていた。

「家内の体調はいいんです。でも生まれるのは当分先で……」

「恋しいだろうね、奥さんが」

雅は他人《ひと》に弱音を吐くことを厭う性質《たち》だったので、この私の問いに本音は言わなかったが、彼のことをよく知るウイニーには、一人暮らしの難しさをしばしば打ち明けているらしかった。雅は肩をすくめて言った。「でも、この方が研究に専念できますからね」雅はそう口にして、片方ずつその骨張った足首をくねらせながら、しばしの間自分の靴を凝視していたが、そのうち面《おもて》を上げてこちらに言った。「先生は、他人の面倒を見るのがお好きなんですね」

「誰の面倒でも見るってわけじゃないよ」

「でも、やっぱり他人の世話を焼くのがお好きなんでしょう」雅はなおも執拗に言った。

「ああ、自分でもそういう性質の人間だってことは思うよ。私にはもともと、お節介焼きのところがあるのさ。友だちに何がいちばん向いているかってことが、みんな分かっていると思い込んでいるんだからね」

「僕は他人の面倒見がよくない男なんです。面倒見られることばっかり好きで……知ってらっしゃると思うけど」が、ここまで言うと、雅はとつぜん口を閉じた。「僕は一人っ子なんです、トムソンさん。僕の両親は――たぶん先生のご両親もそうだと思うけど――裕福でした。父は商人、金持ちの商人だったんです。赤ん坊の時、欲しいものは何でも与えられました。父はもう亡くなりましたが、そういう暮らしは昔のままです。母は僕たちと同居していますが、母も家内も、僕の言うことならなんだって聞いてくれます。きっと僕は他人に甘えないで、もっと自分に厳しくならなくちゃいけないんですよ」こう言うと、雅は溜息をついた。

「じゃあ、英国《こっち》での一人暮らしは、さぞかし厄介に思うだろうね」

この私の言葉に、彼は、今こちらから背けたばかりの頬に形のくっきりした影を落としている豊かな睫毛《まつげ》をふるわせながら頷いた。「でも、僕にはやりたい仕事がいっぱいありますから」雅は、穏やかだが毅然とした態度で言った。これこそはその後何度となく私が打たれ、また感心することになった彼の姿勢であった。「英国の大学で研究できるってことは、言うまでもなく、僕にとってはとっても有り難い機会なんです。サセックスで六ヵ月間勉強したらMITに移る予定なんですが、そうなれば、もっと大きな機会をつかむことになるでしょう」

雅とこんな話をする間にも、台所からは、「女は気まぐれ《ラ・ドンナ・エ・モービレ》」を高唱するアントニオの歌声が聞こえてきた。軽めの心地よいテノールである。アントニオの歌を聴きながら、雅はほほえんだ。「アントニオは幸せな人ですね。つくづくそう思いますよ」一息ついた後、雅は言った。

「彼が幸せって、どうして?」

「だって、彼を嫌いな人、いないじゃないですか」

皆の気に入るということが、はたしてアントニオにとって幸福となるのか災いとなるのか、その後私は折りにふれてこのことを考えるようになった。

ついに、アントニオの料理ができ上がった。彼は食堂に入ってエプロンをとると、やにわにプルオーバーに首を突っ込み、襟から頭がでたところで乱れた髪の毛を手で整えて台所へとって返し、スパゲッティを山盛りにした皿を携えて戻ってきた。「ちょっとアントニオ」私はこの多量のスパゲッティを見るなり声を上げた。

「いくらなんでも、こりゃあ多すぎやしないかい？　すくなくとも十二人前はあるよ」

「心配いらないって。まあ見ててごらん」

スパゲッティは、後で彼がつくってくれた料理同様おいしかった。アントニオは、ウイニーとは異なり、まったく天性の料理人で、一度自分が食べた料理なら、それをつくるのに、改めて講習を受けたり調理法を研究したりする必要はなかった。ウイニーはしばしば私に、アントニオのテーブル・マナーの悪さをこぼしたものであるが、今、彼が大きな音を立てて口に多量のスパゲッティを押し込んだり、ワインをぐい飲みしたり、テーブルの向こうへ手をのばしてパンをひっつかんだりする様子を見ていて、私は彼女の言葉がのみ込めた。が私には、このアントニオのがさつさは嫌悪感をもよおさせるどころか、彼のこれまでの境遇を思うと、強烈に胸をゆさぶられるものだった。私はこの時、少年の頃アントニオが母親にアメリカの伝道団が運営する貧困者対象のスープ接待所に遣られたことなど、この男から聞いた哀れな話を思い出していた。眼前のアントニオは今や肩肘ついてテーブルの上に身をのり出し、もう片方の手を椅子の背になげ出していたが、私は、食べ物を口いっぱい詰め込んでいる、がっしりしてほとんど野卑なこの男の背後に、かつて彼がそうであった、病弱でおずおずとした子供の姿を見る思いがした。と、突然アントニオは、自分に向けられている私の視線に気づいた。

そのとたん、彼はスパゲッティのいっぱいからまったフォークを中空にかかげ、一瞬口を動かすのをやめた。おびただしい汗にぬれた彼の首と額に少しずつ赤味がさしていく。アントニオの眼《まなこ》は羞恥にあふれ、ほとんど憐れみを請うていた。が、おのれのはしたなさを自覚したこの一瞬がすぎると、彼は雅の肩をたたいて言った。「雅、大丈夫かい?」アントニオは友の日本人にこう訊きはしたが、相手の返事を待ちはしなかった。「大丈夫だよな」

「スパゲッティ、ちょっと入れすぎだよ」雅はやや困惑気味に言った。「僕は、君みたいな大食漢じゃないからね」

食べ物に対してであれ他のもろもろのことに対してであれ、私は、アントニオのような熱烈な欲求をもった男に出会ったことがない。

この時私は、この旺盛な食欲の多くは本来性欲と同根であるということに思い至らずにいた。アメリカには、美術工芸品に熱を上げることを習わしと考える女が多いが、同様にイタリアでは、女を口説くことを礼儀と心得る男の多いことを私は知っている。フロレンスの英国領事館に勤務していた頃、ある女性の同僚がこの手の男たちをさも軽蔑したように、「あら、あの人たち、口先だけで実行がともなわないもの」と寸評したことがあるが、私は、アントニオの場合も事情は同じだろうと思っていた。「これは習慣だな」酒場や通りでアントニオが真面目な話をしている最中、突然その目が、向かいのテーブルに座っている女やこちらに向かって歩いてくる女——器量の悪い中年女であることも少なくなかった——を追い始めるとき、私はいつもそう思ったものである。同じ言葉は、この男が大学で出会った秘書だの女子学生だのについてあれこれ話しだしたときも、すぐに口をついて出た。雅と私は、「二千人のミニスカート」やフロレンスの妻に内緒ではたらいているらしい浮気や、果ては例のスイス娘のことまで持ち出して、アントニオをからかった。アントニオはその度ごとにからからと笑ったが、その笑いはあのはにかみの名残をとどめており、私に緊張をもたらすのだった。

アントニオは、滞在先ではじめの数週間は妻に誠実であろうと努力するものの、いったんウマの会う誰かに巡り会ったが最後、その女をあきらめるのが難しくなるのだと分かった。彼は一度ならず私に、サッカーの名選手として鳴らしていた独身時代、たまたま巡業で立ち寄った町々で、いかにたやすく女をものにしたかを話したものであった。「寄ってきたのは、その辺の尻軽女だけじゃないぜ」私はイタリア語の「ドンネ・レッジェレ」を、「尻軽女《ライト・ウイメン》」とすぐ言い直すアントニオの言葉遣いの巧みさを、いつも楽しんだものである。「そんな奴じゃなくって、とっても上品な、金持ちや良家の奥さんなんだ。俺がつきあってた女を見りゃあ、あんた驚くぜ」

「驚きゃあしないが、身震いするね」

「俺はね、あらゆる種類の女と寝たんだよ。アンコーナ――そう、アドリア海に面するイタリアの東の都市《まち》だ――そこじゃあ、売春婦とやった。そいつはたった十七のまだほんの小娘だったが、三年も前からその世界にいたのさ……」

こんな話をアントニオはさも懐かし気にしたが、それを聞くほうの私は、ウイニーが自分のつくったり食べたりした料理のくだくだしい話を聞くよりいやな気がした。

欲求不満がつのると、アントニオは夕食後いつも椅子から飛び上がり、「さあ、ディック、散歩に出ようよ」とか、「一ぱい呑みに行こうぜ」とか叫んだものである。こんなとき屋外に出ると、まるで誰かと約束でもあるかのようにアントニオはとたんに早足になり、道路や遊歩道のあちこちに絶えずそわそわと視線を移しながら大股に歩いた。後にはいかなる形であれ、アントニオは私の体に触れることを避けるようになったが、当時彼は自分の腕をこちらの肩にまわしたり、私が「おい、痛いよ、そんなに力を入れちゃ」と叫びだしたくなるほど強くこちらの前腕をつかんだりして、絶えず私の体と親密な接触をたもとうとした。実を言えば、生来私は他人《ひと》の体を触ったり、触られたりすることに戸惑いをおぼえる性質《たち》で（外国に暮らしていた頃、誰彼の区別なく絶えず握手をしなければならなかったので、本当にやりきれなかった）、たとえ相手がアントニオであろうと、体に触れられたとたん、縮みあがってしまったものである。が、こんな私の気持ちに一切頓着することなく、アントニオは度々こちらの頭をなでたり髪のなかへ手を入れてきた。

いま振り返ってつくづくそう思うのだが、もしあのとき勇気があれば、私は、これから先決してなし遂げられぬであろうことをなし遂げていたかもしれない。アントニオは自分の体を他人とくっつけることに恐ろしいほど無頓着であったから、四〇がらみの脂肪のついた私の肉体でも、拒まなかったかもしれないのだ。が、性的関係をもつにあたって、相手が女だと、半ば彼女をバカにして思うままにふるまえるのとは裏腹に、それが男となったとたん、私はすっかり気後れして思いが遂げられず、つねに自己嫌悪におちいるのだった。しかし考えてみれば、恋愛というのは総じて、相手のお人好しにつけ込む一種の信用詐欺《コンフィデンス・トリック》であり、これは当人のうちにある自信に基づくもののはずであるが、このからくりに思いをいたせば、私が、本来興味がわかないはずの女をものにするのにほとんど骨を折ることがなく、欲しくてならない男をものにするのに大いに苦労するという皮肉も、納得がいくというものである。

＊

私が日々の交際以上の何かをアントニオから望んでいると気づいたのは、彼がある晩、パム・メイスンという女友だちを我家の地下室へ夕食に連れてきたときであった。この女のことは以前からアントニオに聞いていたが、その時の話しぶりは、彼が大学や自分の同僚の家のパーティで知り合った娘のことを口にするときと寸分ちがわなかった。

「その娘さんは、例のパーティで君と会って、君の唇にキスしたっていう女かね？」私は、アントニオが言っているのがどの娘のことか思い出せずにこう尋ねた。

「いやいや、そりゃあ別の女だよ。あの娘《こ》についちゃ、名前も知らないんだ」

こちらが口にしたその女にまつわる出来事というのは、明らかに、アントニオを驚かせもすれば興奮させもしたものだった。客のひしめきあうあるパーティの席で、酒がまわって気の大きくなったある女が周囲の人間をかきわけてアントニオの前に現われ、腕を彼の体にまわして唇にキスをし、ついに舌までさし込んできたのである。

「あれはいい娘だよ」アントニオは言葉を足した。「決して尻の軽い女じゃない」

「で、その娘《こ》は何をしているんだね？」

「大学ではたらいてるよ。寄宿舎の詰所でね」

こんなやりとりをアントニオとしているうち、私は、一度、彼がこの娘との馴れ初めをこちらに話したことがあったのを思い出した。「竜骨《カライナ》」と、その時アントニオは彼女を形容したものである。

「家の改築がすむまで、彼女を連れてくるのは待った方がよくはないかね？」

「いやいや、そんな心配はいらないよ。パムはとっても素朴な娘だよ。そりゃあ家庭的なのさ。贅沢な家や食事をほしがるような子じゃあない。ほんとうだよ」

「なるほど。でも、今、ここはひどく散らかっているだろう」

「俺は、あんたに彼女を見てもらいたいんだよ。あいつも、あんたに会いたがっているしね。言うまでもないこったけど、あんたのことについちゃ、これまでに、もうたーんと話してあるんだ。彼女はあんたの本を何冊か読んでいる。会えばあいつのこと、きっと気に入るって」

　おそらく私はこの時、「ほら、アントニオ、君は正常な男でやっぱりイタリア人だ。君が女友だちを欲しいのは当然だし、こっちにもそれを止める権利はない。でも、私は君の彼女になんぞ会いたくないよ。なぜって、私は君と二人きりでいる方が好きだし、それに、君の彼女がこっちの好みに合うかどうか分からんしね」とはっきり言うべきだったのだろうが、私にはどうしてもそれができなかった。代わりに、私の口をついて出たのはこんな言葉だった。「分かったよ。それで、彼女を連れてくるのは何日《いっ》がいいね？」

　私がこう言うや、アントニオはすぐにパムをもてなす料理について、あれこれ思案をし始めた。彼は、パスタの天火焼き《ラザーニエ・アル・フォルノ》をつくる算段をした（「そりゃあ結構。そいつは私も好きだよ」）。それに、この女は鶏肉が好きだという話だから、妻君のやり方を思い出して、彼は鶏肉と茸の蒸し焼き《ペッティ・ディ・ポッロ・アイ・フンギ》もつくるだろう。「ねえ、今度のやつは一流《コアドン・ブルー》の料理になるぜ。こうなりゃ、雅のやつも呼んでやらなくちゃあね」

　アントニオの女友だちを招いて夕食会を開く日取りを決めたとき、私は、それが地下室のカーテンが届く日であることを思い出した。「そりゃあいいね」アントニオは叫んだ。「じゃあ、俺が大学から帰ったらすぐここへ来て、料理にかかる前に、そのカーテン、つけてやるよ。いいだろう」

「ああ、もちろんいいとも」

私たちは、アントニオが六時に、娘は八時に我家に来ることと、こちらが材料代をもつかわりに、彼はワインを買ってくることを申し合わせた。

が、六時に、アントニオは来なかった。六時十五分になっても彼の姿が見えぬのでウイニーの所に電話を入れると、雅も彼女のところでアントニオの帰りを待っているのだが、彼はまだ戻ってこないという返事が返ってきた。七時十五分前になると相手の現われないことに苛立ちをおぼえ、調理の準備を始めたものの、七時になっても一向アントニオが来る気配がないので、私は自分で料理にかかろうと決めた。

七時一〇分に雅が到着した。いつも時間を厳守する雅のこととて、アントニオが姿を見せないことで、その顔には不安の色がみなぎっていた。「ちょっとおかしいですね」雅はさも困ったと言わんばかりに大きく息を吸い込むと、そう言った。「なに、あいつのことだから、ちっともおかしくないよ」苦々し気に私は応じた。手筈が大きく狂ってしまったことに、気が立っていたのである。料理の本を開いて、これまでつくったことのない天火焼き《ラザーニエ》をつくろうという私の試みは、どうにも成功の見込みがないように見えた。

アントニオがやっと戸口のベルを鳴らしたのは、七時二〇分過ぎだった。「僕が出ましょうか?」雅が言った。が、呼び鈴の音を耳にするや私は顔を赤くして台所を出ると——その頃には私の顔は、怒りのために耐えられぬほど熱くなっていたように思われる——雅を制して戸口へ急いだ。

「どうしたんだね? 遅いじゃないか!」

「ディック、お願いだから、怒らないでくれよ！」アントニオは息を切らして言った。青ざめたその顔はどこか緑がかっており、額には汗が銀色の玉をなしていた。「でもスーパーが閉まっちまっててさ、ワインを見つけるのに町中歩きまわってたんだよ」

「そりゃあバカな真似をしたものさ。酒屋なら、あそこの角にもあるというのに」

こんな私の当てこすりを聞きながら、アントニオは急いで上着を脱ぐと（いつものように、彼は外套を着ていなかった。後で気づいたのだが、このイタリア人はその種のものをもっていなかった）、彼は応じた。「俺はわざわざブライトン広場まで行ってきたんだ。ワイン・ロッジまでね。ワイン・ロッジって覚えているだろ。あんたが先週俺を案内してくれた酒場だよ」

「ワイン・ロッジに行ったことは分かったよ——」そう言って私は腕時計に一瞥をはしらせた。「けど、そこへ行って戻ってくるのに、一時間半近くもかかるのかね。えらくゆっくり歩いたもんだね」

「あんた、俺が嘘をついてると思っているのかい？」この時初めて、アントニオは私が怒っていることに気づいた。彼はさながらこちらに反感をいだきでもしているかのように、唇をゆがめてそのつややかな歯をのぞかせ、目には負けて拗ねたような表情を浮かべながら私を凝視した。

「率直に言わせてもらえば、そうさ。ねえ、アントニオ、いいかい、ブライトンでだね、たかだかキャンティのボトル一本さがすのに、一時間半近くもかかる奴はいないよ。ちがうかね」雅がとつぜん居間から現われて、笑顔で私とアントニオを交互に見たが、その笑みは、一方でわれわれの口論を面白がっているようにも、他方でそれに当惑しているようにも見えた。

「だけど、俺があそこで酒を探していたのは本当なんだ」アントニオはなおも強弁した。

「嘘もたいがいにしないか。この時間までなにをしてたかまでは知らないが、君が一時間半近くもずっとワインを探していたわけじゃないことだけは分かっている」

「そんなに疑うんだったら、コスタス・スタンゴスに訊いてみなよ」

私がアントニオの同僚であるこの若いギリシア人の名前を聞いたのは、これが初めてではなかった。しかもその後、私はうんざりするほどこの名前を聞くことになった。

「コスタス・スタンゴスだって？　その男と今夜の君の遅刻と、一体どんな関係があるんだね？」

「奴は、俺と一緒だったのさ。酒探しにつきあってくれたんだよ」

「そいつが一時間半近くも君の酒探しにつきあうほどバカだとは思えないね。ワイン一瓶見つけるくらい、その辺の通行人に訊けばすむことだ。どうして、そうしなかったんだね？」私には、もうこれ以上相手を追いつめるべきではないことが分かっていた。が、それに続く数週間の間たびたびそうであったように、アントニオのことでは、この男に対する怒りと、万事をめちゃくちゃにしてしまいたいという欲望が私を支配した。「アントニオ、君は分かっちゃいないかもしれないが、私はとても忙しい人間なんだ。沢山の仕事をかかえている上に、いまは引っ越しの最中だ。君は私に、ここに自分の女友だちを招待し、ご馳走してもてなしたいと言った。こっちは、そうすれば君が喜ぶと思って、いいって言っただけなんだ。こんな時に、会ったこともない人間を誰が呼びたいもんか。君がそうして欲しいと頼むから、言うことを聞いたんじゃないか。今夜のことで、こっちが君に頼んだことといえば、ちょっと早くここに来てカーテンをつける手伝いをしてもらうことと、料理をつくってもらうことだけじゃないか。それを、こんなに遅れてくるなんて」

「でも、あの料理をつくるにゃ、そんなに時間はかからないよ」アントニオは、まるで泣きだす寸前の子供のようにとぎれとぎれに言った。

「料理のことならもういいよ」突然この男のことが不憫に思えてきて、私は言った。「そのことは心配しなくっていい。いま料理本を片手に、天火焼きをつくっているところだ」アントニオを居間に押しやりながら、私は作り笑いをした。「私は気は短いが、相手のしたことを根にもたない性質《たち》だ。まあ、そこに座れよ。一杯つごうじゃないか」私はアントニオに向かって怒りをあらわにしたことを、すでに恥ずかしく思い始めていた。その羞恥心は、雅がそばにいて一部始終を見ていただけになおさら強くなった。「ジンでいいかい？」私は、アントニオを椅子に座らせて言った。あふれんばかりに酒の入ったタンブラーをもつこちらの手がふるえている。

「あっ、あっ、こぼれちまうよ！」アントニオは叫んだ。「とにかく、カーテンをつけなきゃね。約束したんだから」

「そう約束、約束って、気にせんでいいよ。君みたいな人種は、約束を守ったり――時間厳守を励行したり、他人《ひと》のために尽くそうとしなくたっていいんだよ」そう言って、私は自分のジンをごくりと飲んだ。アントニオの笑顔に応える私の笑みは、この時ごく自然なものとなった。

ようやく、雅がわれわれの話に入ってきた。彼は、キリスト教的な躾《しつけ》を受けた男である。「アントニオは、いわば、原っぱに咲く百合ですね。トムソンさん。先生の仰りたかったのは、そういうことでしょう」

「そう、君の言うとおりだよ。アントニオは野原の百合さ、怠惰で無頓着だが、魅力にあふれている……さあ、アントニオ、ここに座って酒を飲んで、しばらく休むがいい。料理の方は、私と雅が準備するからさ」

が、またたく間にアントニオはタンブラーのジンを空にすると、私と雅のいる台所に姿を見せ、プルオーバーをあらあらしく脱ぎ捨てて、濃いみかん色の毛の密生した腕と肩とをあらわにした。「さあ、一丁うまいやつをつくってやるぞ！」アントニオは叫んだ。

「いやいや、ここは私にまかせろって。君はワイン探しに走りまわって疲れているんだから」

「ディック、ホントに悪かったよ。あんたが俺に腹を立てたのはもっともだ。でも、悪いのは俺じゃないんだよ」

「ああ、確かに君には腹が立った。でも、いくら他人に腹を立てたって、それをいつまでも根にもちゃしないよ。もちろん、君に対してだってそうだ。アントニオ、もうそのことは忘れてくれ」

私がこう言うと、アントニオは自分の体をこちらにぴったりとくっつけ、肩に腕をまわしてきた。その肉体をぬらす彼の健康的な汗の匂いはいかにも私の官能をくすぐるもので、後に、アントニオが無造作に汚れた衣類を詰め込んだ箪笥の引き出しから、その香りがかすかに漂うことに気づいたとき、私のうちには直ちにこの夜の愉悦がよみがえるのであった。アントニオのこの無邪気な快活さに触れたとたん、まだ怒りの余波でいくぶん波の高かった私の心はすっかり凪《な》いでしまった。


アントニオの招《よ》んだ娘を見た時、私はどこかで彼女に会った覚えがあると思った。そこですぐ、その手がかりでも得られればと、娘が外套を脱ぐのを手助けしながら、私は記憶の糸をたぐり始めたのだが、ほどなく思い当たることができてきた。私が駅のプラットホームにアントニオを見送ったあの初めての日、リューイス行きの列車のコンパートメントの隅に彼女は座っていた。いや、あの娘とはちがう。パムの目鼻だちはもっと整っていた。が、この二人の女には、さながら頭上に繁る木の葉のためにすっかり光をさえぎられて、腐植土の堆積した庭の隅に咲く青白い花のような印象があった。娘の背後から、私は彼女の外套を抱きかかえるようにして受けとったが、見ればその剥き出しの腕はいかにも脆そうで、皮膚はまるで水で薄められたミルクのように奇異な青白さだけが目立った。彼女は頭を、あたかもそれが本当は自分のものではないかのように一方に傾けて、長い金髪をなでつける癖があったが、その髪の毛はまったくといってよいほど潤いに欠けていて、あるいは鬘《かつら》かとも思われた。挙措についても奥ゆかしさは微塵もなく、彼女は自分の背丈が女性の平均よりはるかに高いことを気にかけているような素振りをしては、まるで腹部に痙攣でもおきたかのようにそこに両の手をかさねて、おずおずと小さくなっていた。私は後に、この女が疎ましくて仕方のなかった時でさえ、この姿を目にすると、われ知らずあわれを催したものである。パムは、私がアントニオの好みのタイプだと思っていた女とはまるっきり違っていた。もっとも彼は日頃から、もっぱら私が惹かれるような知的な女性は好きではないとは言っていたが。「たとえ哲学や政治や文学を話題にしたいことがあっても、それを、女相手にやりたいとは思わないね」アントニオはよくこの手の科白を口にしたものだが、この意味でなら、パムが彼のお眼鏡にかなうことがこちらにも呑み込めた。が、私はアントニオなら、恋人として、自分と同程度に活気があったり、ぞくぞくするような性的魅力にあふれていたり、時に見る者をはっとさせるほど豪華で垢抜けのした女を選ぶと思っていた。が、パムの場合、かすかにロンドン《コクニイ》の場末の訛をとどめているか細い声といい（彼女の声はしょっちゅう弱々しくなるので、いささか耳の遠い私は、話の内容をつかむのに何度前屈みになったか分からない）、いつも色合いが大人しく手触りのよい衣服といい、あるいは夢路をたどっているかのようなゆっくりとした動作といい、「いくらか」とか「ねえ」とか「それを考えてごらんになれば《ウエン・ユー・カム・ツウ・スインク・アバウト》」といった言葉遣いをする時の同じく夢うつつの物憂げな口調といい、いかにも活気にとぼしかった。だがそうした上辺《うわべ》の印象とはうらはらに、パムは本来がしぶとく現実的で冷酷ですらある女だということを、私はほどなく知ることになった。

アントニオはパムのことでやきもきしては、料理用ストーブと、食堂でこちらの注いだシェリー酒を唇に奇妙なしわをよせて啜っている彼女との間を、行きつ戻りつしていた。今思い出してみるに、私はこの時わざと彼女には辛口と思える酒をつぎ、それを口にふくんで戸惑う相手を見て、あるさもしい満足を得ていたのである。といって、私はこの時点で、パムを自分の恋敵《こいがたき》と思い始めていたわけではない。が、相手が誰であろうと、アントニオがつまらぬ人間とかかずらって時間を無駄にすべきではない、と考えていたのは事実である。

アントニオが傍にいないと活気づかないので骨がおれたが、なるべくパムに言葉をかけるようにしながら、私はこの女を注意深く観察した。彼女の顔立ちの中でいちばん目につくのは、銀白色のアイシャドーをした瞼が幾分ほてりを見せている、大きい緑色をした目であったが、その目許には、いつも眼鏡をかけている人がそれを取った時に眼のまわりに際だつ弱々しさがあった。その目は、気温が下がったり読書をすると、すぐに涙で潤み始めることを後に知ったが、涙にぬれた彼女の眼は、目許にただよう哀感をひときわ強めた。こうして、パムの目にはすぐさま注意を向けた私であったが、彼女の、並びの悪くゆがんだものさえ認められる歯となると、これは到底いただけなかった。女が時折り心《こころもと》許なげな笑みを浮かべると、口のわきにのぞく歯の一本に黒ずんだ汚れが付着しているのが目についた。そして、ちょっと突き出た感のある鼻となると、なるほど今は魅力的でもあろうが、歳をとるにつれて、それととがった顎の先端が容赦なく接近してきて、いずれ彼女の顔は魔女のようになることは容易に見てとれた。

天火焼きは、結局失敗だった——その原因は間違いなく、この料理の仕掛かりをした私の不手際にあった。が、たとえ料理が不味《まず》いものにせよ、それを一口二口食べてフォークをおき、鞄からタバコを取りだして、人前をはばかることなくそれを喫うといったパムの態度は、私の目にいかにも見苦しいものに映った。もう一方の手でたえずその海藻のようなブロンドの髪をなでつけながら、タバコの煙を彼女の前にすわっている私に向かって吐き出しつつ、パムは夢うつつにアントニオの方に視線を向けるのだった。

「君はこんなの好きじゃないの?」アントニオは訊ねた。

「いいのよ、なんだって」パムは肩をすくめると、かすかに笑みを浮かべた。

「この次は、素敵《マーベラス》なお料理、つくってくれるんでしょう。あのウイニフレッド小母様が〈美味しい《デリシャス》〉っていいそうなやつ……」

アントニオのような男にとって、賞賛ということがどれだけ大切か、また彼がいかなる失敗にも楽しみを見出そうとどんなに心がけているかを知っていたので、私はパムのこの言葉を聞きながら、彼のために、このありふれた雌犬が(私はすでに心の中で、この女をこうした全く不当かつ無礼な言葉で呼んでいた)、もう少しはしゃいでくれればと思っていた。

「味は、どう?」女がもったいぶってさらに一口料理を口に運んだ時、アントニオはまたもや訊ねた。

「え、ええ、ま、まずいってことはないわよ。十分食べられるわ、アントニオ」パムは頭を一方にかしげてじっと彼の方を見、口中のものをじっくりと嚙みながらそう応じた。

「君もそう思うかね?」私はこうアントニオに訊いてやりたいところだったが、お世辞を言うだけで満足した。「アントニオ、こりゃ美味《うま》いよ」

「そう、いける、いける」雅も同じた。表に出しはしないが、自分の周囲《まわり》の人間の気持ちに敏感なこの日本人は確かに私と同様、アントニオは、たとえ当人がそれを口にせずまた自覚していなくとも、つねに他人《ひと》の賞賛を必要としている男であるということをすでに見抜いていた。

「それにこのワインとくりゃ、文句はないよ」私はさらに言葉を足した。

パムは手にしたグラスを慎重に、瞼と同様不自然な銀白色の光沢をはなつ唇にもっていった。「まあ、このお酒、結構いけるわね。あなた、いつも言ってることだけれど、ワイン・ロッジでいいもの見つけるの、ホントうまいんだから」

パムがたまたま瓶のラベルを見て、それがワイン・ロッジのものであると気づいたということは、いかにもあり得ることである。が、彼女のこの科白を聞いた瞬間、私はアントニオの今夜の本当の遅刻の理由《わけ》が分かった気がした——彼はワイン・ロッジでパムと一緒に過ごしたのだ。

この疑いは、アントニオがグラスを振りまわすようにして、「乾杯しようぜ、乾杯。乾杯、乾杯、乾杯だ！　イタリアに乾杯、日本に乾杯、二千人のミニスカートの町に乾杯、特に、特に、ディックの本の成功に乾杯！」と空元気に叫んだとき、すぐさま私のうちで確信となった。

「乾杯！」雅がアントニオの浮かれ調子をまねて、心許なげに言った。

二人のかけ声に、パムと私は黙ってグラスを掲げただけであったが、このとき私たちは互いに対する警戒心をつのらせながら目を合わせたのであった。

夕食後、いったいどういう経緯《いきさつ》で、私たちの話が犠牲のことに及んだのかは記憶がさだかでない。パムとアントニオはつねに、それをはじめに話題にのせたのは私であると譲らなかったが、こちらが意図的に犠牲について話し出した覚えはない。雅はこの席でこちらに長年にわたる海外勤務についてあれこれ訊ねてきたが、私はこの時、執筆に専念するため、アテネの領事館事務局長の地位を申し出られた折りに、躊躇なくこれを辞退する決心をした際のことを話したのだった。

「せっかくの地位を断っちまって、後悔はないのかい？」アントニオはこう訊ねた。

「あるわけないさ。もっとも、どんなに仕事をしていなくても、月々銀行に決まったお金がもう振込まれることはないってことを悔やむことはあるがね」それから私は、フリーランスの作家として生計を立てることの難しさ、作家本人かエイジェントがそのうち干上がってしまうのではないかという絶えまない恐れ、あるいは病気のため執筆できなくなるのではという同じような心配や、書評を書いたり出版社に作品を読んで聞かせたり、ちょっとした話をしに放送番組に出るといった骨折り仕事について、縷々説明した。

「先生は、大きな犠牲を払われているんですね」雅が言った。

「そう、君の言うとおりだよ。私は、犠牲には深い意味があると思っているんだ。犠牲を払うことで、それの存在理由となっているものに対して、高い価値が生まれるのさ。私は領事館での地位を捨てて初めて、作家という仕事に真から誠実に向きあえるようになったんだよ」

「じゃあ、個人的な人間関係についちゃあどうですか？　人の付き合いも、それと同じことが言えると思いますか？」雅はパムに対抗すべく、あたかも私と密謀しているかのように畳みかけて訊いた。雅という男がどの程度無垢な人間だったのか、今となっては知るすべもない。が、もし私が雅に同じことを訊ねたとすれば、彼は、私の質問の趣旨も分からないような振りをしたはずである。「ああ、言えると思うね。私は人との付き合いで、いちばん大事なのは誠実さだと思っている——それを貫き通すのはなかなか厄介で困難だし、場合によっちゃ、相当の痛みをともないもするけどね」

「僕も女房に誠実たろうと努力してはいますが、仰るとおり、それは確かに厄介かつ困難で、痛みをともないますよ」雅はそう言って、声低く笑った。

「でも、君が奥さんのために犠牲を払うことで、夫婦の絆になにか新しい価値が生まれるのかい？」

アントニオにこう訊かれると、雅は息を深くついて低いうなり声をあげ、しばしの間考え込んでいた。が、ややあって、柄にもなく無言でじっと座っているアントニオの方へ面《おもて》をむけて頷いた。「そう思うよ、アントニオ、君はどうなの？」

「アントニオはね」私は二人の会話に口をはさんだ。「アントニオは、イタリア男性の典型だよ。自分のケーキを手に入れて、食《く》っちまいたいと思っているさ」

「ケーキを手に入れて食べる、ですって？」雅は私の言葉に当惑して、声を高くした。

こちらがその慣用句の説明をすると、雅はもっともらしくいちいち頷いていたが、アントニオはといえば、相変わらず体をかたくして言葉を口にしなかった。パムはこちらの話に耳を傾けている風はなく、暖炉の前で体の火照った方を下にして横になっているキティを愛撫していた。

「いいかね」私はさらに言葉をつづけた。「これは道徳の問題じゃないんだよ。私は、夫は妻を、妻は夫を裏切っちゃいけない、などと言ってやしないんだ。人間は自分の人生でいちばん尊いと思うものを選び、それのために進んで自らを犠牲にする覚悟をすべきだ、と言っているのさ。聖職者は性生活を堪能しながら高潔でいることなどできないし、作家は領事館で有望な地位につきながら自分の仕事を全うすることなどできないんだ」

「それじゃ僕みたいな人間は、女房と有意義《サクセスフル》な結婚生活を送りながら、同時に他の女性と有意義な恋愛なんかできないってことですよね」雅が応じた。

「まあ、それは〈有意義〉っていう言葉の定義にもよるが、その根本的な意味においちゃ、君の言うとおりだね——そんなことは不可能さ」

私がこう言うと、雅はこれにしごく満足したように、今度は自分の椅子に深々と腰を沈めた。

その時、これまで大人しくしていたアントニオがやにわに立ち上がった。彼が私たちの会話を打ち切らせようとしたことは明白である。「さあ、これからみんなでボウリングに行こうよ！　パム、ボウリングだ！」

「おい、ちょっと待てよ、アントニオ」私はすかさず抗弁した。「わざわざそんなところに行かなくたって、こうしてここで寛《くつろ》いでいればいいじゃないか。それじゃあ不服なのかい？」

「だって、ボウリングに行きゃあ楽しいじゃないか。さあ、行こうぜ！」アントニオはそう言うと、パムの両の手首をにぎって、彼女を椅子から引き上げようとした。

「イヤよ、あたし、そんなところ行きたくないわ。ボウリング場なんて、嫌いよ」パムはそう言い返した。

「そんなこと言わないで、一緒に来いよ。ほら！」アントニオはそう言って、冗談半分にパムを無理やり引き上げようとした。「来いったら！」

彼はそう言うと、なおもその農夫のようなごつごつした手で女の骨ばった、さも脆そうな両の手首をつかんで、彼女を椅子から引き上げようとした。が、パムは体を左右に揺すってもがきながら、必死にアントニオの手から逃れようとするのだった。「はなして、はなしてよ！　痛いじゃないの！」

その時である。アントニオのきついコールテンのズボンの股間部の隆起から、私は突如、彼の陰茎が勃起していることに気づいた。今まで何ら特別のものではないと思っていたアントニオへのこちらの興味の正体がはっきりしたのは、まさに、この時である。私はうっとりとアントニオの股間のふくらみに見入った。

パムはようやくアントニオから身をはなし、彼に握られた手首をさかんにさすっていた。と、アントニオがこちらに視線を転じた拍子に、遣る方のない倦怠感のただようその紅色の眼《まなこ》が私の目と合った。私たちは、パムがロンドンの場末の訛をとどめた扁桃腺肥大症気味の声で、アントニオのことを「けだもの！」と罵り、「あたし、行くから。コートはどこ？」と言うまで――その声はあたかも遠くで叫んでいるように聞こえた――お互いから目をはなすことができなかった。

「それなら、玄関の所に置いておいたよ」私は答えた。

パムは古いフォルクスワーゲンをもっていた。このドイツの大衆向き小型車には、エナメルが吹き付けられずペンキが塗られていたが、車を覆う黒い塗料はさながら大きな瘡蓋《かさぶた》のように見えた。やがて私は、そのゴキブリのような車とそれが私たちの生活にもたらす全てのことを厭《いと》うようになった。車の運転席と助手席には、豹皮を模したクッションが置かれていた。フロントボックスには、使用済みのクリネックス・ティッシュや、タバコの空き箱やチョコレートの包装紙、さらに手袋や地図や各種案内書といったものが詰め込まれていたが、それらはまるで胃からもどされようとしている未消化の食物のように、いまにも外へあふれようとしていた。その上、車内には、ガソリンの臭いがただよっている。前の運転席と助手席にはパムとアントニオが、後部座席には雅と私が座った。

「おい、俺に運転させろよ」パムが車のエンジンをかけるや、アントニオがせっついた。

「ダメよ、とんでもないわ」

「いいじゃないか、俺にまかせろって」

「図々しいわね」

突如彼女は、いままでの態度とはうって変わって、好戦的になった。このアントニオとパムの言い争いには、先にアントニオがパムの手首をつかんで彼女を強引に椅子から引き上げようとしてもめた時と同様に、まさしく性的なものがひそんでいた。

「いいじゃないか!」

「この車はね、事故を起こしても、あたしと母《かあ》さんにしか保険金が下りないんだってば」

こんな痴話げんかがさらに何分かつづいたあと、私たちを乗せた車はようやくボウリング場に向かって走りだした。

照明灯のぎらつく騒々しいボウリング場のなかで、私のいらいらは募る一方であったが、アントニオは時折りパムから私へ視線を移して見つめていたから、こちらの気分には察しがついていたにちがいない。「ディック、さあ、あんたの番だよ」

アントニオはこう叫ぶと、私の肩胛骨の間をぴしゃりとたたいたり、腕をにぎったり、こちらの体をぽんと前へ押し出したりして、私の気分をもり上げようとしたが、ふだん私たちの間に息づく陽気さとは全く違ったそのわざとらしさは、逆にすっかり私の心を曇らせてしまった。

私の気持ちを暗くしたのはそればかりではない。パムといちゃつくだけでは物足りないアントニオは、時折りわれわれのもとを離れては、誰彼の区別なく近くの人間に話しかけるのだった。

そんなアントニオの態度に我慢がならず、私は思いがけず言ってしまった。「君は、ここにいる人間全部のアイドルになりたいのかね」

「なにが言いたいのさ?」こちらの科白に驚いてアントニオはそう返してきたが、この男がハッとしたのは、私の言った言葉の中身ではなく、その悪意に満ちた口調であったと思う。

「そんなメアリー・ピックフォード・コンプレックスなんて、実にバカげたものさ」

「メアリー・ピックフォードだって?」

「彼女は昔、世界中の人間のあこがれの的《まと》だったのさ」アントニオはまだ私の言うことが呑み込めず、戸惑っている風だった。「そんな名前、知らないよ」

その時私はとつぜん、パムが片手でぎこちなく球をつかみ、従来私のような性質《たち》の人間の多くが信奉しているある種の意見を訂正するかのように、こちらを凝視していることに気づいた。パムは私の言葉に、反対なわけでもショックを受けたわけでもなかったが、彼女は確かに驚きの色をあらわにし、こちらを警戒していた。その警戒心は、ちょうど犠牲ということについて私が自説をのべた時に抱いたであろうものと同じであった。

アントニオとの間にこんなやり取りがあったすぐ後、彼は言った。「ようし、これで終わりにしよう。ディックがチャンピオンだ」

「あたし、あんたが勝つとばっかり思ってたけど」パムが挑発的な、生意気な口調で言った。

「俺は、ボウリングって、あんまりやったことないんだよ」アントニオはそう言って、肩をすくめた。

実はこの時、アントニオは自分が負けたことをひどく悔しがっていたのだ。私は後でそれを知って、それ以後、ボウリングに限らず何かの遊技を一緒にやって、こちらの技量がまさっていると思えるものについては、愚かしくも全部アントニオに負けてやった。

パムの運転する車が我家の前で止まると、アントニオは私や雅といったん降り、こちらに礼を言ってから、また車にもどった。「アントニオ、君は来ないの?」雅が訊ねた。

「ちょっとパムと話があるんでね」

「いま、キティを連れてくるよ」私は雅に言った。「君をウイニーの所まで、キティと一緒に送って行くから」

私と雅は、黙って丘を登っていった。私たちの間をキティが息を切らしながらよたよた歩いている。雅がとつぜん口を開いた。「あの女《ひと》、あんまりきれいじゃないですね」

「ああ、器量よしとはいえないね」

「イタリア人ってのは、金髪が好みなんですね」

「そうみたいだね」

「あの女、ちょっと変わっているなあ。そうはお思いになりませんか?」

「いや、同感だよ」

「アントニオなら、わざわざあんな娘《こ》に手を出さなくたって、よりどり見取りだと思うんですけどね」

その後、私たちの会話はとぎれてしまったが、長い沈黙のあと、とつぜん雅はこう告げた。「今週、いよいよ赤ん坊が生まれるようなんですよ」

「そりゃあ、めでたいね」

「女房に障《さわ》りがないといいんですが」

雅が妻の出産を殊の外案じているのが分かったので、こちらとしては、何か言葉をかけて彼を元気づけてやりたいところだったが、アントニオとパムがあんな小さなボロ車に膝をくっつけ合わせて座っているかと思うとどうにもやり切れなくなり、とうとう雅には、一言の励ましの言葉も言わずじまいになってしまった。

ウイニーの家の前まで来ると、私は門口で雅に別れを告げた。雅は中に入るようすすめたが、「いや折角だが、今夜は遅いからこれで失礼するよ」と、その誘いには応じなかった。きびすを返すと、足早に私は丘を下っていった。

我家《うち》に着いたとき、フォルクスワーゲンはまだもとの所に止まっていた。眼のはじに、運転席に背筋をのばして座っているパムと、その肩に腕をまわして彼女の体によりかかっているアントニオの姿が映った。私が戸口に向かった時、二人がこちらに気づいたか、あるいは自分たちのことに夢中のあまり、私がそばを歩く音にも門を開けて中に入る音にも気づかなかったかは、定かでない。

私は地下室に降り、食堂のテーブルの上にそのままになっている食器類を、ひとつずつ順番にゆっくりと片づけ始めた。いつもおなかを空かしているキティは、こちらの後を追うようにして、台所と食堂との間を行きつ戻りつしている。が、テーブルの後片づけをしているうちに、突如私は、そこに捨て置かれている食べ残しを見るのがいやになり、後始末を中断し、犬を膝の上にかかえ上げて、ソファーに深々と座った。私はキティの頭の上に頭をのせ、彼女の耳に頰をこすりつけたが、皮のざらざらした感触とこちらの鼻孔をみたす動物特有の臭いは、私の疲労をいやしてくれた。

膝の上のキティをあやしながら、私はアントニオのあのコールテンのズボン——彼がはいているズボンの小ささには、とにかく驚かされた——の股間の隆起と、アントニオとパムの、フォルクスワーゲンの運転をめぐる例のくだらない口論の奥でくすぶりつづけているように見えた熱情の中身について考えをめぐらせた。

とつぜん私は、一瞬背筋が寒くなった。それは、戦時中オクスフォードの学寮の屋根にのぼって火災監視をしていて、ふと下の中庭をのぞき込んだとき、めくるめくような思いとともにこちらをおそった恐怖と同種のものであった。

「私たちは、一体どうなるのだ?」私は犬に訊ねた。その刹那、私は腹部に痙攣が起こったような気がした。が、それはやがて、こちらのズボンの中の緊張の高まりだと知った。まるで肉の奥深いところに隠れる膿瘍《のうよう》に原因しているかのようなその股間の疼《うず》きは、しだいに耐え難いものになっていった。

4

「あんた、パムのこと、どう思う？」

アントニオが私にこう訊《き》いたのは、その翌日の日曜日、弟の催すパーティに出るため、二人して乗ったロンドン行きの列車の中でであった。

「なかなかいい娘《こ》だと思うがね」

が、彼はいつも私の胸のうちを、まるで自分のもののようにはっきりと見抜くことができた。

「本当かい？」

「ああ、本当だとも。私がウソを言っているとでも？」

こちらの言葉に、アントニオは頭《かぶり》を振った。「あんたは、あれが嫌いなんじゃないかと思ってね」

「確かにあの娘は、こっちがすごく惹かれるタイプの女性じゃないよ。君も私の女友だちにこれまで何人か会っているから、こっちの好みについちゃ、およその察しがつくだろう。彼女たちはいずれも知的で、現実的で、上品だ。私は、パムって娘は、前にも言ったように、まさしく――イカした女《ナイス》だと思うね」

「その〈イカした《シンパーティカ》〉ってのは、一体どういう意味だい？」

「まあ、人目を惹く女性、ってところかな」

「あいつは、あんたのことが気に入っているんだ」

「彼女が、私を？」

「けどあいつは、あんたにゃ、ぎょっとさせられる、って言ってたよ。もっとも、そんなこと言ったのは、あいつが初めてじゃないけどね」

「じゃあ、ほかの誰が、この私にぎょっとしたと言うんだね？」

こちらの言葉に、彼は肩をすくめた。「俺も初めてあんたに会ったときにゃ、身ぶるいしたよ」

「じゃあ君は、胸のうちを隠すのがとっても巧いっていうわけだ。けれど、君にしても――パムにしても、いったい全体何で、この私にびくつくのかね？」

「そんなこと、とうの昔に分かっていることじゃないか」

アントニオは、私が彼の言葉に応じてしばしば口にする文句で、簡単に返した。

「きのうは、あれから、あの小さな車の中にずっと二人でいたのかい？」

こちらがそう言うなり、アントニオの顔は、例の台地のような頬骨にかけて赤味をおびてきた。彼は、手前のテーブルの瓶に入っている芥子《からし》の、何週間も蓋を開けっぱなしにされていたせいで固くなってしまった部分に突き刺さっているプラスチック製のスプーンを、片手で弄んでいた。「こりゃあ、何だい？」彼は訊ねた。

「何だい、って、何のことだね？」

私がそう言うと、アントニオは固形物につき刺さったスプーンを高くかかげた。

「ああ、それかね、芥子だよ」

「芥子だって？」アントニオは笑った。

「君はまだ、こちらの質問に答えてないよ」

「あれとは、二時間ばかり話していたかな。あん時ゃ家に入るのが遅かったんで、ウイニフレッド小母さん、そりゃあおかんむりだったよ。あの女《ひと》、鍵かけて寝ちまっているだろ、こっちは呼び鈴鳴らして彼女を起こさなきゃならないしさ」そう言ってアントニオは、砂色の睫毛の下から茶目っ気のある表情をのぞかせた。「話をしてたんだよ、それだけさ」

「それだけ？」

「ほかには何もないよ、あんたにウソは言わないよ」

「アントニオ、もっと気をつけないとね」

「心配はいらないよ。パムは気立てのいい娘なんだ。俺だって、時には女の友だちが欲しいよ。女と話したり、一緒にダンスをしたりするのは楽しいもの」

「それに、夜中に二時間、女と車の中で過ごすのも悪くはないしね」

「ああ、それもいいよ。けど、俺はあいつに逆上《のぼ》せちゃいない。俺がホントに愛情感じているのは女房だけさ。俺は女房を裏切るようなマネは、金輪際するつもりはないよ」そう言ってアントニオは珍しく着込んだ裁断の悪い灰色のスーツ――背広姿の彼には、イタリア人の男が通常そなえているような優雅さは微塵もなかった――の胸ポケットをまさぐると、その中から紙入れを取り出した。「あんたにゃまだ、女房の顔も子供たちの顔も見せちゃいなかったね」

アントニオが見せたその写真の中の女は可愛らしかった。頭の真ん中で分けられた豊かな黒い髪は、四角く左右相称な顔をのせる肩の両側へまっすぐ落ち、その大きな胸は高く盛り上がっている。目はパムのそれのように大きかったが暗く沈んでおり、ふっくらとした下唇と上唇の上にうっすらと生毛《うぶげ》のはえている口が作り笑いで開かれた時でさえ、それは病と絶えざる不満の存在を示していた。アントニオの話だと、妻君は彼より三歳年下だということであったが、顔つきから見るに、彼女はすでに中年に達しようとしているかに見えた。こちらが妻君の写真を手に取って眺めていると、アントニオはテーブルに身を乗り出して妻の姿をじっと逆さに見つめていたが、その時の私に、嫉妬の疼きは皆無だった。

「奥さん、なかなか美人だね」私は言った。

「そうなんだけどね」アントニオはこちらの言葉に逆らいはしなかったものの、その声は奇妙にも、パム以外の女のことをあれこれ私に話して聞かせる際の熱気というものに欠けていた。「あいつは美人さ。ナポリの出身でね。親父さんは、昔そこで市長をやっていたことがある。初めは、娘をサッカー選手なんぞにやれるかって、すごい見幕でね。まあ今じゃこっちも哲学者ってことになったんで、親父さんとも、何とか仲直りしたってわけさ。あんたなら、きっと女房を気に入ってくれると思うよ。フィレンツェに遊びに来てくれりゃ、あいつの料理がどれほど美味いか分かるよ」アントニオが私に自分の故郷を訪ねるようさそったのは、この時が初めてだった。

「彼女は英語ができるのかね?」

私のこの問いに、彼は大げさに頭を振った。「いやいや、そっちの方は全然ダメさ。教養のある女じゃないんでね」フロレンスには、教養はなくとも英語の話せるホテルの寝室係女中や秘書や女店員のいることを私は知っていたが、そういう女たちの話をすることは避けた。「語学なんて、からきしできやしない。あいつは平凡な主婦さ。俺にしたってそのほうがいいしね」

そう言うと、アントニオは紙入れから、もう二枚写真を取り出した。「これが俺の息子——今年で五歳になる。女房の奴ったら、俺が家にいなくなってから、こいつが全然言うことを聞かなくなったって、ぼやいてばかりさ。おまけに、坊主がなつくのは俺にばかりなもんで、時々はやきもちとくる」

写真の子供はピンストライプのスーツを着込み、念入りに締めたネクタイに「カルロ」という名前の入った金色のネクタイ留めをしていたが、なめらかなその髪はアントニオのそれと同じ色をしており、「小さな大人」という表現がまさにぴったりの子供に見えた。それは、私の前に座っている、もっとすばらしくもっと優美で病的でさえある大人の、完全な複製なのだった。

「君に似て、なかなか美男の息子じゃないか」

「みんなそう言ってくれるよ。息子は父親似だってね。でも、どういう理由《わけ》だか、女房の奴、他人《ひと》にそう言われるといつも機嫌が悪いんだよ」アントニオは、これを冗談めかして言った。が、この言葉の裏には、悪意の濃い影がさしているように見えた。「きのうも女房の奴と電話で話してたんだけどね、あいつ、俺に早く帰ってきて欲しいって言うんだよ。カルロの奴がとても手に負えないってね。電話の様子じゃ、どうにもならなくって、もう相当参ってるって感じなのさ」

「でも、どうやってフロレンスに帰ろうっていうんだね?」

「どうやって帰るたって、もちろん、そんなこと、できっこないよ。女房にも言ってやったんだ、そんなの、できない相談だってね。でも、なかなか分かっちゃくれなくて。女にこの手のことを分からせるには、どだい骨が折れるね」

「全部の女がそうとは限らないけどね」

「女房の奴、そのうち、この俺が仕事で名をあげるって信じてるんだ。あいつは昔、亭主がサッカーの選手だったってことを自慢してたんだが、今じゃその亭主が哲学者だってんで、鼻を高くしている。けど、サッカーのことなら分かってくれても、哲学のこととなるとさっぱりなんだ。あいつにゃ、神経の集中とか自己修養とか孤独っていう、哲学をやる上で不可欠なもののことが全然分かっちゃいないのさ。それから、今の特別研究員の地位が、この俺にとってどれほど大事なものかってこともね。女房の奴、俺たちが一緒に暮らしていた時より――ごらんの通り、俺は英国《こっち》で、あいつはフィレンツェで――今の方がずっとたくさんの金を使っていて、そのくせ俺は、昔より勉強していないって思いこんでいるんだ。俺がサセックスに来るのを納得させるのにどれほど骨が折れたか、察しがつくだろう」

　この話を耳にしただけで、私にはアントニオの妻が愚痴っぽくて、我儘で、血のめぐりの悪い、厄介な女に思えた。

「息子のカルロは女房の頭痛の種さ。あれの頭痛はひどくてね」そう言って、アントニオはなおもつづけた。「息子はホントにいい児だよ――とっても賢くってね。でも、あれはなんていうか……」ここまで話すとアントニオは、さも言うべき適当な言葉が思い浮かばぬという風に、ひと息ついた。

「行儀の悪い《カッティーヴォ》ところがある？」

　私のこの言葉に、アントニオは首をかしげて考え込んだ。「ちょっとばかし、気紛れ《カプリッチオーソ》がすぎてね」彼は言った。「男の子にゃ、やっぱり男がいないとね」

「家には奥さんしかいないのかね？」

「お袋が一緒にいるにはいるんだが、喉頭炎をわずらっていてね、あんまり動きまわったり働いたりできないのさ」

アントニオはこう言うと、またぞろ紙入れの中をまさぐり、今度は中から、真っすぐな黒髪が額にふわりとかかった、肥り気味の赤ん坊の写真を取りだした。赤ん坊は肩掛けを敷いた上に腹ばいになっている。「これが娘、ヴァレンティーナっていうんだ。みんなにゃ、〈ティーナ〉って呼ばれているけどね。まだ四ヵ月なんだよ。もしこの子が生まれてなけりゃ、女房の奴も俺についてブライトンに来れたし、今みたいなもめ事はなんにも起こらなかったんだけどね」

私は実のところ、他人《ひと》から赤ん坊や赤ん坊の写真を見せられても言うべき言葉が見つからず、戸惑いをおぼえるのが常である。独り暮らしの私の友人などは、こういう時すぐに、「おや、こりゃあ本当にかわいい赤ちゃんだ！」と感嘆の声をあげることにしているのだが、このほめ言葉を聞いた子供の母親は、まず間違いなく喜色満面にあふれるという。「愛らしい娘じゃないか」私は言った。

「でも不思議だね。俺はこの子に、息子に覚えるような愛情を感じないんだよ。坊主が生まれたときに感じたような気持ちも、今あれに抱いているような気持ちもね。こりゃあ恐らく、この子が――何ていうか――望まずして生まれた子供だからさ。まあ、こういうことは、思わないようにはしているつもりだがね」

「二人目は、欲しくなかったのかい？」

「いや、そんなこともないんだけどね」彼は頭《かぶり》を振った。「ただこの時期にはね、やっぱり欲しくなかったよ。女房の奴はたぶん違うことを言うだろうけどさ」アントニオはそっけなく笑った。「女房の奴、たぶん二人目が生まれれば、俺は家を離れない、と思ったのさ」

「でも、そうはいかなかった」

「そりゃそうさ。自分にやりたいことがありゃ――どうしてもやりたいことがありゃ、どんなことをしたって俺はやるさ」

「そういう面じゃ、私たちは似てるね」静かに私は言った。

「ああ、俺たちゃ似たもの同士さ」そう口にすると、彼はスプーンでなおもくだんの芥子をかき回しながら、こちらに笑みを浮かべた。「俺たちゃ、二人とも利己主義者だよ」

弟夫婦は自分たちの主催するビュッフェ・パーティに五〇人程度の人間を招待していたが、私はアントニオに、ここでは多くの映画界（弟は映画監督をしていた）や文学界や政界の著名人に会えるだろうと話していた。

アントニオは私と異なり、まったく宴会向きにできた男で、話しかける誰にも、これほど旺盛な好奇心の持ち主なら、この部屋にたとえどれほどの来客があろうと、彼が興味を覚えぬ人間はただの一人もいまい、といった印象をいだかせた。アントニオの英文学についての知識は浅く、英国の政治の知識となるとそれよりさらに浅かったが、あちらで作家相手に話そうが、こちらで大蔵省の高官や国会議員相手に話そうが、彼は気後れするどころか、ややもすれば、勢いにおいて相手を圧倒しているかのような感じを周囲に与えた。私は陰鬱な気分でいたり邪険な気持ちでいるとき、よくこの男の「おはこ」の（つまり誠意のない）愛嬌をなじったものだが、こういう非難は実のところ、彼にはあたらなかった。私が正真正銘の人間嫌いであるのと逆に、アントニオは正真正銘の人間好きであった。

パーティ客のほとんどは、私の顔見知りだった。私は彼らと言葉を交わしながら部屋の中を移動する間にも、決してアントニオから目を離さなかった。戦前の世の母親が舞踏会でよく、初めて社交界に出た自分の娘を遠くから心配そうに注視したように、私は彼の挙措に注意を怠らなかった。どれほど長くアントニオは、英国文化振興会《ブリティッシュ・カウンシル》に勤めるニキビだらけの娘（彼女はいつも、自分はたんなる秘書ではなく、もっと重要な仕事をしているという印象を相手に与えようとしていた）と話し込んでいたことだろう。そして二人はどれほど頻繁に、互いに微笑を交わし合っていたことだろう。おや、今度はあいつ、アンドリュー・マスターズ閣下《さん》と話しているぞ。奴にとっちゃ、あのお大尽《だいじん》とああして言葉を交わすのはさぞ面白いにちがいない。ほほう、あそこに、これまた派手な格好の雌犬がいる。芸能人斡旋業者もどきのことをやっている女だが、アントニオを引っさらおうとしているな……

その時、部屋の隅に視線を移した私に、おそらくライプニッツの世界的権威である旧友のマイケル・ハートの姿が目に入った。彼は涙ぐんだような蒼白い目を腫れぼったい瞼《まぶた》でほとんどつつみ、腹の上で手を組んで、この二、三週間のうちに自分を冥土に送ることになる心臓病と腎臓病のために浮《む》腫《く》んだ体を、壁ぎわの椅子に深く沈めていた。アントニオを、なんとかしてこの男に引き合わせねばならない、私はそう思った。

「アントニオ、ちょっとこっちへ来てくれないか」私がそう言ってアントニオの肘を取ると、彼はすぐに話し込んでいた娘に断りを言った。

「ちょっと悪いけど、失礼《チャオー》するよ。用事ができたんでね。またあとで」

「またあとでね」アントニオの言葉をうけて娘はこう言うと、その小さな鼻に皺をよせ、かかげた手の指をさかんに動かして挨拶した。

間近に死の迫っている老哲学者にとって、アントニオは大いなる魅力であった。マイケルがぐったりしているその椅子の肘掛けに腰を浅くかけ、敬愛の念をこめてアントニオは、一〇代の頃初めて彼の『ライプニッツ』を読んだとき、どんな気持ちをいだいたかを話し始めたのである。マイケル・ハートは妻帯したことがなかった。彼はおそらく、男とも女とも共寝をしたことはないはずである。私はかねがねこの男のことを去勢された同性愛者だと思っていた。だがマイケルは自分の性癖を、まさに已れが差し迫っていると自覚している死と同様に、私のような昔から親しくしている同類者にもつねに隠していた。が、この才気ばしった美青年からすぐそばで敬意を払われては——アントニオはマイケルとの出会いを喜び、感動のあまり言葉をなくしたほどだった——その相手を無視し、冷淡でいることは無理だった。マイケルは生来の醜男で——彼はいつも自分の醜さを病的なまでに気にしており、一度私に、もし神がただひとつ願いごとを叶えてやると言えば、自分を美しくしてくれるように頼む、と打ち明けたことがある——しかも彼の病気は、この男をたんに醜いというより不気味な存在にしていた。が、それでもなお彼の醜悪な顔は、さながら鎧戸のしまった部屋に置かれた曇った鏡が、その隅からほんのつかの間、表通りに降りそそぐまばゆい陽光を微かに跳ね返すように、アントニオの放つ輝きの幾分かを反射しているかに見えた。

と、そのうち、義理の妹がこちらに挨拶に来た。「まあ、ヴァリ博士《さん》、わたくし、そりゃあ先生を、アニー・ポウエルにお引き合わせしたいと思ってましたの。先生、わたくしが誰のことを申し上げているかご存じかしら？」

アントニオはサッカーの選手時代からポピュラー音楽の趣味をもっていて、妹にこう言われると、肘掛けから急に立ち上がって、さも嬉しそうにうなずいた。「もちろん！ 知っているってようなもんじゃないですよ」彼はそう言うと、彼女に随《つ》いてお目当ての人物のいる方に歩き始めたが、歩をすすめる間にも、アニー・ポウエルの最新の曲を口笛で吹くのだった。

「見上げた奴だね」自分の顎の腫れ物を人差し指の長く黄ばんだ爪でひっかきながら、マイケルは腹立たしそうに言った。「本当に見上げた奴だ。あれはきっと今に大物になる」

「彼は哲学者として才能あると思うかね？」

「たぶんね、ああ、たぶん才能はもっているよ。でも、私が本当に感心するのは性格的なものだね——まあ面構えというか、あんな男は滅多にいるもんじゃない」こうして周囲の人間のアントニオに対するほめ言葉を聞くたびに、私は決まって誇りと嫉妬の葛藤に苦しめられるのだった。私はアントニオのことを、丁度とほうもなく優秀な息子をもった父親のようにまわりに自慢していたが、他方で、もし誰かがアントニオに対して私と同様の賛美の気持ちをもってしまったら、彼が特にこちらを必要とする理由はなくなってしまうという警戒心を抱いていたのである。


　アントニオに対して賛美の声をあげた拍子に、マイケルはその泣きはらしたように赤い小さな目に涙を浮かべて咳をしたが、その時、喉の奥の方で痰《たん》のごろごろ鳴る音がした。マイケルはツイードの上着の胸ポケットからハンカチを取り出すと、喉の奥のものをその中へ吐き出すのだった。「あの若者——」そう言いかけて、マイケルはまた咳をした。「君の連れているあの若者は、あんな男は滅多にいるもんじゃない。そう、あれだけきれいな男はね。いや、もちろん私の言ってるのは、外面的なことだけじゃないんだ。そうじゃなくって、あの美貌は、内面的なものの外面的な表示だよ。て、天性の美しさ、とでも言ったらいいか——とにかく、まったく希有な美質だよ」そこまで言うと、マイケルは息を切らしてせわしく呼吸したが、少し落ち着きを取り戻すと、ハッとするほど悪意に満ちた目でこちらをやぶ睨みして言った。「私が初めて、ベイリオルのマーティン・ティヴァートンの部屋で君にあった頃——覚えているかね、君も本当に幼くてかわいかった。オクスフォードのために乾杯《トースト》を、だ。たとえ、その焼きパン《トースト》に焦げ目がつきすぎていてもね。けれど、それにしたって、もしわれわれが、あの愛すべき感傷的なマーティンの言うことさえ信じていたら、だれも、君の愛らしさ――そう、美しさが内面的なものにさかのぼる、などとバカげたことを口にしなかっただろうよ」マイケルはぜいぜい息を切らし、いかにも冗談めかして言った。が、この言葉ははるか昔、彼が私に味わわされた拒絶の苦々しさを、そのますますべて含んでいるように見えた。もっともその拒絶ゆえに、われわれの友情の絆が切れたり、彼がこちらの名前を心に思い浮かべなくなる、というようなことはなかったが。

「もし、ほかに用事がなかったら、今夜、あの男と一緒に、夕食に来ないかね」こちらとの話が終わる頃になって、マイケルはこう私に申し出た。彼は椅子に沈めた巨体を起こしながらそう言ったが、姿勢を直すのがさも辛そうだったので、私は彼に手を貸さねばならなかった。「返事は、今でなくってもいいんだ。今日は午後から、ずっとクラブにいるから、もし来られるなら、電話をくれたらいい。電話がなければ、君には、油で揚げるのにもっと旨そうな魚があると、思うことにするから」

マイケルからこの申し出を受けた時、初めは、聞かなかったことにして、アントニオには何も言わずにおこうと思ったが、しばらくするうち、この判断のおろかさに気づいて、私はすぐさま自分を恥じた。マイケルと懇意になれば、アントニオの哲学者としてのこれからに有利になるかもしれない。たとえあの男がアントニオに興味をつのらせたところで、他人はおろか自分に対しても己れの性癖を認めたがらない、あの死神にとりつかれた男がどう転んだって、こちらとアントニオを張り合うようなことになる恐れはない。

パーティ客の帰った後、私たちは弟夫婦と昼食をとったが、食事がすんだところで、私はマイケルの招待のことをアントニオに伝えた。「帰りの列車はどうなるのさ?」こちらの話を聞くや、アントニオはすぐに時計に目をやって――それは、後ほど私が始終目にすることになるこの男の癖だった――そう訊ねた。

「列車のことなら心配はいらない。三〇分おきに出ているから」

アントニオは、マイケルの招待をためらっていた。「ウイニフレッドの小母さん、俺の晩メシ、つくって待っていると思うんだ」

「でもあの人には、そういうこと、前日から言っておかないよ。彼女には私から電話しておこう」

「ああ、そんなことなら、どうってことはないよ。彼女には私から電話しておこう」

アントニオがこうしてマイケルの招待を受けることをためらっているのは、この男がすでにパムと約束があるためで、彼はそれをこちらに言い出しかねているのだと私は踏んでいた。が、私は彼のこういう嘘を許すかわりに、いつものように、この男の口から本当のことを言わせずにはいられなかった。

「なにをバカな、ウイニーのところには、日曜は冷肉しかありゃしない。彼女の用意しているのがベーコンか鰯か知らないが、そんなもの、明日まで冷蔵庫に入れておけばすむことさ」

「いや、小母さんのことだけじゃないんだ。ちょっと仕事もあってさ。ゼミの準備が大変なんだよ」

われわれの議論はなおもつづいたが、アントニオは話の辻褄をあわせるのにあたふたしだし、しだいに自分の張りめぐらした作り話の糸に体をひっかけて身動きできないようになっていった。しかしそれでもなお彼は、こちらの意に従うと言いもしなければ、自分が帰宅を急ぐのはパムとの約束があるためだと認めもしなかった。結局、私はアントニオに押し切られる形で、午後も遅くなってから、彼とともにロンドンを後にすることになった。

「君があんな絶好の機会をのがすなんて、残念でならないね」列車の中で私は彼に言った。

「絶好の機会って?」

「マイケル・ハートとの夕食のことさ。彼はウィトゲンシュタインの親友だったんだ」

「知ってるよ。彼からそう聞いた」

ウィトゲンシュタインについては、アントニオはしばしば私に、この哲学者に自分は非常な親近感を感じると洩らしていた。

「マイケルは、ウィトゲンシュタインとかなり手紙のやりとりをしていてね、うまくやれば、その手紙が見られたかもしれない」

「ほかの日に、ぜひゆっくり会わせて欲しいものだね」が、私は、彼のこの言葉に応じなかった。

「無理かい?」

「いや、無理でもないが、はたして、それまであの男が生きているかどうか」

「生きているかどうか、だって?」

私は、マイケルの命が風前の灯であることを言ってから、こう締めくくった。

「君が弟のところで、一刻も早くブライトンに帰りたそうにしたのは、なにもウイニーや仕事のことがあったからじゃない。ちがうかね?」私がこう言うと、アントニオはこちらから顔をそむけて、車窓を過ぎるわびしい田舎の景色に目をやった。

「誤解だよ」嘘言《いつわり》を承知であえてそれを主張する子供のように、アントニオは怒気をおびた声でぽつりと言った。

「君は、今夜パムと会う約束をしていたから、帰りを急いだんだ」答えはない。「ちがうかね」

ここまで言ったとき、アントニオは突如降伏の態度に転じて、こちらに視線を向けた。「そうさ、パムと会う約束をしてたのは、ご想像のとおりだよ。でも、それはほんのちょっとの時間でね、あそこで言ったことも、ウソじゃないんだ。ウイニフレッド小母さんは、やぶから棒に食事はいらないなんて言うと機嫌がわるいし、今夜は、そりゃあいっぱい読まなきゃならないものがあるんだよ」

「おかしなことを言うんだな。私がイタリアに行ったとして、もしモラヴィアが——いやモラヴィアじゃなくても、マリオ・プラーツなりパヴェーゼなりが夕食に招いてくれたら、どんなに可愛い女や知的な女との約束があったって、そのために彼らの招待を断るようなマネは、絶対しないがね。でも君は、もしあの世からウィトゲンシュタインが戻ってきて会おうと言っても、ウィトゲンシュタインよりパムみたいな女の方をとるんだ」そう言って私は高笑した。私がこの男に対して吐くもっともトゲのある言葉は、こうして冗談めかして言われることが多い。「そうだろう、アントニオ」

この私の言葉に、アントニオは笑顔で応じた。が、その笑顔の中にはもはやおかしみといったものはなく、あるのはただ困惑と羞恥だけだった。「多分、言われたようなことになると思うよ。そこがイギリス人とイタリア人のちがいでね。俺たちにとっちゃ、女は、なくちゃならないものなんだ」

「自分の一生の仕事と決めたことより大切なのかね？」

私の言葉に、アントニオは肩をすくめると、目を転じて、またぞろ薄暮の田舎風景に目をやった。

「もっと禁欲的になって自分の仕事に集中するんでなくちゃ、いくら才能があったって、ろくな学者にゃなれんと思うけどね。君は行きの列車の中で、奥さんは哲学の研究に理解がないと言った。しかし私に言わせりゃ、奥さんのことよりまず君自身、研究者としての態度がなっちゃいないよ。自分を律するってことがまるでないんだから」

「おっしゃるとおり、俺はどうせ偉い学者になんか、なれっこないよ」アントニオは、さもうんざりしたような口調で言った。「俺のできる研究なんてせいぜい人並み程度、大学者になんか、とてもとても……俺は次から次へ、あっちこっちのことに興味が湧いてきちまうのさ」

ここまで言うと、彼は急に口をつぐんで目を閉じた。本当に眠気がさしてきたのかそういう振りをしているだけなのか、判然とはしなかったが、私はなおもアントニオに視線を注ぎつづけた。彼は広い胸の前で腕をくんで、一方にかしいだ頭はいまにも肩につきそうである。脚はといえば前方に無造作に投げ出され、踝《くるぶし》は私のそれに当たっている。股間にまで押しあげられた例のきついズボンは、彼の陰茎の輪郭をはっきりと見せていた。私たちの乗った長い車両に、他の乗客は見あたらない。突如、私は手をのばして、彼の頬をなでるか、うち開かれた股のふくらみに触ってみたいという狂おしい衝動にかられた。私が何時にもましてこの男に愛《いと》おしさをつのらせるのは、今のように、彼に苦しみを与えた後なのだ。

その時、アントニオは目をパチリと開けて、あたかも私が実際に誘惑に屈していたかのように、一瞬私を凝視した。その時、アントニオの瞳にもはや敵意はなかった。弟の家のパーティ客の賛嘆の的となったあの公の席での笑みとは別の、ごく親しい者だけに見せる親密な笑顔を、彼は私に向けた。

「ひと眠りしたらどうだい」

私は頭《かぶり》を振った。パーティの酒のせいであろう、心臓が動悸を打ちはじめていたのである。

「ねえ、ディック」しばしの沈黙のあと、アントニオはやにわに体をのばすと、乱れた髪に指を走らせながら、前屈みになって言った。「ちょっと聞かせて欲しいんだけどね、きのうの晩、あんたがした、その、犠牲についての話だけど、ありゃあ、俺とパムのことを念頭においてしたのかい？」

「とんでもない。そりゃあ違うよ。何でそんなことを言うのかね？　私は人間一般のこととして話したのさ」

私がこう言うなり、彼のうちにある、美しい天性の深い源からわき出した微笑が、ふと車窓に向けられたその顔を明るく輝かせた。「パムのやつ、自分への当てつけに、あんたがあんな話をしたんだと気にしてたんだ」

「彼女が？」

「そうさ。車の中で、俺にそう言うんだよ。たぶん、たぶん自分たちのこういう関係はあやまりだってね」

「そりゃあ、彼女の言うとおりさ。アントニオ」

「俺とあいつはただの友だちだよ。それ以上、何もありゃしない」

私は黙したままだった。

「あんた、俺の言うことが信じられないのかい？」彼は糺《ただ》した。

「さしあたり、君の言葉を信じたいと思っている。それに君があの娘《こ》に、愛情と呼ぶほどのものを感じていないってことも本当だろう。けどね、あの娘の君に対する気持ちは真剣だと思うね」

「そんなこと、ありっこないよ」が、この彼の言葉に確信めいたものはなかった。「あの娘は、なかなか分別のある女だからね」

「どんなに分別があったって、時と場合によっちゃ、それを失くしてしまうのが人間でね」

「そう、あいつは言ってるんだ、このまま会いつづけることがいいかどうか、分からないってね」

「そもそも、そんなことで思い悩むってこと自体、彼女が君との付き合いに、ある種の危険を感じている証拠じゃないか。単なる友だちってことなら、どうしてそんなことを気に病む必要がある？　そうじゃないかね」

「あんたのあの話がきっかけだよ、あいつが俺たちのことをいろいろ考えだしたのは」こういう彼の口調には、静かな内省のあとがうかがえこそすれ、私を非難するようなところは微塵もなかった。

「俺は、あいつの、っていうか、あんたの超自我の声を聞かされるのはごめんだよ」

そう言って、アントニオは溜息をついた。「たぶん、あんたの言うことが本当さ。俺たちゃ、もう会うべきじゃないんだ」

「いや、アントニオ、私も分からないんだ。君たちのことはこっちだって全然分かりゃしない」アントニオとパムの別れ話の責任を負うのが突然こわくなって、私は言った。「君は、たぶん私とは違うタイプの人間だからね。私はもう引き返せない情況の中に自分を追い込んでいく性質《たち》の人間だ。たとえ引き返したところで、死しか待っていない情況の中にね」この最後の言葉は、私たちの間にぶく石のように落ちた。「でも君は、いつも引き返せる情況でないと行動しない」

この私の言葉に、アントニオはまたしても笑みを浮かべた。が、この時の彼の笑顔はいかにも悲しいものだった。「俺はこれまで、何度も引き返してきた。俺だって、その、何ていうか、何か変わっ《ヴィーヴェレ・》たことが起こりゃ面白いのに《ペリコローサメンテ》、って思う性質だよ」

「いわゆる、事あれかし、だね」

「そう、事あれかし、だ。でも俺はいつだって止まることができるのさ」

「私にも、君みたいな才能があればと思うよ」列車は今やプレストン・パークの郊外を見下ろす大きな高架橋の上を走っていた。私は、目の疼きがますます耐えがたいものになるのは車両の揺れのせいだと思いながら、そう言った。

「俺は先へ先へ進むことはするけれど、これ以上は、という限界はこころえている。俺にとっちゃ、パムはただの遊び友だち《パッサテンポ》さ」

「パムもあわれな女だね」

「ほら、着いたよ！《シアーモ・アリヴァーティ》」そう言うと、アントニオは時計を見ながら立ち上がった。

「あの娘のことで、取り返しのつかないようなことはしないようにね」

「ああ、俺はそんなヘマはしないよ。もっとも、取り返しがつかなくなったところで、どうってことはないけどね」

5

「わたし、あの人が例の娘の車のなかでいつまでも話し込んでいるのが、たまらなく嫌なの。近所で噂になるのが目にみえているもの。それにね、夜中の三時や四時に帰ってきて、家の中をうろつかれるのも我慢ならないわ。あなた、ひどい時には、そんな時間にお風呂にまで入ろうっていうんだもの。大の大人が分別も何もありゃしないんだから。ホントに困ってしまうわ」

スーパーマーケットで出くわしたウイニーが大声でこう話しだしたので、周囲の人間の視線は自然こちらに集まることになった。老女の一人など、うす汚れた手でスープの缶詰をつかみながら、ウイニーの話を聞くのに足を止めさえしたものである。

「あれがいつおしまいになるのやら」

「ああ、彼はあの娘と本気でつきあっちゃいないと思うよ。だってそうだろう、イタリアの男が一体どういうものか、君だって先刻承知のはずじゃないか。こっちをあんな面倒にまき込んでくれた、ジーノとあのあばずれ女のことを思いだしてごらんよ」アントニオの前にウイニーの所にいたそのジーノというイタリア人は、付き合っていた売り子の娘を妊娠させてしまったのだが、ジーノの法螺話を真に受けて、彼の実家を相当の物持ちだと思いこんでいた娘の両親は、何が何でも我が子をこの男と一緒にさせようとした。慌てたのはジーノの方で、彼はにっちもさっちもいかなくなって困りはてていたが、娘の出産の面倒を見、生まれた赤子の養い親の世話までして、彼を窮地から救い出したのは、他ならぬこのウイニーであった。「アントニオは、ジーノよりもっと現実的で冷淡だわ」ウイニーは言葉を足した。「あなた、今度の日曜日に、あの人を引き取ってくれるんでしょう?」

「そのつもりだよ。大工は家でまだ仕事をしているけれど、幸い、構わないって言ってくれている」

「あの人も、とってもわたしの所を出たがってるみたいなの」ウイニーは滅多に見せないような閃きのよさでそう言った。「それに、わたしにしたって、あの人には全然未練はないし……あら、この子羊の胸肉、ぜひお料理に使うといいわ。特価品よ。確かに油っこすぎるように見えるけれど、わたしだったら、これを使って、そりゃあおいしいシチューをつくってみせるわ……ええ、そりゃああの人がいてくれると、面白いこともいっぱいあるわよ——でも彼は、雅とはまったくちがうから。あの人には、他人に対する気遣いってものが全然ないんだもの」

「でもウイニー、彼はやさしい男だよ。心根のやさしさと他人に対する配慮というのは、別物なのさ。たしかにアントニオの、周囲《まわり》の人間に対する配慮は足らないかもしれないが、気持ちはいたってやさしい男なんだ」

相手の異論にことのほか敏感なウイニーは、すぐに反論した。「おや、わたし、なにもあの人のこと、悪く言っているつもりはないのよ。分かってくれるでしょう。わたしたち、そりゃあ仲良くやってるもの……あら、そう言えば、わたし思い出したわ」ウイニーはそう言うと、手前の煮豆の缶詰を取ろうとして爪先立ちになった。アントニオが嫌いで仕方がないと話していた食べ物である。「わたし、雅のことで、ちょっとあなたに相談に乗ってもらいたいと思ってたのよ」

雅にはつい四日前待望の子供が生まれたのだが、彼は下宿屋でのお祝いの会に招いてくれ、私はウイニーやアントニオと一緒に、弱いスペインのスパークリングワインで子供の誕生を祝ったのだった。

「というと?」

「ご存じでしょうけれど、赤ん坊が生まれたからには、雅、家族でアメリカに発つ前に、このブライトンで、奥さんと子供の三人で暮らしたいと思っているのよ」

「そう言えば、彼、私にもそんなことを言ってたね」

「だからあの人、いま一生懸命三人で暮らせるアパート——もちろん家具付きのよ——探しているんだけど、これがさっぱりなの。わたしが『アルゴス』紙でいろいろ調べてあげて、ここならって思えるアパートをいくつか世話したんだけど、雅が家主の所へ出向いて、生まれた子供のことを話すと、なんだかみんな話がまとまらなくなっちゃうの。でもまあ、その原因っていうのもおおよそのところは見当がついていて、結局、アジア人を受け入れてくれる所は夜でもお構いなしに泣きわめく赤ん坊を認めてくれない、反対に、そういう赤ん坊でも大丈夫って所は黄色人種はお断りって、こういうことなのよ。雅、家族で住む場所がないって、すっかり自棄《やけ》になってるの。こうなるのは、自分たちの肌の色とある程度——いえ、かなりのところ関係があるってこと、うすうす気づいているふしもあるんだけど、わたし、あの人がしょげているとこ見ると、ホントに気の毒でね」

私はすでに彼女の科白の行きつく先が分かっていたので、次のように独りごちた。いいか、お人好しはダメだぞ。心を鬼にするんだ。数部屋まとめて貸したその代金が借金の返済に充てられるから、あんな大きな家に住めるんだからな! 「そりゃあ、ついてないね」私は言った。

「わたし、なんとかあの人の力になってあげたいんだけど、八方塞がりで困っているの」そうウイニーはこぼした。「でも、わたし気がついたんだけど、あなたの所のあの地下室なら……」

「でも、部屋代がね」

「部屋代って？」

「差配人《エイジェント》の話だと、あの家なら、ちゃんと改装していい家具を入れれば、週十二ギニーは取れそうなんだ」

「それだけの部屋代、雅にはとっても無理ね」ウイニーは、食品の入った手押し車をうっかり自分に当てた女を、半ば目を閉じ唇をつきだして睨《ね》めつけながら、がっくりと声を落として言った。

「ああ、確かに無理だと思うね」

「彼、週八ギニーぐらいしか余裕がないって言ってたもの」

「そりゃあ、だいぶ差があるね。で、彼はいつごろ部屋がいるの？」

「五月の初めって言ってたけど」

「じゃあ、こっちは二ヵ月間、部屋を空けとかなきゃならないね」

「それなら、マッカンバーさんがたぶん学生をまわしてくれるわ。わたし、あの人に話したげる」

「そりゃあどうも」

「あそこの学生さんなら、真面目で申し分ない人がいるわ」

「そりゃあそういう学生もいるだろうが、中には申し分がないどころか、ずいぶん性質《たち》の悪いのもいるだろうからね」

「でも、雅があんなに困っているんだもの、できるだけのことはしてあげなくちゃあ、わたしそう思っているの。だって彼の場合、事情が事情なんですもの」

「君がそこまで雅に同情するのなら、どうして彼の部屋賃を手助けしてやらないんだい？　そんなことぐらい、煮豆やシチューにする特価品の子羊の胸肉を買って浮いたお金で、簡単にできそうなものじゃないか」ウイニーの科白を聞いて、私はこう言ってやりたかった。が、この時こちらが相手に言ったのは、「そうか、じゃあ僕も一肌脱がなきゃいけないね」と、これだけだった。

「そう、そうこなくっちゃ。お願いだから、ぜひ力になってあげてね」ウイニーは言った。

それから数時間の間、私はこの一件について考えをめぐらした。たまっている勘定や担保物件や当座借り越しのことなど、気にかかる点はいくらもあった。が、雅を立派だと思う気持ちや自分がかつて日本で受けた数え切れない親切のことをあれこれ考えた末、とうとう私はあまり気乗りしないながら、やむを得ず、雅に部屋を貸すことに決めた。

翌日アントニオに会った時、彼は急に思いだしたようにこちらに言った。「ディック、あんたはホントにいい人だね」

「そう言ってもらうのは嬉しいが、何でそんなことを?」

「ウイニフレッドの小母さんが、雅の部屋のこと、話してくれたのさ。だいぶ損をすることになるね」

「仕方がないさ」アントニオの言葉がきまり悪く、私は肩をすくめて言った。「雅が気の毒でね」

「あんたはいい人だよ、心のやさしい人だ」私たちは海にのぞむ丘を下っていった。アントニオはその腕を私の腕に絡めた。

「でも私の親切心は君のとはちがう。なんと言ったって、好きな人間に親切にするのは、要するに雅やウイニーや——そして君に親切にするのは、いたって簡単なことだ。でも、自分に関心のない人間にまで親切になれって言われると、私にはそんなことは到底できやしない。広い心ですべての人間を平等に愛するという博愛精神は、残念ながらもちあわせちゃいないんだ。君がもっているようなね」

「雅やあいつの家族とひとつ屋根の下に住むとなりゃ、こいつはさぞ楽しいだろうね」

アントニオはすでに、間借り人という意識でよりは新居の共有者という意識で話すようになっていたが、私自身そんな気持ちで彼に接していた。大工が仕事中の時でさえアントニオはあちこち見てまわり、部屋の内装の仕方についてもあれこれ意見を述べたが——もっとも彼の意見そのものは、大抵の場合的を射ていなかったので、その考えをこちらが容れることはなかった——こうして我家を自分たちの共同生活の場として、かけがえのないものと思ってくれている様子なのには心を動かされた。アントニオが興味を示したのは、部屋の内装ばかりではない。この時期、私の所有する絵画の多くは、いくらかの調度と一緒に居間に予定している部屋に積まれてあったが、私がふと気づくと、アントニオはその部屋に入って埃もいとわず床に膝をつき、そこに置かれているテーブルや椅子を吟味したり、私が日本から持ち帰った浮世絵や屏風に見入っていることが珍しくなかった。アントニオは私の所有物の多さ自体にもよほど驚いたようで、ある時など食器棚の中をのぞいて、「それにしても、えらくあるもんだ！」と茶碗の数に仰天し、声を高くしたものである、「茶話会《さわかい》に、五〇人もお客を呼ぶつもりなのかい？」「掛けもしないこんな沢山の絵、一体どうするつもりだい？」事あるごとに、彼はこんな問いを発しつづけた。

「そりゃあ、君にとっての女と同じで、見ると次々欲しくなるのさ」例によって、アントニオとこちらの所蔵する調度のことを話し込んでいたある時、私はこう相手に返した。「かりに、もっと私が幸せなら」私は言葉をつづけた。「我家の食器棚や屋根裏部屋はもっと空いていたことだろう」

私の調度に魅せられたアントニオは、さながら腹を空かして高級菓子屋に放りこまれた子供であった。例のごとく彼は、手にメレンゲ菓子をにぎらされ自分の幸運が信じられない少年のように、仏像や伊万里焼きやヴィクトリア朝時代の砂絵を手にしては嘆声を発したが、私はそんな彼の姿を目の当たりにして、時折り自分でも行き過ぎと思えるほどの気前の良さを発揮して言うのだった。「ああ、そんなに気に入ったのなら、あげるから持っていけよ。私には用のないものだ」こうしてアントニオに高価な調度品を譲るたびに、私のうちには、この男を愛撫すれば必ずや渦を巻くであろう興奮が頭をもたげるのだった。

「あんた、俺が育った家の中がどんなだったか、分かるかい?」

アントニオは、私の調度品を手にして一度ならず言ったものである。「部屋にあるのは実用品ばかりで、工芸品なんて何にもありゃしない。そりゃあ実用品と言ったって、中にゃもちろん美しいものもあるだろう、あんたがフィンランドで手に入れた、錆びない鋼鉄製のナイフやフォークみたいにね。でも俺の家にあったのはみんな、みんな、不格好で汚らしいものばっかりだった。けど、俺も今は、きれいな服をねだる女房やうまい食い物をねだる子供のいる家庭人なんだから、ちょっとぐらい家の中に美しい調度品を置きたいと思ってね……」

「おや、君の暮らしの方が私なんかよりずっと恵まれていると思うけどね。部屋の中はがらくただらけで、犬と猫しか友だちのいない独身男《ひとりもの》なんて、誰がなりたいもんかね」

「ディック——あんた、どうして結婚しないんだい?」私がやもめ暮らしをかこった時、アントニオは初めてこちらにこう訊ねてきた。

「これは、と思える女に出会わなかったからだよ」

「それが理由?」

「そうさ」

「知的で気品のある女には、家庭が欲しい、旦那はもちろん子供も、なんて言いながら、そのくせ、ややっこしい愛情なんぞはいらない、なんていう手合いが多いからね」

「そう、全くそのとおりだ。そこへもってきて、私はこういう絶対主義者だからね。いつも人生から求めるものが多すぎるのさ。子供時代、知ってのとおり、私の暮らしは君とは正反対だった。育ったのはインドだが、家には沢山の召使いがいて、だれもかれもみんな私の思いどおりにしてくれた。〈手に入れるなら最高のもの、他は要らぬ〉、これが両親の口癖だったのさ。だから今日まで私は、最高でないものは敢えて求めようとはしなかった、だが、自分の望みがいつも完全にとげられるとは限らない。で、もしそういう欲望が満たされないと、私はイライラして、欲求不満におちいるわけさ。二番目にいいものなんぞ、どだい興味がないんだよ。そんなもので我慢するくらいなら、いっそないほうがましってもんさ……もちろん、そんじょそこらの結婚なら、これまでにすることはできた。だが私は、完全な人間関係しか欲しくないのさ」

「人間の関係に、完璧なものなんてありえないよ」

「いや、一度や二度なら、ほぼそういう関係をもてた相手はいるんだ」

「でも悲しいね、結婚すりゃあ、あんたはとってもいい父親になれるっていうのに。あんたは世話好きで、他人《ひと》のためにすすんで犠牲になることだってする。頼りにされるのが好きなんだ」

「よく分かってくれているじゃないか」

こちらがそう口にすると、アントニオは肩をすくめ、私の言葉に当惑したように顔をそむけて言った。「ああ、俺はあんたのこと、よく分かっているつもりだよ」

その時突如として私は、このアントニオに自分の胸中を洗いざらい打ち明けてみたいという止みがたい衝動にかられた。「そりゃあ私だって、抱いてみたいと思った女もいれば、実際親密な付き合いをしていた女もいる。だがそういう女と寝てみても、すぐうんざりして、相手のことがいまいましくなってくるのさ。時によっちゃ、すっかり自己嫌悪におちいって、何日間もふさぎ込んでしまう始末だ」

「あんたの神経も、よっぽどどうかしているね」埃だらけの屋根裏部屋の中で、アントニオは私を凝視しながらそう言った。この物置からは午後の陽光が室外に退きはじめていたが、それは、さながらおのれの肉体からすべての精力が退いて、この体を弱く冷たいものにしてゆく様と同じであるように感じられた。

「そう、私の神経はどうかしているのさ」私はそう言うと、手を差しのべて眼前の大きな瑪瑙《めのう》の塊を手にし、それを高らかに持ち上げたのだが、それを目にしたアントニオは、あたかも私が今にも手中のものを自分に投げつけるのではないかと恐れでもしているように、その石から目を離さなかった。

「私は複雑怪奇な人間なのさ」

「人生に妥協はつきものだよ——いつだってね」

「だが、その手の妥協をしようにも、女にとっちゃ、これが怪《け》しからんことになるんだな」そう言って私は瑪瑙を下に置こうとした。冷え切った手は石の重みでふるえている。瑪瑙をもとの場所にもどすと、私は戸口へ向かった。「そう、そこなんだな」

アントニオが我家に越してくるまでに、自分の秘密の性癖を、ここまで相手に臭わせたことはなかった。胸に秘めてきたことの幾分かを口に出してしまうと、私はアントニオを従えて、地下に通じる狭い階段を手探りで降りはじめたが、気分は萎えるばかりで吐き気がした。大方の同性愛者というものは、青年時代どれほど口の重い人であっても、中年にさしかかると、その閉ざした口を徐々に開けてみたくなるものである。知人からもよく耳にすることだが、こうした人間の多くは自分の性向を明かしてみたいという破滅的衝動にたえず駆られていて、非常な苦しみさえ味わっているのである。だが私の場合、すでに年齢もそれなりにいっていることから、秘密を守る殻はすっかり固まって柔らかくなりようがなく、その硬度は日々増すばかりである。いちばん親しくしている友人のうちでも、私がおのれの隠し事を明らかにできる者は、ほんの二、三人に限られている。それでも時には、たまさか出会った同性愛者が倒錯者のそなえるあの鋭い勘でこちらの本性を探りあて、こっそり自分の秘密を明かしてくることがあるものだが、そんな折りにはこちらはすっかり脅えて狼狽してしまい、相手の言わんとしていることなど全く気づいていないような振りをするのである。そう言えば、ある有名な出版社の主催する夕食会に出かけた時のことであるが、こんな場面に出くわしたことを思い出す。男でいっぱいのそのパーティ会場に入ると、しなやかな体つきの、口髭をたくわえたある舞台演出家が、そばの友人にひそひそ声で話しているのを耳にした。「ほら、あの隠れ同性愛者《クロゼット・クイーン》だよ。全身に、その気配をただよわせているじゃないか！」――実はこの一週間前、その演出家はイーストエンドのトルコ風呂での自らの所行を私にあけすけに喋って、こちらの心胆を寒からしめていた。私のことを「密室の女王《クロゼット・クイーン》」とは、あの男もまったく巧いことを言ったものである。

それにしても、先にも言った私の分別は、同性愛者の仲間に私を、きざで冷淡で神経質な人間だと思わせる性質《たち》のものであったにせよ、アントニオとの付き合いにおいても、この思慮だけは決して欠いていないと思っていた。が、今にして思えば、それは明らかに誤りであったと言える。私はもちろん、多くの友人の同性愛者のように仲間の所へ立ち寄って、自分が今夢中になっている相手との情事を細部にわたって逐一打ち明けるというような真似は金輪際していない。その種のことについては、つゆほども話題にしないできた。ある時、当人が「坊や」と呼ぶ幾人かの男性を自分の周囲に集めることの好きな、旧友の元女優が傍らに来て、私が連れている「あの目のさめるような素敵な外国人」は誰かと訊ね、ずうずうしくもこちらの秘密を探ろうとしたことがある。けれど、この時も私は、相手につけ入る隙を与えなかった。が、それでもこの女や、こうしたことに関して彼女よりもっと鈍感で知識にも乏しい他の人間に対して、私の気持ちはかなりゆるんでいたに相違ない。そして自分の意中の男のことを、われ知らず周囲の人間に臭わせていたという全く不面目な事実に後から気づき、私は恥ずかしさと自己嫌悪の気持ちでいっぱいになってしまうのだった。あの弟の家のパーティだけでなく、アントニオと共に出たあらゆる席で、私の目は、われわれが全く別の出席者と言葉をかわしている時でも、彼の姿を追っていたのである。私はそういう席で、息子に甘いおろかな父親のように、アントニオに皆の前で隠し芸を披露するようすすめたり、その集まりが知的なものであったりすれば彼に哲学を話題にするよう仕向けた。またアントニオの友人が集まっている席では、大学でこの男がものにした女の話をもちだして彼を冷やかし、一緒に行きつけの居酒屋に行けば、アントニオに「アリヴェデルチ・ローマ」や「チャオ・チャオ・バンビーノ」を歌うよう促した。いつもの居酒屋には、地毛らしからぬ赤毛をした、終始クスクス笑いをしているピアニストがいて、彼はアントニオのことを「ゼリー腹の旦那《シニョール・ジェリー・ベリー》」と呼び、しわがれ声のテノールで、時々おしゃべりを交えながら――この話の筋が分からないのか、それとも分からない振りをしているのか、アントニオはそれに反応しなかった

――彼のために、恋する者の思いを切々と歌うイタリアの恋歌を次々がなるのだった。

このピアニストのアントニオに対する気持ちは、歌を聴かずとも、彼が睫毛をふるわせたり、そのたるみのある唇をはにかみながら財布の紐をしめるようにきりりと結ぼうとしたり、時折り気違いめいた吹き出しかたをすることでもはっきりしていたが、こちらもこの点では彼と五十歩百歩であって、相手に盲目的な熱情をいだいていることでは同じでも、こちらはもっと自省的などと思いこんでいたのは自分だけで、周囲の人間には私の関心のありかなど、一目瞭然だったに相違ない。思えば、アントニオと一緒にパーティに出かけた時など、無意識のうちに私が飲みものを取って最初に手渡すのは彼で、席につくのも彼のとなりか彼のそば、またアントニオが冗談をとばせば、いつも私がいちばん大声で笑い、彼が講釈すれば、いつも私がいちばん注意深く耳をかたむけていた。

私は、アントニオに対する想いを、他人の目からうまく隠しおおせていると思い込んでいたと同じように、それをアントニオ自身からも、てっきりうまく隠しおおせていると思い込んでいた。ある人間に対していだく激しい情熱や恋心を率直に表わすことに尻込みしてしまう者の常として、私はアントニオに法外のお世辞を言ったり、しつこく彼の尻を追いかけたりしたものだが、彼はと言えば、私のそういう態度に戸惑いをおぼえたり困惑したりするどころか、おのれに対するこちらの献身を、喜びをあらわにして受け入れてくれた。私が日ごろ経験するところでは、普通の男は他の男からの情欲のほのめかしに時折り激怒したりうんざりしたりするものであるが、愛情そのものについては、すべての愛と同様、彼らに喜びをもたらす。アントニオについて言えば、彼は自惚れのつよい男であり、当人の望むほど他人から目をかけられることのなかった子供のように、周囲の人間の注意を集めることに熱心だった。私ならば誰かに敬意を表されたりすると、たとえそれが正当なものであると分かっている場合でも、つい戸惑いを覚えてしまうところがあるが、アントニオにとって賛辞とは、英国の冬の日に突然ふりそそぐ暖かな陽光のようなものであり、こちらが彼に飽くことなく、たぐいまれな美男だの才人だの、とびぬけて鋭敏な男だのと（これらは皆本当だった）ほのめかしたり明言したりすれば、アントニオはアントニオで、飽くことなく私の賛辞に聞き入るのだった。

私は今、自分がアントニオに恋していることを、他人にもまたアントニオ自身にも気づかれていないと思い込んでいたことが、どれほど見当ちがいであったかを痛感している。我家には男友だち同様女友だちもしょっちゅうやってきたが、アントニオは私の異性に対する態度――腹蔵なく公平だが、いたって無味乾燥である――が、彼のそれとまったく違うことに気づいたはずである。それに我家にやってくる友人の中には、アントニオの面前で――多くの場合、明らかに故意に――「君は、向かいの家にあんなにきれいな学生さんが二人も暮らしているってこと、僕に全然話さなかったね」とか、「魔女の僕としちゃ、自家用ほうきを君の家の通りにとめておけるなんて、思ってもみなかったよ」とか、あるいは、「君は、例のアメリカ女優のジーン・ハローが髪を金髪に染めるのに使ったリンスが好きかい？」とか、自分の性癖をアントニオに明かしてしまうようなことをあけすけに喋る不埒なやからがいた。

そうして、そこに出るべくして出てきたのが、画家モーリス・ローデス訪問の一件だった。

モーリスは現在八〇代半ばの老境にあるが、私はその昔、作品を観たいので車で伺う旨を手紙に書き、実際彼のアトリエを訪ねて、おさえきれない贅沢な衝動にかられて、モーリスが当時公にはしていなかったすばらしい男性の裸体画の一つを買ったことがあり、彼とはそれ以来の付き合いであった。弟の家でのパーティから暫くして、芸術作品に溢れたヴィクトリア朝風の広大な家に暮らしている、慎み深い「カップル」である二人の友人がその老画家の所に連れていってくれるよう頼んできたので、さっそく彼らの希望をいれた私はアントニオに、われわれに同行するか否か尋ねたのだった。それというのも、ウィトゲンシュタインを別にすれば、アントニオがもっとも賞賛する現代哲学者というのがラッセルとG・E・ムーアの友人で、ケンブリッジで彼らの同僚でもあったロベルト・シケイロスであったが、第一次世界大戦の最中《さなか》、腸チフスのためまだ二〇代の若さで死んだこのスペインの哲学者とモーリスが友人であったことを、アントニオはどこかで読んでいて、今はテイト・ギャラリーに掛かっている、現存するものとしては恐らく唯一といわれる、モーリスの手になる名高いシケイロスの肖像画の写真を、彼は見ていたからである。アントニオはもちろんわれわれと行を共にすることに同意した。

モーリスの家へ向かう車の中で、アントニオは言った。「シケイロスの友人の中でいちばん親しくしていた人に会えるのは嬉しいかぎりだね」

「たんに友人ってだけじゃありません。あの人はシケイロスの愛人だったんです」私とアントニオの前の座席にすわっていた「カップル」のうち年若な方のラルフが、首をめぐらして言った。

このラルフの声はとても静かだったから、アントニオには彼の声がはっきりと聞きとれなかったかもしれない。モーリスはシケイロスの愛人だったという言葉に、アントニオはべつだん注意を払いもしなければ驚いた様子もみせなかった。

車を運転していたラルフの相方のマーヴィンが口をはさんできた。「『エンカウンター』誌の例の記事で自分の色恋沙汰を暴露されながら、あの老翁が抗議一つしないのは不思議ですね」

「あの人がまだ生きてるなんて、世間の人間は知らなかったんじゃないのかね」私は答えた。

「往年のあの人は、そりゃあぞくっと来るほど色っぽかったにちがいないですよ」ラルフは言った。「あのころの人たちは、感情的にはみんな、そりゃあ密度の濃い生き方をしてましたよ。不滅の愛の告白もすれば、恐ろしい嫉妬の鬼にもなったりするし、これぞと思う相手のためには、気高く自分を犠牲にしたりもする。それに比べると、われわれの時代なんて、実に生ぬるい。何でも許されちゃうんだから」

このようなやり取りを聞いてもなお、その背後にあるものについて、アントニオは理解した様子を微塵もみせなかった。

なるほど、往時のモーリスはさだめし美男であったに相違ない。天井一面に神々と精霊《ニンフ》との猥らな闘争《あらそい》の描かれたアトリエの隅にあるアルコーブの、タイル張りの大きなロシア製のストーブの前に腰をすえて、老画家がこちらと話をはじめた時、私は先のラルフの言葉に合点がいった。彼の背は今やちぢみ、その声にしても鼠の鳴き声さながらいかにもか細く、その話を聞きとるには、われわれ四人とも前へ身を乗りださねばならぬほどだったが、粗野な手で乱暴に撚《よ》った薄葉紙を広げてのばしたような皺だらけの顔は、その味わい深さにおいて、アントニオの若い美貌と比べても遜色がなかった。いかにも華奢な身体の持ち主であるモーリスには、気品と優雅さとがみなぎっており、この男の優美な体つきとアントニオの筋骨たくましい体つきとがみせるそのあざやかな対照は、面白くも哀しいものとして私を打った。もしアントニオが、自分の膝の間でその指をにぎりしめている農夫の手でモーリスを殴打すれば、その美しい老体は崩れ壊れて塵芥《じんかい》と化すると思われた。

「……ほう、あなたのような若い世代がシケイロスを読んでおられるとは」モーリスは、シケイロスが死んでこのかたずっとその評価を上げてきていることを、まったく知らないでいたとでも言わんばかりに、さも驚いたような口ぶりで言った。「だが私はご承知のとおり、彼が書いてよこしたこと——と申しますか、哲学的な問題について喋ったことを、一言も理解できませんでしたよ」

「それは全く、このアントニオに対するこちらの立場と同じです」私はそう口をはさんだが、すぐにこの言葉が、私とアントニオとの関係がこの老画家とスペイン人哲学者との関係に重なり合うことをほのめかしていると受けとられかねないと気づき、不安をおぼえる羽目になった。

「じゃあこの方は、あなたのご本がお分かりになるので？」

「彼は、こっちの本はせいぜい一章しか読んでくれませんでね。ですから、何と申し上げてよいやら……」

「ねえ、シケイロスってどんな人だったか、話していただけませんか？」モーリスとこちらの会話がとぎれるや、アントニオは、自分が興味のあるものや手に入れたいものに出くわしたときに見せるあの子供のような率直さで、すぐにこう切り出した。

「シケイロスについて話せとおっしゃる？　で、あなたは彼のいったい何がお知りになりたいので？」

「じゃあまず第一に、シケイロスはどうしてケンブリッジに行ったんです？」

「ああ、そのことでしたら、私の後を追うのが目的だった、と言われていると思いますよ」

アントニオを暖めるストーブの上の、静謐さの裡《うち》に完璧な芸術形式を与えられた神々と精霊との愛欲の争いのように、これまで世間でしばしば取り沙汰されてきた、この老画家とシケイロスとの間にあった狂おしいまでの情念や裏切りや妬《ねた》みは、今やモーリスの銀鈴をふるような冴えてゆっくりとした声によって、調和を見出しているように思われた。「そう、本当にそうだったんですよ」モーリスは、何か異国の珍しい昆虫の羽のごとき目の覚めるような緑色の目で、われわれの顔を誰彼なしに凝視しながら言った。モーリスの話を、アントニオはどれほど理解しただろう？ 彼がいちばん興味をおぼえたものは何か？ いやアントニオは、あるいは彼の話によほどショックを受けたのかもしれない。が、前かがみになって、膝の間に両の手をだらりとたらし、相手の顔を食い入るように見つめているアントニオの胸の内を推《お》しはかることはできなかった。

邸の奥の方よりかすかな鈴の音が聞こえたが、それを耳にすると、老画家は突如として話題を転じた。「さあ、シケイロスについてはこれぐらいにして、お茶にしましょう。一息いれてから、もしよろしければ、私の描いたものをいくらかお目にかけます」

今世紀に入ってから十八世紀の農家を改築した老画家のアトリエの室温はあまりに高く、粗毛のツイードの背広を着込んだ私はしだいに肌の汗ばんでくるのを感じたが、アントニオはといえば、とうとうプルオーバーを脱いでしまった。が、その仕事場とは対照的に、モーリスと彼のずっと以前に亡くなった姉が壁さながらに飾り付けたテーブルの置かれている食堂は、冷たくじっとりしていた。テーブルの上には、焼きたての自家製のチョコレートケーキやシナ茶がならんでいたが、そのシナ茶をわれわれは握りのない日本の茶碗で飲んだ。茶も茶碗も、バーナード・リーチの贈り物であるとモーリスは言った。

こうして食堂でお茶を飲んでいてつくづく思ったのだが、アントニオがいちばん魅力的に見えるのは、女友だちとの乱痴気騒ぎや彼女たちに執拗に言い寄ったり愛嬌をふりまいたりしなければならない状況から当人が完全に解放されている、今のような時間《とき》だった。アントニオの老画家に対する質問の数々は、このイタリア人がいかに鋭敏で聡明であるかを印象づけるものであったが、それにしても私が感じ入ったのは、彼のモーリスに対する接し方であった。ウイニーや私が相手だと、ともすれば乱暴な態度になりがちであるが、この老画家に対して、アントニオはできる限り礼を尽くしていた。それにモーリスの方でも、弟の家でのパーティに来ていた、死期の迫っている老哲学者同様、すぐにアントニオに好意をいだいたことが分かった。私たちがアトリエに戻ろうとした時、モーリスは他の人間の少し後を歩きながら、こちらにこう囁いたものである。

「あなたの連れているあのイタリア人、実にすばらしいね。あなたは本当に果報者だ」

他の私の友だち同様、モーリスは明らかに、アントニオとこちらが愛人関係にあると思っていた。が、それを誤解であると説明する気はまったく起こらなかった。

モーリスの作品で、ラルフとマーヴィンが特に惹かれたのは、私が以前話題にのせたことのある、二つ折り判のデッサン集であった。二〇年代、三〇年代に描かれ、ごく少数の仲間の鑑賞にのみ供せられたそれらの素描には、乱れたベッドの上に寝そべったり、衣服を纏《まと》おうとしたり——その服はしばしば、人夫のものであったり船乗りのものであったりした——愛人と抱擁しあっている男の裸体が描かれていた。世界のさまざまな画廊に陳列されている巨大な静物画や肖像画をすべて集めても、この二百余りの優美なデッサンの価値には及ばない、モーリスの作品についてそう主張する人間は少なくない。

「それで私には、あなたのお友だちのご覧になりたいものがちゃんと分かっているんですよ」モーリスはそう言い残して、とある小室《クロゼット》の中に姿を消したが、ややあって彼は大きな折りたたみ式の画帳をたずさえて現われた。彼がこちらに見せようとした画帳は、これに留まらなかった。モーリスは「今しばらくお待ちを」と言いながら、それからさらに二度その小部屋に入ったが、そのつど同様の

画帳をたずさえて現われるのであった。二度目の出現の時には、アントニオがすぐさま席を立って、老画家に手を貸した

「ほらディック、これなんか、あなたの好みに合うんじゃないかな？」モーリスはそう言うと、画帳のひとつを床に置き、それの脇にクッションをおいた。「あちらのお二人には、こちらの方がよいと思いますよ。そして、あなたのイタリアのお友だちには、これを仕事台《ワーキング・テーブル》に置いてさしあげましょう」

私はモーリスがこちらに選んでくれた画帳を開けて、そこに描かれている素描を一枚一枚ながめたが、それらはこの老画家が三〇年代及び四〇年代に定期船や官庁の建物にしばしば描いた寓話的なフレスコ画の下絵で、技術的には完璧であるものの、どこかベルギー生まれのブラングヴィンを思わせる、鋭敏さを欠いた退屈なものばかりであった。

ラルフとマーヴィンはと言えば、素描を次から次と持ち上げてみては、二人で何か囁き合っていた。モーリスは片方の手を仕事台において体を支えながら、アントニオを注視していた。彼のやわらかく赤い唇には静かな微笑が浮かんでいる。アントニオは今や、自分の手にした素描のひとつを傾け、それを光に照らしていた。彼が観ていたのは、中年の黒人と残忍な顔つきの白人の若者の絵で、画中の二人は、おぞましいばかりに淫猥な組打ち《コンテスト》で身体をかたく強《こわ》ばらせていたが、黒人の方は恐怖のために絶叫でもしているかのように大きく口を開けている。私はこの絵をそばで眺めているうち、突如それが、かつて自分がそのすばらしさを激賞した作品であることに思い至った。私はそれにつづく絵が一体どんなものか気になって、確かめようとした。が、今度はアントニオは先の作品のようにそれを陽光にかざすことをしなかったので、そこに描かれているものを見極めるには骨が折れた。だが私

は、アントニオが目を凝《こ》らしている木炭画が、童子といってもよい、哀れなほどやつれた年若い男が突起した臍《へそ》に陰茎をとどかんばかりに大きく勃起させて、目を閉じたまま身を横たえている姿であるに相違ないと思った。

モチーフという点から見れば、画帳に描かれている作品のそれぞれは明らかに統一を欠き、きわめて乱雑だった(ここに、どんな纏まりがある?)。が、たぶんこの統一の欠如は意図的なものであって、私がモーリスについて読んだものすべてから——ブルームズベリーの仲間うちでの彼の愛称は、たしか「破壊の天使」じゃなかったかしらん?——また聞いたことすべてから推《お》してみるに、恐らくそうに違いなかった。

初めのうち、画帳の中の無秩序に腹立たしさをおぼえた私であったが、アントニオがそれらの絵を一枚ずつ、驚いた風も衝撃をうけた風も見せず慎重に観ている姿を目にして、しだいに満足を覚えた。

「そっちのやつも拝見できますか?」自分たちの手にしていた画集に一通り目を通したとき、マーヴィンが言った。

「そっちの、って仰ると?」モーリスは訊ねた。「……ディックのもっているもののことで?」

「いえ、アントニオがいま観ていたやつです」

「ええ、もちろん、結構ですとも……」

やんわりとではあるが、モーリスがこの二人をからかっているのは明らかだった。

モーリスの許を辞す時間になった時、ラルフとマーヴィンは例の裸体画の一つを買った。その絵の技術的なすばらしさはこの二人の趣味の確かさを、また主題の一般性は彼らの慎重さを示していた。帰りの車の中で、それをおのれの膝にのせて慈しんでいるのはアントニオであった。

私は彼のそばで、夕暮れ時の、しだいに弱くなっていく光の中にたゆたっているその裸体画を凝視した。「この人物、なんだか、君を描いたみたいだね」私は言った。ついそう言ってしまうほど、画中の男はアントニオに似ていた。「ああ、俺はもっと毛深いけど、そこんところを除けばね」アントニオの答えは素直《すなお》だった。

「そう、そこを除けば、そっくりだ」話はいったんそこで途切れたが、ややあって私は言った。ほんの心の弾《はず》みからである。「お金に余裕ができたら、モーリスに、君を描くよう頼んでみたいものだね」

この言葉に、助手席のマーヴィンがすぐにこちらを振りむいた。「裸で?」

「もちろんさ」私は大胆に言った。「今日見たあの男性の裸体像は、モーリスの作品の中でも最高傑作でしょう」

「仰るとおりです。先生のおもちになっているあの人の作品もよい買い物ですよ」

「この、あなたのデッサンもそうだよ」

こうした私たちのやり取りにも、アントニオは、ついさっきモーリスの家で二つ折り判のデッサン集を見ていたときと同様、まったく当惑したような様子を見せなかった。「俺はローデスさんのこと、好きだね」それどころか、アントニオはゆっくりとこう口にした。「大いに気に入ったよ。あの人は面白い人だ。俺がこっちで会った人間の中じゃ、もっとも惹かれる人の一人だと言ってもいいね」そう言うと、アントニオは私の方に顔を向けた。「あの人に、また会えるかい?」

「もちろんさ」私は微笑んだ。「肖像画を頼むのなら、ぜひもう一度訪ねなくちゃね」

アントニオがモーリスに魅惑されたことは明白だったが、それから数週間というもの、周囲に他人がいようがいまいが、彼がのべつ幕なしに老画家のことを話題にのせるので、元来が嫉妬深い私の性質は当然のごとく、さらにねじけたものになってしまった。が、同時にこのことが、こちらに希望を与えたのも事実である。故意にせよ偶然にせよ、アントニオは自分に差し出された画帳にあるデッサンを見ても何ら驚かなかったし、それどころか、彼はまたモーリスに会いたいと言ったのである。

当時の私はいつも、たとえそれが目立たぬ僅かなものであれ、アントニオが「自らを理解した」ことを示す兆候を探していた。彼のモーリスのデッサンに対する態度や、少年時代のアントニオに援助の手を差しのべたというアメリカ人宣教師の話や、このイタリア人が「外傷《トラウマ》」と呼ぶものについて時折り口にする事柄は、そうした兆候のような気がした。アメリカはテキサス出身で、アントニオが「ジョー」の愛称で呼ぶその宣教師は明らかに、終戦後間もなく、アメリカのキリスト教の宗派のひとつ——その名前については聞き覚えのないものだった——によって開設された少年クラブの、代表としてではなくその補佐として働くため、フロレンスに来ていた。そうして、アントニオの中にサッカーの才能を見出して、積極的にそのコーチを引き受けたのもジョーなら、アントニオが十五で学校を辞めなければならなくなった時、洗濯屋に仕事を見つけ、彼にお古の靴やワイシャツや肌着を与えたのも、この男であった。幼いアントニオは貰ったものをまとめて売り、その金で、それぞれ自分の寸法にあう衣類を一品《ひとしな》ずつ買った。アントニオの話だと、この宣教師は昨年の夏、四〇代にもなって、二〇あまりも年齢の離れた娘と結婚し、新婚旅行でイタリアにやって来た。アントニオとジョーはまずフロレンスで、その後ヴィアレッジョで——この地のホテルに、宣教師夫婦は四日間滞在した——旧交を暖めたのだった。が、アントニオが初めてみる宣教師の妻は酒好きで、化粧が濃く、果ては隙をうかがって彼に媚びまで売る始末で、まったくもってジョーに相応しい女性とは見えなかった。だがこの話を聞いた私は、この宣教師の新妻へのアントニオの反感を彼の意識せざる嫉妬の徴候と見て、そこに自分の希望の根拠を見つけ、喜びをおぼえるのだった。私はすでに確信していたのである、ジョーは、美しく、父親をもたぬ貧しいアントニオ少年をその昔誘惑したに違いないと。

私のこの推測の正しさは、アントニオが興味深くもたびたび自分の「外傷」を口にすることで、裏づけられるように思われた。が、いくらそれについて言及しても、その詳しい内容をこちらが聞きだすことは、長い間、容易にはいかなかった。私がある時やっとのことでつかんだその「外傷」の中身とは、およそ以下のようなことである。アントニオが十五歳の時、学友の一人が彼に、知り合いの娘を抱いてみる気はあるかと訊ねた。その時まだ女を知らなかったアントニオは、すぐにその気持ちのあることを相手に伝えたが、その娘というのが、年齢《とし》はまだ十六で父親とは死別して、母親はお針子として、毎日パラッツォ・ドオロ・ホテルに働きに出ていた。娘は病気をわずらっており――アントニオはその病名はしかとは解らないと言ったが、症状から判断するに、それは筋萎縮症ではないかと想像された――ほとんど毎日、二間の小さなアパートで、アントニオが「扇情小説《イエロー・ノベル》」とよぶスリラー小説を読んで過ごしていた。アントニオとその学友は娘の許をおとずれ、一人が見張りに立つ間、もう一人が服を着たままズボンだけ下げて、彼女が母親のためにした縫い物が周囲にちらばるなか、床におし倒した相手を愛撫するという風にして、娘を輪姦した。「あの娘《こ》は病気だったのさ」と、娘のことを口にする度アントニオは口癖のように言ったが、ここで彼の念頭にあったのは心の病のことで、決してその体を徐々にむしばんでいたあの奇妙な筋肉麻痺のことではないと、私は知った。それというのも、彼女は執拗にこの思春期の少年から愛撫をもとめ、彼らがげんなりして部屋を去ろうとすると、彼女はねちっこく、明日もまた自分の所に戻ってくるようせがむのだった。二人は彼女の言葉にほだされて、そのまま娘のもとに通うことをつづけたが、そのうちアントニオは、彼女を抱いてもまったく快感を感じないどころか、場合によっては勃起さえしなくなってしまった。そんなとき、娘は連れの少年のことを引き合いに出して彼をなじったが、それというのも、彼女はわけてもアントニオの方に惹かれていたからである。それでもしばらくの間は、彼女を疎《うと》ましく思いながらも別れがたいところもあって、アントニオは娘の飽くことをしらぬ欲望の餌食になっていたが、とうとう相手の少年に娘との関係を絶ちたい旨を伝え、その時には別に女友だちのいた相棒の学友は、このアントニオの願いをいれた。それからというもの、帰宅の途中、アントニオは娘のアパートのある小路《カレ》を通るのを避けはじめたが、彼女はさも憔悴しきった様子で窓辺に腰をすえ、その土色の顔を外へ向けて、さながら飢えた猛禽のように下の通りを見つめていたという。

それから暫くして、娘からアントニオのもとに、猥褻この上ない手紙がつぎつぎ届きはじめた。折りしもその頃、家族の中でいちばん早起きだった母は健康をそこねており――それは喉頭炎の前触れで、後に彼女はこの病気のためにいざりになってしまった――郵便配達の来ることの珍しい家に届いた手紙を受け取るのは幸いにもアントニオ自身だったが、彼は捨てばちな表現のならんでいるその娘からの手紙を嘔吐をもよおしながら読んだ。信心深い寡婦であった母親にアントニオは厳しく仕つけられたが、娘の手紙にちりばめられている言葉のいくつかは、学校や通りでなら無論耳にしたことはあっても、あまりの卑猥さに彼自身これまで一度として口にしたことのないものだった。紫色の便箋に緑色のインクで書きなぐられた手紙――文字は大きく、斜めにゆがんでいた――に目を通してしまうと、彼はそれを細かくちぎり、どこか家から離れた所に捨ててしまおうと、紙片を半ズボンのポケットに押し込んだ。アントニオの体は羞恥にふるえ、口中は唾液の苦さにみちていた。

ある時は劣情一色の、またある時は性急な咎めにみちた手紙は来る日も来る日ももとどき続け、とうとうその一通が、病から一時的に回復していた母親の目に留まる日が来た。結局アントニオは、その時残していた娘の手紙のすべてを母親に渡す羽目になった。それらを読んだ母親が、「これは何？これは一体どうしたっていうの？」と質しながら、顔面蒼白になって腕をあらあらしく振りまわし、アントニオの前につめ寄るなり、その骨ばった拳で、なすすべもなくその場にじっとしている彼の頭や肩に、拳骨の雨をふらした時のことを、アントニオは忘れることができなかった。そうして、彼をぶつことに疲れた母親は、台所のテーブルに身をもたせかけるようにして激しく泣きくずれ、死んだ夫やキリストや聖母の名を呼び、自分たちの恥辱の証人となるよう訴えた。

それから何ヵ月かの間、毎日毎日こういう状態がつづいた。それでも彼の母は娘の母親はもちろんのこと、娘自身にも会うなどとは一度も言い出さなかった。この方が息子の犯した恐ろしい罪を罰することになる、手紙のそれぞれは罪人の裸の背中にあてられる鞭の痛みのように、彼のうちに棲む悪魔を追い出すものだ、と母親は思っていたふしがある。それから暫くして、アントニオはついに例の相棒の少年から――もっともこの相方は不思議なことに、娘からアントニオがもらったような手紙は一通も受け取ってはいなかった――胸のうちに恐れと安堵感のうずまくなか、娘の死を知らされた。ある午後のこと、娘は自分の部屋の窓から転落し、たまたま下の通りに止まっていた、野菜をつんだ荷馬車に激突して即死したという。馬はそのあまりの衝撃におどろいて、一目散に駆け出した。イタリアのようなカトリックの国ではしばしばあることだが、人々は暗黙のうちに、この悲劇をあくまで事故ということで済まそうとした。体の不自由だった被害者はおそらく、窓辺に腰をおろしていて均衡をくずしたか、一瞬目がくらんだか、突然発作をおこして意識を失ったかして、下に落ちたのだ。

だが、アントニオにすれば、明らかにそれは自殺であった。「ある意味じゃ、俺があの娘を殺したようなもんさ」とアントニオは言った。

このことがあってから十九歳になるまで、アントニオは女という女をことごとく避けた。「そりゃあもちろん、いい女を見りゃ、心ははずんださ。時にゃ卑猥な夢も見たし、好きな女のことを考えながらマスもかいた。でも、あの娘が死んでからというもの、女と話をしなきゃならなくなると、体が震えたり顔が赤くなるのが自分でも分かるんだ。目が合ったって、瞬きするか、でなきゃ、すぐこっちからそらしちまう」そんなアントニオに、酒をしこたま飲んだ後、サッカー仲間と売春宿へ行く機会が訪れた。彼はもちろん、女を前にして自分が何もできないのではないかと恐れたが、それよりもっと怖いのは、あいまい屋行きを拒むことによって、仲間から軽視され、嘲笑を浴びせられることだった。そこでやむなくアントニオは彼らについて店へ行き、そこで、大きな耳たぶに一リラ大の金のイヤリングをした、黒い脂ぎった巻き毛のユダヤ女を選び、その女の疲弊して弛《たる》みきった肉の上で果てた（アントニオは女との交わりについて、神経の疲れるほど事細かに語った）。こうしてアントニオはようやくのこと、男としての自信をとり戻したのだった。これがアントニオ十九歳の時である。

そのとき私が希望を見出そうとしていたのが、彼のこの十五歳から十九歳の時期であった。自分がとても共有できない狂信的な信仰のために母親に近づくことのかなわぬ、父親のいない少年。彼は家族の外に、感情のはけ口を求めたにちがいない。そしてそのはけ口が女でないとすれば、それは必然的に男であることになる……私の作家的想像力はこうして働き出した。で、かりにアントニオの気持ちのはけ口になった男がいるとすれば、それはジョーをおいて他にない。わけても、この男がアントニオの十九歳の時にフロレンスを去って、再び戻ろうとしなかったことはきわめて重要な意味をもっている。私はしばしばアントニオからなんとかうまく、彼がジョーと関係をもっていたことを告白させようと努めたが、当時私は、性倒錯について一度もおおっぴらに話したことがないのは無論のこと、そうしたことをちょっとした話題にすらのせなかったので、アントニオがこの手の話を避けやすかった分、こちらにすれば、話題をそちらにもっていくことはむずかしい訳であった。

「そのジョーって人を、君はとっても慕っていたんだろう？　ちがうかね？」

「ああ、俺はあの人が好きだった。とってもいい人でね」

「その頃の君にとって、彼はまさにお父さんのような存在だったに違いない」

「そりゃあの人、俺にはとってもよくしてくれたよ」

「それにしても、彼が晩婚なのは奇妙な気がするね」

「ジョーさんはほとんど他人《ひと》のために生きているようなところがあったからね。あの人の結婚がおくれたのは、たぶん他人のことばかりにかまけていて、自分のことを考える時間《ひま》がなかったせいさ」

こうして私たちの話は終始どうどう巡りで、少しも先へ進まなかった。こちらがはっきりと訊《き》かずにいる事柄に、アントニオがはたして気づいてるのか否かも、判然とはしないのだった。

「そのジョーって人に、ぜひ一度会ってみたいものだね」ある時、こうアントニオに私は言った。

「あんたが彼のこと、気に入るとは思えないけどね」

「じゃあジョーさんは、こっちが気に入るだろうかね？」

「期待はできないな」

「どうして？」

この私の言葉に、アントニオは一瞬考え込むような仕種をした。「あんたはジョーさんとはちがうからね。あんたとあの人とじゃ、ちがいがありすぎるよ」

「どんなところがだね？」

またもやアントニオは考え込んだ。「ジョーさんは、そりゃあ単純な人だからね。もともと複雑なことをあれこれ考える性質《たち》じゃないんだ」

「ところが、私はその反対だと？」

こちらがこう言うと、アントニオの顔に笑みが浮かんだ。「その通りさ。そんなこと、訊くまでもないじゃないか」

アントニオのこの比較が私の気に入るところであったかどうかは、すぐには言えない問題であった。

「ジョーさんは美男だったのかね？」私はなおも、その宣教師のことについて訊ねた。

「さあ、どうだかね。そう言えなくもないけど、とにかく、今じゃだいぶ太っているよ」アントニオは肩をすくめて言った。

「私みたいにかね？」

「いや、あんたよりひどいよ」再びアントニオは笑みを浮かべた。「でも、腕力ってことになると、あっちが上だね」そう彼は言葉を足した
出会ったこともなく、しかも妻帯していて数百マイル離れたところに暮らしている人間に対して、自分が嫉妬をおぼえるのはいかにも奇妙だった。しかしそもそもこの私は、異常に嫉妬深い人間なのだ。こうしていると、ずっと昔関係をもったあるポーランド人の青年のことが思い出される。彼はナチスの強制収容所から生還した若者であったが、その収容所時代、彼は年輩の男から好意を受け、やがて若者はその男と関係をもつようになった。監禁された人間が次々ガス室に送られるなか、男の方

は死に、若者の方は辛うじて生きのびたが、愛人の死後、彼は自分の寝室のベッドの脇に男の褪《あ》せたスナップ写真を安物の額に入れて飾っていた。そして、青年と関係をもつようになってからというもの、不毛で荒々しい情事をすませたあと、突然の嫌悪感におそわれるなか、しばしば私は自分がふと額縁の中のそのうす汚れた顔を見つめていることに気づいたのである。

アントニオにジョーのことを喋らせたのは、その写真を執拗にながめたことと同一の心理機制といえる。二つの状態が私のうちに喚起した感情は、まったく同じであった。

6

それから数ヵ月の間、私はアントニオについて、あいつは我儘で、情け知らずで、身勝手な奴だの、平気で人を食いものにしたり裏切ったりする奴だのと、批判に止まらず中傷めいたことまで言ったり考えたりすることが多くなっていた。が、こんなとき私はすぐに、引っ越しの際このイタリア人がどれほど親切であったかを思い出し、自責の念にかられるのだった。

私の友人には、引っ越しのような面倒なことが控えている時、「こっちが出来そうなことがあったら言ってくれよ、何でもいいからさ」などと声をかけてくれる者も何人かいるのだが、こういう輩は、こちらがまず自分たちを煩わせはしないだろうと踏んでそう言っているだけのことで、真から私の力になってやろうなどとは金輪際思ってはいない。ウイニーなどそのいい例で、彼女はことが済んだ後で、「まあ、わたし、あなたが引っ越しなさるの、すっかり忘れてたわ。黙ってないで、一言そう言って下さればよかったのに」などと、しゃあしゃあと言ったものである。こんな頼みにならない人間の多いなか、ひとりアントニオだけは親身になって力になってくれたのである。

ずっと以前から近所の笑いぐさになっていた大工たちは、相も変わらず我家《うち》を占領していた。セントラル・ヒーティングの取り付けがすでに済んでいたが、気温の低いことをこぼして、一日中それをつけるように彼らはしつこく私に迫った。私が地下室から出てきたり、近所の住人がそばを通ったりすると、大工たちはたいてい客間で、その大きく外へ突き出た張り出し窓から差し込む日光を浴びながら、魔法瓶やサンドイッチの包みや新聞やトランジスタ・ラジオを前にしてうずくまっていた。私が業者側に三月一日に引っ越ししたいと頑なに言うと、相手は、「さあ、それは早すぎて、話になりませんよ」と応えたものだが、こちらは雅の依頼を受ける前に、その日から部屋を借りたいという学生を紹介されていたので、予定通りの引っ越しを強硬に主張したのだった。

運送屋の男たちが家具を内装のまだ半分しか片付いていない部屋や、床板の欠けている部屋に運び始めた時、はたして大混乱になった。「兄貴、そこを通るんなら、架台《うま》をどこかにやらないとね」「それを動かしたけりゃ、てめえたちでやんな。この唐変木が！」「そのぬれぬれの手すりに気をつけなって！　おめえにゃ、それがまだ乾いてないのがわからねえのか。見ろ、俺のズボンにペンキがついちまってるじゃねえかよ」

運送屋のこんな濁声《だみごえ》が当日は家中鳴り響いていたが、事はもちろんそれだけでは済まなかった。観音開きの戸のついたヴィクトリア朝の衣装簞笥の天辺から、乳白色の地に幾筋ものオレンジ色の縞模様のある、ヘアブラシや化粧品置きの大理石の板が車寄せに通じる車道に落ちて真っ二つに割れるやら、運送屋の中でいちばん大きな男がさも疲れたようなふりをして摂政期の椅子にどっかと体を投げて、その足を折ってしまうやら（こちらの心の動揺をよそに、みんなはこの珍事に大笑いした）、はたまたペンキの缶が誰かの足に当たって階段を転げ落ち、中の塗料が敷きかけの絨毯の上に跳ねかかるやらと、全くてんやわんやの状態だった。

そういう唖然とするような混乱状態のなか、私と手伝いとはとうとう炊事場へ退却し、台所用具や家具やまだ巻いたままになっている敷物などでいよいよ高くなってゆく塁壁に囲まれながら、お茶を飲んだ。トランジスタ・ラジオは騒々しく鳴り響き、方々で飛び交う運送屋の声はといえばいよいよ大きくなって、しばしばそれは怒声に変じたが、私たち二人は黙したままだった。

「やあ、ディック、ただいま推参《エッコ・ミ》つかまつった。俺も手伝うぜ」

この時、玄関で突然こんな大音声がした。声の主は言うまでもなくアントニオであったが、彼は台所へ駆け込んでくるなり、本や書類で膨れあがったその使い古しの折り鞄を敷物の上に放り投げると、まず上着を脱ぎ、それからネクタイをとって腕まくりをした。あらわになった筋肉質の腕にはオレンジ色の毛が密生している。「何をやったらいいんだい？ 教えてくれよ」

「わざわざ来てくれなくてもよかったのに。今週は、学校の方が忙しいんだろ。ほら、例の君のゼミだよ」

「そんなもん、どうってことはないさ――さあ、仕事だ、仕事！ 一体、何をどうすりゃあいいんだい？」

アントニオは、その出現に面食らっている運送屋の手からいちばん重い家具を取り上げてしかるべき場所に運んだり、絵を壁に掛けたり、はては絨毯敷きまで手伝って、実にさまざまな仕事をしてくれた。アントニオがことにありがたく思えたのは、彼が――それがどうして可能だったかは神のみぞ知る――運送屋の男たちや大工たちを説きつけて、彼我一丸となって事にあたるようにしてくれた時である。おそらくこうしたところが彼の魅力の所以《ゆえん》であったろうが、またこのアントニオという男は、なるべく自分の力の消耗を避けようとする運送屋や大工とは逆に、おのれの精力はどこまでも使わなければ気のすまない人間の見本であった。彼は私とちがい、一瞬たりとも彼らに自分が「支配《ボス》」階級であると感じさせるようなことはなかった。「さあ早く、こっちだよ！」彼はこんな風に仲間の一人として彼らを呼び寄せ、我家《いえ》の最上階に衣装簞笥を押し上げるのを手伝ったり、自ら背中にベッドを担いだりするのだった。私のことは、運送屋は「トムソン先生」としか呼ばなかったが、アントニオについてはすぐに「トニオ」と呼んで、仲間意識をもった。

アントニオがいちばん輝いて見えるのは、いつもこうした時である。私たちの大半は仲間とつき合う際に、多少とも相手の言い分を聞いたり、ちょっとした好意や感謝の気持ちを伝えたりと、生活上の細かい気配りを欠かさぬよう心がけるものだが、アントニオにはその手の配慮がほとんど見られなかった。それでいて彼は、肝腎なところでは滅多にしくじりをしでかさないのだ。この引っ越しから数週間して、私は親不知歯《おやしらず》を抜いたのだが、いつもよりこちらに優しく親切にしてくれたのはアントニオだけだった。その一方でこの男は平生、他人《ひと》からものを貰っておいて礼を言うのを忘れたり、友だちとテレビを観ていて断りもなくチャンネルを換えたり、朝の五時に階段を騒々しく駆け上がって家中のものの目を覚まさせたりということを、平気でやった。

引っ越しが終わったその翌日、アントニオも我家に移ってきた。「家が本当に片づいて大工がいなくなるまで、我家《うち》に来るのは延《の》ばした方がよくはないかね」私はそう諭《さと》してみたが、彼はすぐに移るといって聞かなかった。

ウイニーはアントニオを荷物ごと私の許に運んできてくれたが、居間でしばらく話し込んだあと彼が部屋から出ていくと、すぐさま言ったものである。「さあ、これでわたし、あの人をあなたに引き渡したわよ——幸運を祈るわね。わたし、あの人のこと憎んだことはないけれど、彼がこちらの手を放れるのが残念だなんてこと、とてもじゃないけど言う気になれないわ」アントニオはちょうどこの時、両手にスーツケースを持って階段を上るところであったから、彼女の言い草を耳にしたにちがいない。

私はアントニオに二つの部屋を見せ、どちらでも好きな方を選んでよいと言っていた。一つは、ただでさえ広いのに白壁のために一層だだっ広く見えるのを防ごうと誤って天井を濃紺にしたせいで、洞窟のような感じになってしまった大きな部屋、もう一つは庭を見下ろす張り出し窓のついた、それよりずっとこぢんまりとした部屋である。アントニオの選んだのは、後者の小さい方であった。当初私は、彼が小部屋の方を採ったのは、この男の生来の好みによると単純に思っていた。しかし、その後起こった一連の出来事を考えるにつけ、彼がその部屋を選んだのは、大きい方とは違って、そこへ入るのにこちらの寝室の前を通らずに済むということがあって、帰宅が遅くなったり誰かを同伴している場合、その方がよほど都合がよいと計算してのことではないかという疑いが頭をもたげた。

この小部屋には白塗りの鎧戸がついていたが、そこには赤いダマスク織りのカーテンが掛けられていた。アントニオは部屋に移った当日、窓辺にたたずみ、炎暑のきびしい折りに清水に指をひたして暑さしのぎをするとでもいった風に、そのダマスク織りの中に指をさし入れて、その触感を楽しんでいた。「この生地《きじ》、なんて柔らかいんだろうね」アントニオは言った。「それに、とてもきれいだ」「その絹はね、日本で手に入れたのさ」「本当に素敵だ」しかし翌日、アントニオが大学に出かけたあと、私は彼の寝室に入って呆気にとられてしまった。いつものように床にちらかった衣類や、数時間にもわたる激しい情事の後をうかがわせるような乱れに乱れたシーツから立ちのぼるえもいわれぬ匂いを想って、わくわくしながら中に侵入すると、日光をすべて遮断すべく鎧戸いっぱいにカーテンが引かれ、その端が画鋲で留められていたのである。夕刻帰宅したアントニオを呼びつけてこれを咎めると、彼は応えた。

「だって、そんなもん、どうってことないじゃないか。その木にあいた穴、あとで埋めとくからさ。えっと、その埋めるのに使うやつ、なんて言ったっけな？――そうだ石膏《ジェッソ》だ、石膏。なに、ほんのちょっとで十分さ。こんな些細なことで、くよくよするなって」

塗装の新しい木材にあいた多くの細々とした穴のことでいちいち神経をとがらせるのは、同性愛者の特徴であることを私は知っていた。が、アントニオのこの無頓着さは、その穴を見ると今でもそうだが――その約束にもかかわらず、無論穴はふさがれずじまいであった――私の胸を疼《うず》かせた。

それでも、アントニオがこちらへ越してきた最初の一〇日間ほどは、今にして思えば、それまでに味わったことがないほど幸福な時期であったといえる。通常ならこちらが静かにしていたい朝食の時間でさえ、アントニオはそのお喋りで私を眩惑した。そしてさんざん喋った後、彼は「じゃあね《チャオ》」と一声《ひとこえ》発して、大急ぎで家を出ていくのだった。後に残った私はアントニオのベッドを整えたり、パジャマをたたんだり、靴を磨いたりと、いつの間にやら彼の女房役をやらされる羽目になった。これが他の人間だったら、絶対しないであろう役向きである。が、こうしたことを苦にするでもなく、私は終日家で仕事をした。友人の誰かに会いたいとも思わなければ、外出したいという気持ちも一切湧いてこなかった。六時になると、しばしばワインや果物のつまった袋を手にしてアントニオが帰宅した。「さあ、これからメシをつくるからね」帰ると決まって彼はそう口にしたものである。もしもこちらが彼の言葉に異を唱えようものなら、彼はすぐさま私を黙らせた。「いやいや、いいってば。あんたは疲れているんだから、メシぐらい俺につくらせろよ」

夕食を済ますと、われわれはよく一緒に映画に行ったり、海岸通りに散歩に出たり、近くの居酒屋を訪ねたりした。もちろん時には、パムに会うというのでアントニオは一人で出かけ、夜もかなり更けてから帰宅することもあったし――その頃の私は、まだアントニオの帰りを待たずに眠ることができた――またパムがわれわれと一緒に居酒屋についてくることもあったが、こちらには、アントニオがパムへの興味を少しずつ失っていくように見え、そんな彼の素振りを目にすると、もちろん私は喜ばずにはいられなかった。

アントニオが越してきた翌週の終わり、パムは両親と姉が下宿屋をいとなんでいる郷里のボーンマスに帰省する予定らしかった。「どうして来られないの？　一緒に行きましょうよ」その日は彼女につき合えないと言っていたアントニオに向かって、パムは私の前も憚《はばか》らず、そう誘いかけた。が、アントニオは肩をすくめて断りを言った。自分には読まなければならない本や、書かねばならぬ手紙があるというのが、彼の挙げた理由だった。

次の月曜日、午後になって帰宅したアントニオはこちらの顔を見るなり言った。「おかしなこともあるもんだね、パムの奴、俺に会いたくないみたいなんだよ」それは、辛いというよりは、当惑しつつも相手の態度の変化を面白がっているといった口調であった。

「どういうことかね？」

「俺たちさ、いつも一時に学校の職員食堂で一緒にメシを食うことにしてるんだよ。ところが今日一時一〇分前に行ってみると、パムの奴、もう一人でメシを済まそうとしているじゃないか。そうして、こっちと目が合うなり、あいつ、すぐに席を立って、別の出口から飛び出しちまったのさ」

「君が、なにか彼女の嫌がることをしたんじゃないのかね？」この言葉に、アントニオはすぐに頭《かぶり》を振った。「とんでもない。何で俺があいつを困らせたりするもんか。それにしても奇妙なこともあるもんだね」

その夜アントニオはさらに二度、パムの心変わりについて口にした。彼は彼女にうんざりしていたのに、今はまた女への関心が生き返ってしまった。

翌日の夕方も、アントニオが話題にのせたのははたしてパムの「変節」であったが、彼の語るところによれば、彼女は次のようにこの男に対する態度を硬化させた。その日仕事が終わってから、アントニオはパムのいる詰所の外で長時間彼女を待っていた。だが相手は彼が来ていることを知っているらしいのに、いっかな姿を現わそうとしない。いつも彼女が部屋を出る時刻はとっくに過ぎているのにである。それでも我慢して待ちつづけていると、パムは同じ下宿に住んでいる意地の悪い娘と連れだって出てきて、アントニオの前を足早に通りすぎようとした。で、彼は女の腕を取って言ったのだった。「パム、一体どうしたと言うんだよ？　何があったのさ？　ちっとは俺の言うことも聞いてくれよ」

アントニオはようようのことでパムをスタンマー公園のベンチに座らせ、話をはじめたが、寒さで体を震わせている彼女を自分の方へいくら引き寄せようとしても、彼女はすぐに彼から身を引き離してしまうのだった。パムは自分の心変わりをこう説明した。つまり彼女は、自分たちのしていることが「悪く」て「無意味」だと言うのである。アントニオは既婚者で、妻と子供を愛している。だからこのまま関係をつづけても、パムにはどこにも行き場がなく、とどのつまりは自分が惨めになるだけのこと、ならば、二人の間が抜き差しならぬ事態になる前に別れてしまった方がよい。パムが悟ったのは、以上のようなことだった。

こう言うパムに対して、「いい友だちとして、付き合えばいいじゃないか」と、アントニオは相手の翻意をうながしたが、彼女はそんな言葉は聞く耳もたぬといった風にいきなり席を立ち、外套の前を深くかき合わせ、ポケットに強く手をさし込んで言った。「もうつきまとわないで頂戴！」

この女の言い草に、アントニオもすぐベンチから立ち上がったが、パムの態度はいかにも頑なだった。「駅までついてくるのはやめにして！」

私が台所に立って夕食をつくるのにジャガイモの皮むきをしている間、アントニオは傍のテーブルの所に腰をすえて、こんな風にことの顛末を告げた。「あいつ、根はいい奴なんだけどな」アントニオはしまいに言った。「ホントにいい奴なんだよ。あんた、あれがカトリックを信心してるってこと、知ってるだろ。俺は思うんだけど、多分あいつ、実家に帰ったとき、そこの司祭に俺たちのこと、相談したのさ。きっと両親《おや》や姉妹《きょうだい》にも話してるぜ」

「まあ、そう気にかけるなって。そのうちゆっくり会える時がやってくるさ」私はこれを、アントニオを慰めるつもりで言ったのではない。これを口にしたのは、こんな果報は滅多に巡ってくるものではないという確信があってのことである。

「いやいや、そんなことは期待できないよ。あいつはあれで、めっぽう意志のかたい女でね。ちょっと見には、口数の少ない、内気な奴にしか見えないから、あんたにゃ合点がいかないかもしれないが、あいつは一度こうと決めたら梃子《てこ》でも動きゃしないのさ」こちらの言葉に、アントニオは深刻そうに頭を振りながらそう応えた。

「おい、アントニオ、アントニオったら！——イタリアのオペラを演《や》ってるんじゃないんだからね」

私はアントニオの心配をどこまでも嘲笑うかのように言った。「『椿姫《ラ・トラビアタ》』の中のビオレッタの断念は確かに美しいが、実生活じゃ、あんな〈悲壮な断念《ラ・グランデ・リヌンツィア》〉は滅多に起こりゃしない。それくらい、分かりそうなもんじゃないか」

が、私の当てこすりには全く気がつかぬ様子で、アントニオはまたも頭を振った。「いいや、パムはああいうことをやってのける女だよ。そんなところが好きで、俺はあいつと付き合ってきたんだ。今、きっとパムも苦しんでるよ」

私はこの時、故意かどうかは別にして、彼女が玄人さながらの巧妙さで、トランプの札を切っていることを見てとった。アントニオはイタリア男の一大典型で自惚れが強いから、彼女の今度の変節も、無上の苦しみを味わいながらの劇的な別れの仕種としか受けとらないだろう。この仕種を前にして彼は、どんなことをしても相手を手放すまいと気負い立つ。この自分の見立てが的を射ているかどうか見るために、私は言った。

「なるほど、君の言うとおりかもしれんね……かわいそうな娘さ……もっとも、分かっちゃいるだろうが、互いにドロ沼にはまりこむ前に、こうして幕にするのが一番なんだよ。あの娘のために、できるだけ楽な別れ方をしないとね」

「できるだけ楽な別れ方？　一体、どうすりゃいいのさ？」明らかにアントニオは、女との別れ話が、想像を絶するとは言わぬまでも、よほどこじれたものになると覚悟していた。

「手紙を書けばいい、花かなにか、ちょっとしたね」そう私は勧めてみた。「それがいちばん親切なやり方だと思うね。そして、その手のものを贈るんだよ。『君と友だちになれたことを感謝している。こんな風に別れなきゃならないのはとても残念だけど、僕たちの付き合いはもうおしまいにした方がいい』といった言葉を添えてね」

私はこう言うとつぶさにアントニオをながめたが、彼がこちらの趣向を受け入れがたく思っていることは明白だった。この男の考えでは、女は時として別れの仕種をすることがあるにしても、それは断じて男の採る道ではないのだった。

「やっぱり、何もしないで放っておく方がいいよ」しばし考えを巡らせたあと、アントニオは言った。

「その方が、ことが簡単にゆく」

「どういう理由《わけ》で？」

「もしこっちがパムに手紙を書くと、あれだって返事を出さなきゃって思うだろ。そうなると、また話がややこしくなっちまう。けど黙ってほっておきゃあ、自然に幕が下りてくれるってもんさ」こんな言い草がいかにも生半可に聞こえることは、アントニオにも分かっていた。彼は、さもきまり悪そうにこちらを見て言った。「そうは思わないかい？」

「全然思わないね。でも、そんなことはどうでもいいことだ」私は皮をむきかけのジャガイモをそのままにして、アントニオのいるテーブルの所へ行き、彼の真向かいに腰をおろした。相手の注意を喚起しようとして、私は言った。「いいかい、アントニオ。私は賭けてもいいが――おい、聞いているのかい、アントニオ！」私の言葉に、アントニオはちょっとこちらを一瞥したが、すぐにうつむいてしまった。「ここ二、三日のうちに――まあ長くてこの一週間のうちに、パムはきっと連絡してくるよ」私の言葉にアントニオはいかにも沈鬱な面持ちで否と頭を振ったが、それはたんに素振りだけで、彼が内心これに力を得たことが容易に見てとれた。「そう、それに決まっているさ。まあ少し待ってみるんだね。賭けてもいいが、きっと彼女は戻ってくるから」

「あいつはそんな女じゃないよ」

アントニオのこんな言い種に、私は突如むきになった。「いいや、あの娘はそういう女に決まっている――女なんてものは皆そうしたものさ。君は彼女がその必要もないのに、わざわざ君みたいなイイ男をあきらめると思うかね。君は、あの娘が今までどんな男を相手にしてきたと思うね？　当然、君なんかよりもずっと下の連中だよ。彼女は、言ってみりゃ、とつぜん一流のプロ選手を引き入れるチャンスに出会った、村のサッカーチームのキャプテンみたいなものさ。あの娘にゃ奇跡が起きたんだ。君は彼女がこれまでに、君みたいにイイ男——まあ器量よしの男といってもいいし、思いやりのある男といってもいいが——とつき合ったことがあると思うかね？　そんなことはまずないね。これからだって金輪際ありゃしない。あの娘に、そんな僥倖がめぐってくる道理は絶対ないのさ」

アントニオは私の熱弁に気をよくしたらしかった。「あんたも、相当口の悪い人だね」顔面に笑みを浮かべながら、アントニオは言った。

「いやいや、そうじゃない、アントニオ。私は本当のことを言ってるんだ」

はたしてパムはそれから二日後に、あの彼女特有の張りのない、少し鼻にかかった声で、我家に電話をよこした。「もしもし、あの、ヴァリさん、ご在宅でしょうか？」

彼女は電話に出たのが私であると当然判かったはずだが、こちらに一言の挨拶をするでもなく、アントニオのことを「ヴァリさん」などと呼んで澄ましているのが腹立たしかった。「あなた、パムさんだね」私はつっけんどんに言った。

「ええ、そうです。アントニオさん、いらっしゃいます？」

「お呼びとあらば、すぐにやって来ますよ、彼は」

「わたし、もう一度かけ直しますから」

アントニオにパムから電話のあったことを伝えると、無関心を装っていたものの、内心彼がそれを喜んでいることはたやすく見てとれた。

「どうだね、私の言ったとおりだろ」

「いやいや、あいつに俺とヨリを戻す気なんかないってば」

「じゃなんで、わざわざ電話なんかかけてよこすのかね？」

ちょうどその時電話が鳴って、アントニオはすぐさま受話器に飛びついた。「やあ……パム……元気にしている？　変わったことはないね……大丈夫なんだね」アントニオが電話に出ている間、その様子を眺めるのは私の変わらぬ楽しみだった。電話で話している時でも、まるで相手がすぐ目の前にいるかのように、彼は愛嬌のある笑みを浮かべたり、種々様々な身振り手振りをしたり、あるいはちょっとふくれっ面をしたりして、こちらを楽しませてくれた。また話の最中、受話器を握ったまま辺りを歩きまわってみたり、頭を一方にかしがせたり、はたまた、やにわに椅子に腰かけたり立ち上がってみたりするのも見物だった。

「彼女はどうだったね？」電話がすんだ時、私は訊ねた。

「あいつ、俺に懐中電灯を返したいんだってさ」

「懐中電灯？」

アントニオは明らかに、自分が見えすいた口実を口にしていることを意識していた。彼の見せる笑顔には、ばつの悪さと女に会える喜びが混ざり合っていた。「俺、いつだったか、夜、あいつの車に乗っていたときに懐中電灯を貸したことがあるんだよ。というのも、あいつ、俺と話をしている最中に座席の下に、落としもんしちまってね——そうそう、あいつ、イヤリングを落としたんだ。で、その貸した懐中電灯返すって言ってきたのさ。それ渡すのに会いたいって……」

「だろう、アントニオ。私の言ったとおりじゃないか」

私は冗談めかしてこう言ったものの、実のところ、この成り行きに腹の中が煮えくり返っていた。

「いやいや、そうは問屋がおろさないって」アントニオは笑いながら言った。「あいつが俺に会おうっていうのは、あくまで借りたものを返すため、ただそれだけのことさ」


この時まで、私は格別パムに反感を抱いてはいなかった。というのも、彼女はこちらと同様、アントニオの犠牲者のように思われたからである。だがここに至って、パムの遣り口は、この女が、年輩で経験もある私の及びもつかないような冷静さをもち、きわめて効果的に私利を追求し、好みの男の心を「操る」術《すべ》を心得ていることの明白な証拠と映るようになった（今となってはその確証はないが、これが当時の私の気持ちだった）。自分に対するアントニオの興味がうすらぎ始めたことに気づいた時、どうすれば以前のようにその関心を己れに向けることができるかを、パムはしっかり計算したのだ。一方、アントニオに対する情愛を隠しきれず、また飽くことなくそれを表現する方途を探っていた私は、結局要らぬお節介を焼いて、彼をうんざりさせたり立腹させることになった。いかんせん私という人間は、自分の激情の炎を相手の心に移す際、こちらの炎の勢いをよくするために多少の不正をはたらくことには長《た》けていたが、風向きをみて、一時《ひととき》その勢いを抑えるといった芸当はできない性《た》質《ち》だった。相手に嫉妬心を起こさせるためにわざと自分の気持ちが別のところにあるように装ったり、その人間が自分を追ってくることを見越して逃げ出したり、彼がそれを十分気に懸けることを承知であえて無視したりと、そうした手段に訴えることは愚劣きわまりないものに思えて、私にはできかねた。たとえそうすることがどれほど相手に迷惑になろうと、また、その愛を勝ちとるという点でいくら自分に不利になろうと、アントニオを愛しているという気持ちを素直《すなお》に相手にぶつけないではいられなかった。

思えば、それまで輝く青空のように見えた私とアントニオとの関係に暗雲が漂いだしたのは、パムがこの電話をよこした時からだった。もちろんその黒雲の動きはゆっくりとしたもので、もし私の嫉妬心がアントニオとの間に一連の感情的齟齬を生むことがなければ、容易に気づくことのないものであったろう。

「例の放送を観たいから、それに間に合うように戻ってくるよ」夕食が終わると、アントニオはこう言い残して、いそいそと家を出ていった。彼の口にした「放送」というのは、国の経済状況を説明するため或る閣僚が出演することになっているテレビ番組のことで、アントニオはその大臣が自分の難しい役所をどうこなすか、非常に関心を寄せていた。が結局、アントニオはその時刻には帰らず、私はその番組を独りで観た。もっとも、彼の帰宅を気に懸けるあまり、歯擦音のやたらに目立つそのもっともらしい政治家の説明を、私はほとんど聴いてはいなかったが。時計が十一時を打った時、私はキティを夜の散歩に連れ出すために家を出た。そこで私の目は傍の道路に止まっている車にそそがれた。中にパムの鼻もちならないあのゴキブリ車が見つからないか、私は一台一台丹念にそれらの車を見て歩いたのだった。彼女の車を見つけられぬままに私は歩を進めたが、散歩から帰っても、家はひっそり静まりかえっていた。結局私はベッドに入り、胸に載せた「タイムズ」誌のクロスワード・パズルの頁を開け、そばのトランジスタ・ラジオを「夜の遠乗り」に合わせ、うつらうつらしながら友の帰宅を待ったのだった。こんな風にして、あいつの帰りを待つのはバカげたことだ。明かりを消して、さっさと眠《ね》ちまおう。私はこう独りごちてはみたが、やはりアントニオを待たずにはいられなかった。そしてこんな夜を幾度となく、次の週から私は過ごさねばならなくなった。一度、夜の静かな空気にのって、男女の話し声が私の寝室の窓まで伝わってきた。ギィという、門を開け閉めする音も耳に入った。が、それはアントニオではなく、すでにこちらに下宿していた学生たち——地下に移ってきた学生の数を私ははっきり覚えてはいなかった——の一人にちがいなかった。

通りをこちらへやって来るアントニオの吹く、「チャオ・チャオ・バンビーノ」の微かな口笛の音を耳にしたのは、一時をよほどまわった頃だった。門がギィという耳障りな音を立てたかと思うと、それはガチャンと激しく閉められ——この門の激しく閉められる騒々しい音が、その後いつも彼の帰宅を告げる合図となった——つづいて玄関のドアがキィーと開いたと思うと、それもバタンと勢いよく閉じられた。アントニオはこちらの真下の台所にいるのだ。私は、そこで彼が一本の牛乳を飲みほし、今しも厚く切ったパンにチーズの厚切れをはさんでいる姿を想像した。アントニオがこちらの寝室のドアの前に現われた時——私は故意にドアを半開きにしておいたから、彼には室内の明かりが見えた——彼がしきりに食べているのがリンゴであると分かった。

「まだ起きていたのかい。どうしたのさ?」彼は訊ねた。「あんたの寝る時間は、とっくに過ぎているじゃないか」

「君が寝る時間もとっくに過ぎている」ケワタガモの羽ぶとんをたたきながら私は言った。「パムとはどんな話になったんだい?　話してくれよ。私の言ったことは間違ってたかい?」

アントニオは黙ったまま、こちらの寝ているベッドの方へゆっくりとやって来た。リンゴは口から離さなかったものの、彼の歯はもうそれをかみ砕いてはいなかった。なおも黙ったまま、彼はベッドのそばに腰をすえた。片方の膝を高くあげるような格好をしたので、彼の体はこちらに寄りかかってきた。「あいつと話し合ったよ」アントニオはようやく口を開いた。

「そうか、話し合いをしたのか。で、どんな結論を出したのかね」

「まあ、これまでどおり友だちってことでね」

「ほお、友だちねえ」

相手を愚弄するようなこの口調に、アントニオは表情を暗くした。「そう友だち、ただの友だちさ。友だちとして交際は楽しむけれど、俺たちはもう子供じゃないし、分別だってある。あっちだって、こっちが女房もちで、友だち以上の関係は望めないってことは百も承知だし、俺だってそのことは十分心得ている」

「だが、そうは言っても、どうせ君たちは一線を越えてしまうよ」しごく穏やかに私は言った。が、この瞬間、私は絶望につき刺されていた。それはさながら、胸骨に錆びた鉄杭を打ちこまれ、頭も枕から離せぬほどきつく締めつけられているような心地であった。「そうさ、きっとそうなるに決まっている」

「どうして、そんなことを言うのさ?」アントニオは訊ねた。その声は、まさに自分が本当だと分かっていながらその事実に向き合うのをためらっている時、あえて第三者からそれを指摘された際に人が見せる怒りをうちに含んでいた。「俺は女房を愛している。愛人なんか、真っ平ごめんだよ」

「なるほど、君は奥さんを愛しているかもしれない。でも奥さんだけじゃ、満足できない。そういう性分なのさ、君っていう人間は」

「もしパムがあんな風に生真面目じゃなかったら——尻軽女にしろ、亭主持ちにしろ——付き合い方も別にあったろうが、ああいう性格の娘を結婚する気もないのにそそのかすなんてことは、良心も咎めようってもんさ」

「たとえ君があの娘《こ》をそそのかさなくても、相手が君をそそのかすだろうよ。なぜって、そりゃあ彼女は君を奥さんから奪おうと、虎視眈々と狙っているんだからね」私は辛辣な冗談を口にした。

「あんたはあいつを、どんな女だと思っているのかね？」

「あの娘はとてつもなく意志の強固な女だと思うよ。彼女はちゃんと読んでいるのさ、もし巧くやれば、大当たりがとれるってね」

「大当たり、だ？」

私はこれ以上くだくだしいことをアントニオに聞かせることを避けた。こちらの言わんとしていることのおおよそを、彼がすでに呑み込んでいると察したからである。「ディック、俺はあいつにゃホントにやましいことはしていないんだぜ」アントニオは、こちらの寝んでいるヴィクトリア朝の大きな真鍮製のベッドいっぱいに身をのり出すようにして言った。「俺は女房のことを思って、他の女に疚しいマネは一切してこなかったんだ」

「アントニオ、君は二言目には、疚しいことはしていないって言うが、君にとって疚しいことって言うのは、どういうことを指すのかね。あの娘とキスはしたが、ペニスを握らせることまではしなかったという意味かね？　それとも、ペニスを握らせはしたが、それを口に含ませることまではしなかったという意味かね？　それとも、ペニスを口に含ませることまではしたが、それをあそこにまでは入れなかったという意味なのかね？」私は意地悪く、こうアントニオに訊いてやりたい気がした。が、結局これは口にせず、私は黙って相手を凝視しただけであった。まるで砂粒が入ったかのように突如として目が痛んだ。

「あんたは、俺がまるっきし自制のできない男だと思っている」アントニオは言葉をつづけた。「俺は女と冗談を言い合うのも好きだし、いちゃつくのも、自分のことをひけらかすのも好きだ。でも根はまじめなんで、土壇場のところじゃ、悪ふざけはやめて真剣になるんだ。確かに俺は危ないことを《ヴィーヴェレ・ペリコローサ》する《メンテ》のが好きさ。そいつは自分でも分かっている。でも、俺はどんな時だって、自分の感情や欲望に溺れたりはしない。あるところまで進むことは進むけど、その限界は心得ているつもりだよ」こう言うと、アントニオは夜具の下の私の足をつかんだ。「だから俺のことは、とやかく言わないでおいてくれないか。ディック、あんたは俺のことを心配しすぎだよ。子供じゃないんだからさ。こっちは十五の年から、てめえでてめえの面倒見てきたんだ。世間のわたり方ぐらい、分かってるよ」

なるほど、アントニオは己れの身の処し方を知っていた。私がいないと分別をはたらかせることができないと思ったのは、いかにもこちらの誤りだった。「どうして、こんな時間まで起きてたのさ?」アントニオはやさしい口調で言った。アングロサクソンの男同士がこんなやわらかい口調で語り合うことはまずないが、地中海の男の間ではこれが普通である。「俺の帰りを待っていてくれたのかい?」

私はそうだと頷いた。

「でも、どうしてさ?」

「そりゃあ、まあ——ちょっと心配だったからさ」

「俺とパムのことが、かい?」

「うん、まあ、それもあるが」私はまたもや、自分の押し隠してきた気持ちのすべてを打ち明けたいという、抑えがたい自滅的な衝動にかられた。「君と、私のことがね」

この言葉に相手がどんな反応を示すか見ようと、私は胸を躍らせながら彼の顔を注視した。

「俺たちのこと、だって？」

　私は頷いた。

「でも、なんで俺たちのことが気にかかるのさ？」

「そりゃあ、私が君のことをとっても気に入ってるからだよ」

　この言葉にアントニオは何も言わず、こちらの顔を見つめた。ベッドわきのランプの明かりが彼の左の頬と目に影を投げている。

「先週――ここに、ずっと一緒にいた時――」私は胃袋の中のものをむりやり吐きだすようにして言った。「私は、これまで味わったことのないほどの幸せを味わったんだ」

「俺もあんたといられて楽しいよ」

「ああ、なるほどね。でも私のいう幸福は、君のとは多分ちがうよ」

「でも、何でそんなことが、あんたの心配の種になるんだい？」

「そりゃあ今はこうして幸せだが、こんな幸福はいつまでもつづきゃしないってことが、分かるからさ」

　この言葉に、アントニオは笑った。「あんたの言ってること、よく分からないよ。一体、何が言いたいのさ？　どうしてあんた、今の幸せが長つづきしない、なんて言うんだい？」

「なぜって、そりゃあ、何事も永遠にはつづかないからさ。私たちをとり巻く状況が――理不尽だからだよ」

「どうも、言わんとしていることがピンとこねえな」

「馬鹿！　こっちはお前が欲しくってならないんだ！」私はこうアントニオに叫びたかった。が、こんな風に自分の想いを吐露する勇気は出ずに、なおも私は言葉をにごした。「君には奥さんがいて、家庭がある。かたや、私は独り者だ。だから、私たちの付き合いの意味するところは、それぞれ自《おの》ずと違ってくる。早い話、いずれ近いうち君はイタリアに帰ってしまう。そうすれば、私たちのこんな生活はおしまいになってしまうじゃないか」

「でも、いくら俺がイタリアに帰ったって、友だちを想う気持ちは消えやしないよ。何でそんな風に考えるのさ？　あんたはフィレンツェの俺の家へ遊びに来りゃいいんだし、俺だってイギリスへあんたの顔を見にくるよ。ディック、あんたは俺にとって友情ってもんが一体どんなものだか分かっちゃいないね。俺にゃ知り合いは、そりゃあ沢山いる。でも、友だちと呼べるのは一握りだよ。ディック、あんたは俺にとっちゃ、そんな人間の一人なんだ。俺は自分の友だちのことは忘れないよ」アントニオはそう口にすると、夜具の上から、またこちらの膝頭を圧した。

「ああ、そりゃあそうかもしれないが、君がここを出れば——今のような付き合いは二度とできなくなってしまう。それが分かりすぎるほど分かるから、こっちは辛いのさ」

「ねえあなた、なにが仰りたいのか、わたしにゃちんぷんかんぷんでございますよ！」アントニオはこちらの真意がつかめぬことのイライラを、こう冗談めかして訴えた。が、彼が本当にこちらの胸のうちが分からないのか、それともその方が面倒が少ないと判断して分からないふりをしているのか、私には判然としなかった。

「たぶん私は、君が考えているより複雑な人間なのさ……いいから、いま言ったことは忘れてくれ」

「どうしてあんたは、そう先のことばっかり考えたがるんだろうね？」アントニオはそう言ってベッドから離れると、その目に疲労の色をにじませながらこちらを見た。「とりあえず俺たちゃ今こうして一緒にいるんだから、離ればなれになる日のことなんぞ忘れちまって、今この時を思いっきり楽しもうじゃないか」

「君は本当に幸せな男だよ。過去に対する悔いもなければ未来に対する憂いもなく、生きることに熱中できるんだから。でも私には、それができない。つくづく君が羨ましいよ」

私がこう口にした時、こちらの絶望の幾ばくかがついにアントニオの許に届いたかに見えた。

「それが人生ってもんさ」太く嗄れた声であった。「すべては崩れ《トゥー・カス》、すべては廃れ《トゥー・ラス》、すべては過ぎゆく《トゥー・パス》。あんた、このフランス語の諺、知ってるかい？」

「ああ、知ってるとも。怖い言葉だね」

「ディック、もう眠《ね》ろよ、あんた、もう眠たほうがいいよ」

「そう、眠なければいけないな」

アントニオは、手を伸ばしてこちらの雑誌を取り上げ、ベッドわきのランプのスイッチを切った。

「お寝《やす》み、ディック」

「ああ、お寝み、アントニオ」それから私はなおも口から言葉を押し出すようにして言った。「うまくいって、本当に良かったよ。パムのことがさ……」

アントニオはこれには応えず、無言のまま部屋を出ていった。

私はベッドに横たわったまま、アントニオが自室を歩きまわる音や洗面所にたつ音、歯をみがく音を耳を澄ませて聞いた。そればかりか、彼がベッドに上がる際の、それの軋む音さえ聞こえるように思われた。それから家中に静寂がおとずれ、聞こえるのはガサ、ガサ、ガサと枕に押しあてられた耳の、鼓膜のふるえる音のみであった。それは静めようとしていよいよ激しさを増した胸の鼓動のように、いつまでも、いつまでも耳の奥で鳴りつづけた。

7

かつて女友だちの一人から、夫が浮気をはたらいているのではないかと思う、と打ち明けられたことがある。こちらはその時、彼女の勘は当たっていると考えつつも、「なんだって、そんなことを思うの?」と訊ねたものだが、相手の答えは、「それは、彼がわたしにやさしくなり始めたからよ」というものだった。アントニオはいつも私にやさしかった。彼はもともと自分のお気に入りとなると誰に対しても、自分の能力だろうが持ち物だろうが、気前よく提供する性質《たち》の人間だった。だがここへ来て、彼のそうしたやさしさ、気前のよさが俄然目立ってきた。アントニオがワインやチョコレートや煙草の土産を持ち帰らぬ日は、ほとんど一日とてなかった。しかしそれとは裏腹に、彼が私に自分自身の時間を割《さ》いてくれることは日に日に少なくなっていった。

「例のイタリア映画、今度一緒に観に行かないかね」と、たとえば私がアントニオを誘ったとする。すると、彼はすぐさま奇妙に緊張した声で息せき切って早口に、「俺、ちょっとコスタスの所まで行かなきゃならないんだよ——俺たち、今度一緒にセミナーやるんで、その準備がいろいろあってね」と口実を設け、こちらの誘いには乗らないのだった。「ウイニーがね、近々、例のフェビアン協会の連中を励ますのに、ちょっとしたパーティをやるんだそうだ。君も一緒に連れて来るようにってことなんだけれどね」と話した時も同様で、さながら駆けっこをした直後のように忙《せわ》しい息づかいをしながら、「コスタスがね、若い仲間たちがトップ・ランクに集まるから一緒に遊びに来ないかって、誘ってくれているんだよ」と言って、一緒に行けないことを詫びるのだった。

アントニオとコスタスは大学で同じ研究室にいたが、彼の相手のこのギリシア人は研究一筋の無口で気難しげな青年で、アントニオがこんな男とほとんど毎晩いたがるなど、ちょっと信じかねた。

私のこの疑いは、ある日曜日の午後に郵便局の前でこのギリシア人と出くわした時、確実なものとなった。私たちは二人とも、そこの自動販売機へ切手を買いに来たのだった。コスタスと私はこれまでに三度会ったことがあり、しかもそのうちの一回は私の自宅《いえ》であったというのに、私が順番を待って彼の傍《かたわら》に佇んでいても、彼は慣れぬ機械の操作に手こずるあまりついこちらに気づかないでいるといった風を装って、私を無視した。

「やあ、コスタス」

「おや、トムソンさん」こちらが言葉をかけるや、コスタスはすぐさま体をひるがえしたが、眼鏡のレンズをとおしてこちらの顔を嫌々認めたその目は異様に膨れあがって見えた。彼は切手の一枚を灰色がかった舌で舐めるとそれを封筒に貼りつけ、それからさらに二枚の切手を舐めた。「お袋に手紙を出すのは久しぶりで」コスタスは切手を封筒に貼りつけながら話しはじめた。「お袋は親父に早く死に別れてしまって、それに子供って言えば僕一人なもので、できるだけ便りをしてやらないと。でも、ここんところ、仕事がちょっとばかし忙しかったもので、時間がとれなくって」そう言いながらポストの所まで行くと、彼はもう一度封筒を吟味し、手落ちのないことを確かめてから、それをポンとなかに入れた。「アントニオの奴、どうしてます？」投函が済んだところで、コスタスは訊いた。

「いや、私はまた、彼は君とずっと一緒なんだとばかり思っていたよ」

「僕と一緒？」コスタスはこちらの言葉に驚いたようであった。「とんでもない、トムソンさん。あいつとは、先週の金曜日から会っちゃいませんよ」

「じゃ、こっちの勘違いだね」

ばつの悪い思いをしながら、私たちは郵便局を後にした。

「先生は、今年の休暇、ギリシアで過ごされるんですって？」コスタスは内気な性分で、幾度となく同じ話をくり返すところがあった。こちらのギリシア行きのことも、以前話したことだった。

「まだ、はっきりしたことは決めてないんだ。アントニオはフロレンスに来いと言ってくれるんだが、どちらかと言えば、イタリアよりギリシアの方が好きでね」

「もしパトラスにいらっしゃるんなら、我家《うち》へお寄り下さい。母も喜びます」

「ありがとう、そりゃあ面白そうだね」

こちらを歓待するというコスタスの言葉も、何ならその招きを受けてもよいという私のそれも、ただの挨拶にすぎないことを私たちは双方ともに知っていた。

「じゃあ、ここでお別れです」分かれ道にさしかかったところで、コスタスは自分の下宿している家の方角を指さして言った。「アントニオによろしく」

「ああ、君に会ったと話しておくよ」

その夜、私は書き上げねばならぬ書評があった。幸い、こちらが紹介しようとしているその新刊小説はきわめて面白いものであったから、私は執筆に没頭することで、アントニオの嘘について考えずにいられた。

十一時を少しまわった頃、彼は帰宅し、懸命にタイプライターを打っている私の書斎に騒々しく入って来た。近頃のアントニオにしては、この時間の帰宅は早い方である。彼が部屋に飛び込んでくるなり、私はタイプライターから顔をあげて言った。

「どう、面白かったかね？」その口調はあくまで冷ややかだった。

「ああ、おかげで面白かったよ。けど、ダンスをしていた部屋が暑すぎたんで、帰ることにしたのさ」アントニオは、こちらの肩ごしにタイプライターを凝視した。彼の臀部の片方がこちらの腕を圧している。「なにを書いているのさ」

「ご覧の通り、この本の書評を書いているところだ」

「夕方から、ずっとこうしているのかい？　ディック、あんたはホントに働きものだね」

「まあ、切手を買いに郵便局ぐらいは出かけたがね」

「そんなもん、俺が買ってきてやったのに。女房に出す手紙が最終の収集時刻に間に合うようにって、あそこを通ったんだよ」

「奥さんには相変わらず毎日書いているのかね？」

「ああ、そりゃあそうさ。でも、なんだってそんなことを訊くんだい？」

私には、アントニオがこちらの口調からすでに、私が胸に一物《いちもつ》もっていることを察していると知れた。

「郵便局でコスタスに会ってね」

「コスタス？」

「ああ、彼もあそこへ切手を買いに来てたのさ。君によろしくって言ってたよ」

「そうかい」

それっきり私もアントニオも口を噤《つぐ》んでしまった。私はさらに一語をタイプで打つと、キーから手を離して、アントニオの方に顔を向けた。「なんで君は、コスタスがパーティやるから行くなんぞと嘘をついたのかね？」

「俺、そんなこと言ったたっけ？」

「ああ、言ったとも」

「でも、どうして俺がそんな嘘つくんだよ。ディック、そりゃあ、あんたの聞き違いだよ。俺はねえ、ヴァレンティ教授《さん》の所へ行ってたんだ。例のイタリア語の先生さ。前に話したことあるだろ」

「君は、私には、コスタスに呼ばれていると言っていた」

「いや、そんなはずはないって。それはあんたの聞き違いだよ。俺は絶対にそんなことは言ってやしない。だいたいヴァレンティさんの所に行くのに、なんでわざわざコスタスの所へ行くなんて言わなきゃならないんだい？」

「そりゃあ多分、君がどっちの家にも行ってないからさ」

この私の言葉に、アントニオは語気荒く言った。「そんなに俺の言うことが信用できないんなら、俺が嘘をついていると思うんなら、ヴァレンティさんに訊いてみろよ！」

「今頃あの人に電話して、そんなことが訊けると思うかね？　やきもち焼きの女房だってご免こうむりたいって言うよ。そんなことを確かめるまでもなく、君にゃちゃんと分かっているはずだ、自分がパムと一緒だったことぐらいね。そうだろう？」

「もし俺がパムと一緒にいたのなら、どうして黙っていなきゃならないのさ？　どうして俺があいつのことを隠す必要があるんだい？」

「そりゃあ多分、あの娘が君にそうするように言ったか、でなけりゃ君が、毎晩のように彼女と出歩いているのをこっちに知られるのが恥ずかしいからだよ」

「なんで俺が、あいつのことを恥ずかしく思わなきゃならないのさ。俺たちゃ、なんにも疚《やま》しいことなんかしちゃいないんだぜ」

このアントニオの訴えに、私は肩をすくめ、依然不機嫌な顔つきのままにやりとした。「それに、もっと言えば、君には私の言うことが自分の良心の声として響くからだよ。君としちゃ、その良心に自分のやっていることを知られたくないわけだ」

「俺は疚しいことなんか、しちゃいないって」

「じゃあ、何故、あの娘のことを隠そうとする？」

私がこう口にした時、アントニオの目にはほとんど憎しみの色が浮かんだ。「そりゃあ、あんたがやきもち焼きだからさ！」これまで見せたことのない侮蔑的な感情をむき出しにして、アントニオはついにこう口にした。

「私がやきもち焼きだって？」

「そうさ、すげえやきもち焼きだよ」

「なんで私がやきもちを焼く必要がある？」

私は、タイプライターのフレームに手を押しつけた。

「そんなこたあ知らねえよ。でも、あんたがパムを妬《や》いているってことは分かっているんだ」

「バカなことを言うんじゃない。この私のどこにパムを妬かなきゃならない理由があるね——けれど——」私はなおも言葉をつづけた。「私は君が彼女のことで、ずるずると深みに入ってゆくのを見るのがたまらなく嫌なんだ。そう思っていることは事実だ。なぜって、そんなことをつづけていた日にゃ、君の仕事も家庭も台無しになってしまうってことが、目に見えているからさ……まあ、どっちにしたってこれは君自身の問題で、こっちの知ったことじゃないがね」そう言って、私はまたタイプを打ち始めた。

しばらくして後ろを振り返ると、アントニオの姿はもはやそこにはなかった。

8

それから数日後、真夜中過ぎまで私は独り家で仕事をしていた。

私はこの時期、アントニオへの執心から眠ることも食べることもできなくなり、ふさぎ込む一方であったが、それでもモノを書き続けられたということは、今にして思えば、驚くべきことであったように見える。周囲の者たちも、当時私が発表した評論や書評になんら以前と変わったところを認めたはずはないし、私がそうしたものをどれほど疲労感や自己嫌悪にさいなまれながら書いているか、また、どれほど苦心して深く冷たい空虚感に浸された胸のうちから、陳腐で明るい思いつきを浚《さら》っては文章にしているかを、察した節《ふし》もなかった。「あんたは本当によく働くね」ある時は感嘆の色を、またある時は同情の色をにじませながら、アントニオはいつもそう言ったものであるが、実際彼の言葉は嘘ではなかった。私は今日まで怠惰な生活というものを送った憶えがない。とりわけこの時期は、嫉妬や欲求不満や絶望といった苦しみに対する唯一の鎮痛剤として、私は仕事に没頭したのだった。何時間も何時間もタイプライターの前にかがむ生活をつづけたため、ついに私の目や背中は痛むようになった。「ディック、あんたの働きぶりにはホトホト感心するよ！」こちらの勤勉さにはつくづく呆れたというように、一度アントニオがこう口にした時、私はすぐに応じたものである。「そうかい。私は働かなきゃならんから働いているのさ」「金が要る、ってことかい？」「そうさ、金は要る。でも私が働きづめなのはそのことが原因じゃない」「じゃあ、いったい何が原因なのさ？」「つまりだね、こうして働きつづけていないと、私は自殺してしまうからさ。そういうことだよ」

「おい、ディック、ディックったら！」

その夜、私は自分の名を呼ぶアントニオの叫び声にふと我にかえった。それには、キティの吠え声や人々の笑い声や話し声も混ざっている。が、凍えきった私の体はまったく動かなかった。

「ディック、ほら来いよ！　来いったら！」アントニオはそう叫びながら、その額を幸福で輝かせ、書斎の戸口にたたずんでいる。「俺たちゃ、スパゲッティをつくって、あんたと一緒に飲もうと思って来たんだぜ。さあ来いって、ディック。それだけ働きゃ、もう十分じゃないか」

私はようやく、この男が私を慰めさらには機嫌をとろうとして、パムと彼女の陰気な仲間を家に連れてきたことを知った。が、極度の疲労と精神的な緊張のために、私は、無骨ではあれ思いやりにあふれたその誘いを素直《すなお》に受けることができなかった。

「ああ、頼むから、このまま独りにしておいてくれないか」

「俺はキャンティを二本ももってきたんだぜ。キャンティ・アンティノリだ。あんたの一番好きなやつじゃないか。あんたは何もしなくっていいんだよ。俺がスパゲッティつくるからさ。来いったら！」彼はそう言って、タイプライターの前に座り込んでいる私を立ち上がらせようと、こちらの腕に手をかけた。「せっかくだが、その申し出は御免こうむるよ。ねえアントニオ、分からないのかい？　とにかく疲れているんだ。寝たいのさ。君には理解できないのかね。こっちの仕事には静けさが要るんだ。心の平和が必要なんだよ」

この言葉に、アントニオの顔にみなぎっていた熱気はすっかり冷めてしまった。相手を深く傷つけてしまったことは十分承知していたが、その時の私にとっては、アントニオの心に傷を負わせたことが言いようのない喜びであった。

「あいつらには、帰れって言うよ」アントニオは言った。それは、あのいつもの明るく鼻にかかった声とは打って変わった、嗄れて口ごもった声で、彼が興奮したり苛々をつのらせたりしている時のものであった。

「連中を帰すって、いったい、彼らになんと言うつもりだね」私は声を高くした。「そんなことをしたら、連中はこっちが無愛想な人間だと思いかねないじゃないか。私はこれまで、いったん客を迎えたら、相手がどれほど嫌いで早く帰ってもらいたかろうと、そんなことはおくびにも出さず、なるたけ丁重にその人をもてなすように心がけてきたんだ。こんなことなら、なぜ初めに電話で一言、連中を連れてくると言ってくれなかったんだ！」

「でもイタリアじゃ」このアントニオの言葉を、私はすぐさま遮った。

「ここはイタリアじゃなくってイギリスなんだ！　どうしてそれが分からないのかね」

私がこう言うや、アントニオは黙って部屋を出ていった。

しばらくして私が食堂に降りていくと、そこにはパムとアントニオのほか、私が会ったことのない五人の若者がいた。そのうちの二人は女、残りの三人は男である。「やあ、今晩は」私は彼らの一人ひとりに作り笑いをした。「やあ、パム」

「今晩は、ディックさん。わたし、こんなに大勢で押しかけちゃ、あなたにご迷惑じゃないかって、思ったりもしたんですけれど、アントニオがどうしても来いって言うもので……」

「来てくれて嬉しいよ。どうぞ、ゆっくりして」私は張り出し窓のそばの食卓につくよう身振りで彼らに合図した。「さあ、座って」この言葉に彼らは互いにひそひそ囁きあいながら、きまり悪気に席についた。「アントニオ、みんなを紹介してくれないのかね」

私がこう口にすると、アントニオはおかしいほど身を堅くして連れてきた仲間の名前を口ごもり始めたが、私にそれが頭に入る道理はなかった。ただこちらに分かったのは、女のうちでいちばん可愛らしいのが看護婦として病院勤めをしている娘であり、目前の客のうち唯一泰然として落ち着きを失わないでいるのが経済学を専攻している大学院生であるということだけであった。私が立っているそのすぐそばの席についたのは、まさにこの男であった。

全員が席につくと、アントニオはすぐに、さながら舞台でイタリア人役をつとめる俳優が合図《キュー》を聴いて神経を高ぶらせつつ演技を開始するように、動作を始めた。「それじゃあ、一丁やろうか《エッコ》！」道化になりすました彼は、腰にエプロンを巻いてそう叫び声をあげると、深い低音《バッソ・プロフォンド》で「フニクリ・フニクラ」を口ずさみながら、娘たちの陽気な歌声がとびかうなか食事の準備にかかるのだった。「君たちね、俺のつくったやつを食ったら、世の中にこんなうまいスパゲッティがあったのかって、腰をぬかしちゃうぜ。夢じゃなかろうかってね」こんな軽口をたたきながら、アントニオは自分の指先にキスして見せるのだった。一方パムはと言えば、テーブルに両肘をついて頬を支え、じっとアントニオの姿を見つめていたが、いつものあのぼんやりとした緑色の目が今夜に限ってこれまでにない輝きに満ちているのが印象的だった。

隣に座った経済学専攻の青年がこちらに話しかけてきた。彼は私の作品を読んでおり、特にその中の一つを激賞してくれた。彼自身、一度小説らしきものを書いたことがあるという。が、私はこの男の話にほとんど耳を傾けてはいなかった。それどころか、時折りおざなりな言葉をはさんだりちょっと肩をすくめて見せるだけで、相手の方など見向きもしなかったのである。私の注意は、すべてアントニオとパムに向けられていた。

それから突如として、驚くべきことが判明した。食堂にいる人間のうち、隣の青年が唯一惹かれているのはこの私である、ということが分かったのである。彼のちらつかせる媚びが意識的なものか無意識的なものかは判然としなかったが、この若者は懸命に私に求愛しているのであった。その鼻はあまりに長くて細く、角張った赤ら顔の睫毛はほとんど白子のようで、美男子とは言い難かったが、それでもこの男の風采には、これが別の場所であったなら、彼のうれしがらせに喜びもし、好意ももったであろうと思われるものがあった。が、いかんせん、アントニオとパムを目前にしては、彼のとめどない褒め言葉は、こちらに不快感をつのらせただけであった。他の青年は双方とも、すでに三〇代も半ばになろうとしている立派な研究者と分不相応な付き合いをしているらしい愚鈍な学部学生で、初めのうちは仲間の娘たちとひそひそ話をする以外口を開かなかったが、そんな彼らも、二、三杯キャンティをおかわりするうちはにかみが失せたと見えて、声が甲高くなり、口にする冗談もたしなみのないものになった。

食事中もアントニオは、われわれのグラスに酒をついだかと思えば料理用のストーブへ急行し、かと思えば、食堂の中ほどで尻に手をやりながらたたずんで喋ったりと、一時《いっとき》も自分の席をあたためることなくいそいそと動きまわった。この間アントニオの目がふとこちらと合うことがあったが、そんな折り彼はすぐに私の許にとんで来て、ぽんと肩をたたいて言った。「俺たちの仲間入りして、よくはなかったかい?」

「いや、もちろん楽しませてもらっているよ」私の声は残酷なほど皮肉に満ちており、アントニオもそれをよく感じている風であったが、そのことが私を喜ばせた。

スパゲッティの夕食がすむと、娘の一人が言った。「ねえ、踊りましょうよ」娘の言葉に一瞬ためらいを見せたアントニオだったが、元来が人を喜ばせることの何より好きな彼は、すぐにこちらを向くと、トランジスタ・ラジオが借りられないかと訊いてきた。私はかまわぬと頷いた。

こちらの許可を得るなり、アントニオはラジオを取りに階上の私の部屋へ上がっていったが、おめあてのものを携えて食堂へ降りて来ると、彼は言った。「ここの電灯、消すからね」アントニオがそう言って、新たにつけたのは流しの上の明かりだった。「どうだい、いいだろう。これでうんとムードが出てきた……パム、来いよ」

アントニオがそう声をかけると、男の落ち着きとは痛ましいほど対照的なぎこちなさで、パムは席を立った。「来いよ！」テーブルの前でもじもじしているパムの姿に、アントニオは彼女のほうに両の手を差しのべてまたも声をかけたが、それは相手をダンスにというよりは、ベッドに誘っているような口振りだった。「ほら、来いったら！」ようやくパムが傍まで来ると、アントニオはほとんど目を閉じるようにして、すぐさま彼女を抱き込んだ。アントニオの腕の中でパムは目を見開き、まるで息を切らしてでもいるかのように口を開けている。その鼻孔は興奮からちぢみ上がっているように見えた。

アントニオとパムがラジオの音楽に合わせて踊りだすと、他の若者たちも席を立ったので、テーブルに残ったのは私と例の青年だけになった。

「先生、お疲れじゃありませんか？」

「いや、そんなことはないよ。私はいたって丈夫な男でね」が、そんな強がりも、もはや以前のような真実味を具えてはいなかった。私は身も心も疲労の極にあることを感じていた。

「僕たち、こんな遅くにお邪魔するべきじゃなかったんです。いかにも軽率でした。僕は初めからアントニオに、こんな時間に伺うのは非常識だって言ったんです」こんな言葉から、彼がまれにみる好人物であると私は思った。「いつか日をあらためて僕一人でお邪魔して、ゆっくりお話を伺いたいのですが、よろしいでしょうか？——その、こういう騒々しいなかでお話するんじゃなくて、もっと静かな、そして先生がお疲れじゃない時に……」

「そりゃまあ、かまわんがね」

私は自分の口振りがぶっきらぼうを通りこして、険悪なものになっていることを承知していた。が、それでもなお私は、アントニオの腕に抱かれたパムの姿から目が離せないでいた。以前にアントニオが彼女をむりやり立ち上がらせようとして二人がこぜりあいを演じたことがあったが、その時と同様に、このイタリア人がいま勃起しているのは明白だった。

「先生、僕の名前、ご存じで？　僕、ロジャー、ロジャー・パーカーって言うんです」

「ああ、ロジャー・パーカー君ね」

「名前と電話番号、お書きしましょうか？」

「ああ、頼むよ」

私がこう言うと、青年は手帳から頁を一枚引き裂き、大きく鮮明ではあるがいかにも拙い書体で自分の姓名と電話番号を書き始めた。「今夜、こうしてお目にかかれたのは幸せです。先生がブライトンにお住まいだったとは意外でした。いつも海外に出ていらっしゃるとばかり思っていたものですから」

「いや、つい最近まで外国暮らしをしてたのさ。この辺で一息入れようと思って、こっちに戻って来たんだよ」

「パーティ、もうこのへんで切り上げるよう言いましょうか。先生だって、こんな調子でいつまでも騒がれるのは迷惑でしょう?」

「いや、それは結構、自然にお開きになるのを待てばいい」

この私の言葉に、相手は怪訝な目でこちらを見た。「でも先生は、早く、これ、おしまいにしたいんでしょう?」

「ああ、そりゃ勿論、そうなんだがね」

「じゃ、それなら……」折りしもその時、それまで踊りに夢中になっていた若者の一人がわれわれの向かいの席に腰をおろし、ズボンのポケットから薄汚れたハンカチを取りだして、汗まみれの顔をぬぐいはじめた。ロジャー某は(私はすでに、この男の姓を忘れてしまっていた)、すぐにその若者の方に身をのりだして小声で話しかけた。年輩の人間から相談にあずかった学生は事情を聴くなりふむふむと頷いて、こちらにこころもとなげな一瞥を投げた。

ロジャーの口出しからほどなくして、アントニオとパムを除く若者たちは食堂の戸口に集まった。二人だけが周囲の状況に気づかず、互いに抱き合って、部屋の中をぐるぐると踊りつづけている。いくら待ってもアントニオの踊りがいっこう終わる気配がないので、ついにロジャーが、小指に蛇の指輪をした大きな厚めの手でアントニオの肩をポンとたたいた。仲間の存在に気づいたアントニオはまるで深い眠りから覚めた人のように周囲に目をやったが、パムの腕は、相手が踊りの足を止め、ロジャーがラジオのスイッチを切ってもなおしばらく、アントニオの頸に巻きつけられたままであった。

アントニオとパムが体を離すと、若者たちはめいめい小声で別れの言葉をつぶやき始めた。学生の一人が私のそばにやって来て握手をもとめたが、こちらの差し出した手を男はあまりに強く握りつづけたので、私には、この握手が当人の過度の友情を表わすのではなく、不満の鬱積を表わしているのではと訝られた。

「俺、ちょっとパムを送ってくるから」仲間と一緒に玄関に向かいながら、アントニオは言った。

「すぐに帰るからね」

「じゃあ、おやすみなさい、ディック」パムの今の声には、勝利の響きがなかったろうか？　彼女のあの銀色の瞼《まぶた》におおわれた瞳には、勝ち誇った色がのぞいてはいなかったか？　握手をした時、彼女の手はやけに熱くてしめっぽかったが、人によっては、彼女には熱があると思ったかもしれない。

「先生、この後片づけは、一体どうなさるんです？」仲間の後ろ姿を目で追いながら、ロジャーが訊ねた。

食堂はポットや鍋や皿やコップで散らかっていた。アントニオは生まれながらにすぐれた料理の才をそなえていたが、その反面、後始末をしてくれる女中なしではその能力の発揮が危ぶまれる態の料理人でもあった。

「ああ、こんなの、明日まで放っておけばいいさ」

「でも先生、明日は日曜日ですよ」

「なるほどね」日曜日には、通いのお手伝いは来なかった。

「だれだって日曜の朝に目を覚まして、食堂がこれじゃぁおぞけをふるいますよ。僕が今から片づけましょう」そうロジャーは申し出た。

「ねえ、ロジャー、あなた帰らないの?」娘の一人が玄関から笛のような声で言った。

「いいから先に帰れよ。僕は今からトムソン先生と後片づけだ」

「じゃあ、お手伝いしましょうか?」別の女の声がしたが、その声の主はパムではない。

「いや、いいんだ。こういうことには慣れてるから」

それからほどなく、表で皆が一斉に「さようなら」と言う声が聞こえたかと思うと、すぐに玄関の扉のバタンと閉まる音がした。

「こんな時間に僕たちを迎えて下さるなんて、先生はよほど心のやさしい方なんですね」静まりかえった台所で、食器を手にしながらロジャーは言った。「先生、そこにお座りになって、この残ったお酒、飲んじゃって下さい。片づけは僕がやりますから」

「いや、そんなわけにはいかないよ。私も手伝うから」

ロジャーはそのずんぐり太った体とぎこちなさそうな手に反して、驚くほど後片づけの手際がよかった。後始末をしている間、彼はナイフやスプーンや皿を手に、「これはどこにしまっておきましょうか?」とか、食卓から流し台に多数の食器を移すのにこちらの方に身をかがめて、「ちょっと失礼しますよ」とか口にする以外、他には一言も口をきこうとしなかった。

「アントニオにも、手伝わせればよかったんだが」青年の働きぶりに、私はばつの悪さを感じて言った。

「彼はパムを自宅《いえ》まで送りたかったんでしょうから」

「まあ、そうなるのだろうね。あの娘もそれを望むんだろうし」

「人間っていうのは、恋をすると、えらく我儘になるもんですね」

ロジャーのこの言葉に、とつぜん絶望が鎌首をもたげ、おさまっていた歯痛が急にぶり返しでもしたように、私の胸は疼きはじめた。二二歳のこの青年にも、二人が愛し合っていることが解るのだ！

「アントニオとの付き合いは、長いんですか？」彼が訊いた。

「いや、それほどでもないよ」アントニオと知り合ってどれぐらいになる？　それにしても、今日まで、あいつと過ごしたり、あいつと過ごしたことを思い出したり、あいつと過ごせることを期待したりせずに、時間の過ぎたことがあっただろうか？

「あいつ、面白い奴でしょう」

「ああ、面白い男だね」

こちらが同意すると、ロジャーはまたもや私に不審そうな、それでいて哀れむような眼差しを向けた。

が、それっきり、洗いものが済むまで、私たちがなにかを話題にすることはなかった。

「さあ、これでおしまいっと！」最後の食器を片づけると、ロジャーは言った。「思ったほど、手間はかかりませんでしたね」

「君の親切には、感謝するよ」

「さっきも言ったように、僕、こういう片づけ仕事、得意なんです。またお役に立てるようなら飛んで来ますから、いつでも仰って下さい」

「ああ、覚えておくよ」

私は彼を送って玄関に出、ドアを開けた。「どうも」と彼は言った。そのとき私は突如として、先ほど仲間といたときあれほど冷静で物静かだった彼の神経が、異常に高ぶっていることに気づいた。「どうも、ありがとうございます」そう言ってロジャーは、白子のような睫毛をふるわせながらこころもち仰向くと、一瞬目を閉じた。彼はそのままの姿勢でごくりと唾を飲み込んだが、そのとき顔に比べて余りに大きな喉仏が上下に大きくゆれた。この男はキスして欲しいんだ！　だから他の仲間を先に帰らせたんだ！　その様子から、私は突如としてこんな確信を抱くに至った。

が、それはできない相談だった。

「こちらこそありがとう。厄介をかけちまったね。それじゃ、お寝み」私の声はほとんど冷淡だった。

「本当にありがとう。感謝しているよ」

「お礼を言わなきゃならないのは、僕の方です」彼の顔には赤味がさしてきた。「また、こちらへお邪魔してもよろしいでしょうか？」

「ああ、構わないとも」

「じゃあ、ぜひ、ぜひそうさせて頂きます」

彼はそう言うと、まるで服の着心地が悪いとでも言いたげにちょっと体をよじり、こちらに手を差し出した。手首のところが妙にしなやかである。

「じゃ、近いうちに」が、私たちの指はほとんど触れ合うことがなかった。

青年を帰すと、私は階上に上がっていった。猫のセリマが前を小走りに走ったが、時折り階段の敷物に爪をたてた。いつもなら猫のそんな真似を許す私ではなかったが、今夜に限って叫び声をあげる元気もなく、黙って彼女のするにまかせた。キティが騒々しい音を立てながら、こちらの後を追ってくる。

寝室に入って氷のように冷たいシーツに触れると、私の体は燃え上がりそうであった。頭がズキズキと痛む。床についてクロスワード・パズルに目をやってから、ラジオをつけようと寝返りをうったが、それはまだ階下《した》の食堂に置いたままだった。このまま眠《ね》ずにアントニオの帰りを待つのはバカげている。私は独りごちた。奴のことなど忘れてしまわねば。あいつとパムが今頃あのゴキブリ車の中で何をしているかなんて、あれこれ考えるのは止しにしよう。とにかく眠らねば。私はベッドから降りると化粧室に行き、睡眠薬を一錠取りだして飲んでから、ベッドに戻って寝台わきの明かりを消した。と、つい先ほどまで火照っていた私の体が寒さで震えはじめた。まるで広々とした冬の冷たい砂浜に横たえた裸体を満ち潮が洗いつづけるように、悪寒の波がこちらの体に寄せては返した。私はそのままじっと目を閉じて寒気をこらえていたが、そのうち自分が信じてもいない神に小声で祈願していることに気づいた。おお神よ、どうか、愛しつつ愛さずにいられる術《すべ》を、愛しつつ苦悩を知らずにいられる術を、お教え下さい！――そう、私はアントニオを断念しようとは思わなかった。己れの背負うこの十字架を降ろそうとは思わなかった。ただ私は、激烈な愛にともなう激烈な苦しみというものに、もはや堪えられぬ気がしたのである。

それからほどなく私は眠りに落ちたが、熟睡はできず、すぐに目が覚めてしまった。私はわざとつけっぱなしにしておいた外灯の明かりを確かめに、玄関へ降りてみる気になった。万一灯火がついていなければ、すでにアントニオが帰宅して、それを消したことになる。が、外灯はまだ、煌々《こうこう》と輝いていた。時刻はすでに二時をまわっている。畜生！　明かりを消して寝室へ戻りベッドに横になった私は、シーツを両の手で強く口に押しあてて呻いた。私はもう一錠薬を飲もうかと思ったが、朝起きられなくなってしまうことを案じて、それは止しにした。

　ふたたび私は深い眠りに落ち、その眠りは断続的につづいたが、その間私は次のような夢を見た。外灯をともしたままベッドに入り、現実と同じように私はアントニオの帰りを待っていた。と、門のギィと軋む音につづいて、閉まる音がし、直後にドアのカタンと開《あ》いてバタンと閉まる音がした。誰かが階段をミシミシ音をたてて上ってくる。「アントニオ！」私は半開きのドアに向かって叫んだ。が、彼はこちらに返事をせずに自室に入っていった。私は暗闇の中でベッドに身を横たえたまま、起きてアントニオの所へ行こうか行くまいか、思い惑った。と、床板のギィと軋む音がして、その後、寝室のドアをコンとたたく音がした。「アントニオ、君なのか？　入ってくれ」こちらがそう叫ぶや、アントニオは大きくドアを開いて寝室に入ってきた。彼は一糸もまとっておらず、その裸身は吹き抜けから入る仄かな光の中にたゆたっている。彼は無言でベッドの傍まで来るとシーツをまくり、敷布団の上に上がって私の傍らに身を横たえた。と、アントニオは呻き声のようなものを発したが、それが聞こえたかと思うや、私は彼の厚い肉に息もできぬほど強く抱きしめられたのである。アントニオの肉は私の口を、その髪は私の目をふさいだ。相手の体の重心はこちらの胸にかかったが、その肉はさながら繭のように暖かく私をつつんだ。突如アントニオは巨人に変身した。ベッドの上での荒々しい情交は長くはつづかなかったが、やがて私はアントニオのされるがままになり、意識は朦朧としていった。命の尽きる間際はこんなものだ。私は間もなく死ぬに違いない。そのとき私の脳裏にはこんな考えが浮かんだが、それは喜ばしいものでこそあれ、決して恐ろしいものではなかった。

　その夢から、私は覚めた。全身に凄まじいひきつりが起こっている。何ものも生み出さぬまま、果てしもなくつづく、嘔吐感にも似たオルガスム。味気ない夢とはこういうやつだ。自らを嘲るように半ば笑い半ば泣きながら、私はこう独りごちたことを覚えている。私は上方に手をのばして寝台の横板をつかみ、懸命に体のひきつりを堪《こら》えたが、やがてその長く不毛な痙攣は弱まりを見せ収まっていった。目がやけにじくじくしたが、それは涙ではなかった。体のひきつりを止めようとして思わずつかんだ寝台の横板に、ありったけの力を入れたためである。

それから私は、さながら絶壁に立たされて眩暈《めまい》を起こしたように、またもや眠りに落ち、またもやアントニオの夢を見た。その夢も、やはり遅い彼の帰宅に始まったが、その声にはいまや女の淫らな声が絡み合っていて、階段を上りながらアントニオがけたたましい笑い声をあげれば、女は女でキャーと甲高い叫び声をあげた。二人はアントニオの部屋に入っていったが、私は寝台に身を横たえたたま、彼らの立てる異常に騒々しい音に聞き耳を立てていた。それらは鋭い叫び声や大音声の笑い声、また何かの激しく軋む音やごつんと物のぶつかる音、あるいはガチャンというさながら食器棚でも倒れるような大音響だったが、こうした物音をベッドで聞くのは、まるで拷問にでもかけられているような心地がした。音は次第に騒々しさを増していったが、いまや家中が揺れ動き、私の横たわっている寝台でさえ上下左右に振動している。ついに我慢のできなくなった私は明かりをつけ、ベッドから降りてスリッパをはくと、ガウンをまとった。

私はまだ激しい物音のしている部屋の前に立って、ドアをノックしてみた。返事がないので、扉を開けて中に入ってみると、そこは目も当てられないほどの惨状を呈していた。新しい壁紙はズタズタに引き裂かれ、シェラトン風の優美な家具は粉々に壊されて部屋の隅に積まれている。ベッドはと言えば、脚の一本が折れて傾き、ランプの笠は足で踏みつけられて楕円形になり、こちらの足許に転がっている。窓はと見れば、開け放たれて夜気が迫り、冷たい烈風が断続的に吹き込んでくる。そして、その窓の下では、レールからむしりとられた赤いダマスク織りのカーテンの下で二つの裸体が絡み合っていた。アントニオが組み伏せている相手は、黒髪をふりみだし、手足をのたくらせている、汚れて赤い爪をした、年老いたジプシー女だった。こんな老婆——顔には幾世紀にもわたる不幸の皺がきざまれ、歯茎には朽ちた歯の残骸がのぞき、目は黄色い目脂《めやに》でかすんだ、こんなジプシーの老婆を、私は以前ギリシアで何人も見たことがあった。彼らの痴態に憤りを覚えた私は、すぐさま二人の許に駆け寄り、その絡みあった体を蹴ったり叩いたりし始めた。が、こんな私の攻撃にも、彼らはなに食わぬ顔をして、こちらの目の前で堂々と交接をくり返すのだった。そのとき私は、できるものならこの二人を殺してやりたいという激しい欲望に駆られたが、その思いがつのるにつれて、こちらの心臓も腫れ上がってゆくように感じられた。まもなくその肥大化は、ギシギシという呻き声のような音を発して止んだ。私が柔毛質の暗い存在の中に落ちていったのは、そのすぐ後のことである。意識がなくなる直前に私に分かったのは、壊れた寝台の柱に自分の額が当たっているということだけであった。

それからしばらくして、私は夢から覚めた。パジャマが冷たい汗でびっしょり濡れている。時計は午前四時をまわっていた。

私はアントニオに対する道理に合わない腹立ち——結局のところ、冷静に考えて見れば、このイタリア人が立派な大人である以上、彼がいつ帰宅しようと、それは当人の勝手であった——の口実をあれこれ考えているうち、この家に移って新しい保険に加入した時、業者が、玄関の扉に掛け金二つとほぞ穴式の錠を一つ付けることを初めとして、多くの安全装置の設置について云々したことに思い至った。我家《うち》の安全を第一に思って、出入り口に鍵やら錠やらを取り付けはした。だが、使わないで放っておくなら、そんな道具を取り付けた意味がどこにある？　こんなことを考えていると、この六ヵ月の間に近所で二軒の押し込み強盗があったことが思い出された。もちろん、もしアントニオとパムが我家の前に例のゴキブリ車を止めて、その中に一緒にいるのなら、夜盗の心配はしなくていい。ここはそいつを確かめるべきだろう。私は寝台を降りて窓辺に寄った。が、あいにく樹木が邪魔をして、通り一体がうまく見渡せない。そこで、これでは仕方がないと、内装工事が半分しか済んでおらず、家具や絵画がうずたかく積まれ、カーテンも掛かっていない居間へと私は降りていった。

部屋に入っても明かりはつけず、腰掛けをまたいだりテーブルを避《よ》けたりしながら、私はそろりそろりと大きな張り出し窓の方へ歩をすすめた。窓に到着したところで、そこの冷たいガラスに両手をくっつけ、表の通りをあっちこっち見まわしたが、はたしてパムの車が止まっている形跡はなかった。私は階下へ降りてきた名目も忘れ、ペンキを塗り終わってもいなければカーテンも掛けていない窓の隙間から入ってくる風や、暖房も入っていなければ絨毯も敷いていない部屋の床に漂っている冷気にも気づくことなく、その場に立ちつくしていた。独りの酔っぱらいが千鳥足で丘をこちらに登ってくるのが目に留まった。あれはきっとアントニオだ！　距離はあるが、そうに違いないと私は思いなした。しかしそれは、我家の前の通りからもう一つ先の通りに住んでいるアイルランド人の労働者であった。陋屋にはだらしのない醜女とたくさんの子供がいて、近所の住民から嫌われている男である。

遠くで、大時計が五時を打つのが聞こえた。ブライトンに住んでこのかた、私はその時計の存在に気づかずにいた。が、このとき私の全神経は異常に過敏になっていたので、その時を告げる鐘の音は、こちらの頭の中で意識がぼんやりするほど激しく響きわたった。五時だ！　奴は一体なにをしてるんだ！

私は落ち着きを保つのに懸命だった。こんな風に奴を待ちつづけるなんてバカげたことだ。私はさながら、約束の時間を過ぎてもなかなかデートから戻ってこない年若い娘を待ちわびる、所有欲の強い母親であった。アントニオがパムに何をしようと、それはあいつの勝手というものだ。奴がこっちの言いなりにならなければならぬ謂《いわ》れはない。アントニオはこの家の下宿人だ。安い下宿代しかもらっちゃいないので、損はしても儲かりはしないが、あっちは我家に間借りをしているだけだから、自分の責任でどんな突拍子もない行動をしたところで、こっちに一々断らなければならぬ義理はない。ベッドに戻って寝るべきだ。今日の段取りだっていろいろあるんだから……

自分には、他人の意向に右往左往せず、もっと意志的に振る舞うだけの気概があるはずだという気持ちが突如として胸のうちに湧いてきた。その思いに鼓舞されるかのように、私は居間から玄関の広間へと出たが、折りしもそのとき扉がギィと開いて、頭上の明かりがパッと灯った。

「アントニオじゃないか！」私は光のまぶしさに、一瞬目許に手をやってたじろぎながらそう叫んだ。

「こりゃあ一体、なんのマネだよ？」そう応えるアントニオの声には、これまでこちらが一度として認めたことのない怒気が含まれていた。「一体、ここで何しているんだよ？ どうしてあんた、こんな風に俺を待つんだ？」

「君に話がある。二階へ上がるんだ！」相手と同様の激しい怒りに駆られて私は叫んだ。

「こんな時間にお説教はごめんだよ。何が言いたいのか知らないが、朝起《おき》床てからにしてくれないか。今とっても疲れてて、眠りたいんだ」

「いや、今聞いてもらおう」

私が階段を上りはじめると、彼もその後に従った。アントニオは自分の部屋の前まで来ると、足を止め、ドアの把手《とって》に手をかけた。

「君に話があるって言ったろう」重ねて私は言った。

「いいよ、聞かしてもらおうじゃないか——その話ってのを」アントニオはそう言って、こちらの寝室についてきた。

私はアントニオを従えて部屋に入り、ガウンをまとったままベッドに上がると、傍の椅子を指さして言った。「座れよ」

「いや、立っているよ。早く帰って寝たいからね。時間が遅いんだ」

アントニオがこの家に移ってから、この男の顔をそばでまじまじと見るのは、この時が初めてであった。ぎょっとしたことに、彼の皮膚は灰色に変色してしわみ、眼球は眼窩《がんか》の中に沈み込んでしまったかのようで、顎が引きしまっているぶん頬が奇妙にふくらみ、唇はかたく結ばれていた。こんな様相のアントニオを初めて目にした人は、誰も彼のことを、若いとも美男とも思わないだろう。外套なしのアントニオはズボンのポケットに深く手を突っこみ、寒さに体を震わせていた。

「どうしたんだね?」

「どうした?」その声は、湿って厚い蜘蛛の巣をつき破って出てきたように嗄れていた。「さっきも言ったろう——俺は今夜疲れているんだよ」

「何をして、そんなに疲れているんだね?」

「歩いていたからさ」

「歩いていた?」

「歩きながら、いろいろ考え事をしてたんだよ。パムを家まで送り届けてから歩いてたんだ」

「アントニオ、体の具合が悪いんじゃないのかね」

「俺は病気なんかじゃないよ。こんな時間だからさ」そう言うと、アントニオは私のベッドに寄ってきた。「それで、俺に話って、一体なんだい？」

彼の表情を眺めているうち、こちらの胸のうちに堰き止められていたこの男への怒りの気持ちは、すべて染み出てしまったように思われた。私の心は今や穏やかさを取り戻していた。「いや、もう、それはいいんだ」私は言った。「忘れてくれ」

「じゃあ、こっちの話を聞いてもらおうか」疲労の色がにじんでいたものの、その声にやさしさは微塵もなかった。「俺はもう、ここを出ちまおうと思ってね」

「ここを出る？」

「そうさ」彼は頷いた。

「どうしてだね？」

「俺のことで——あんたが苦しむのが嫌なんだよ」私は悲哀に沈みながら、無言のままアントニオを見つめた。「あんた今、辛い思いをしてるんだろ？」彼はなおもつづけた。「そういうことは自分じゃ分からない。ある意味で、苦しんでいるのは本当だ。これまで生きてきたなかで、こんなに辛い思いはしたことがない、と言ってもいいくらいだ。でも激烈な苦しみはある種の幸福感と紙一重のところがあってね」

私のこの言葉に、アントニオはせっかちに体をゆらした。「そんなセリフは、俺には分からないよ」彼は言った。

「ああ、君にはどうせ分からんさ」

「俺はね、もっと気儘にやりたいんだよ」アントニオは言葉をつづけた。「外に出ちまってから帰りが遅くなると、ディックが寝ずに待っている、ディックは俺のことを気に病んで苦しんでいるなんて考えながら人に会っているのが堪らないんだよ。俺がいちゃあ、あんたに迷惑かけちまう。だから出ていった方がいい。もう出ていっちまった方がいいんだよ」相手の言葉に応じようとこちらの唇が動き出すのを認めると、アントニオはそうくり返した。「仮にあんたのことが好きでもなんでもないんだったら、俺はこの家にいてもいいんだよ。ここは、こっちにゃ都合がいいし、あんたと会ってから、俺もちょっとばかし変わってきた。だけど――」ここまで言うと、アントニオは言葉を切って肩をすくめた。

「まあ、とにかく、ここへ腰をかけたらどうだね」そう言って私がベッドを軽くたたくと、彼はゆっくりとこちらへ寄ってきて、私が言った場所に腰をすえた。身震いを止めようと、両手をかたく握っている。「知ってのとおり、ここで私と暮らすのは、君にとっちゃ、都合のいいところと悪いところがある。都合の悪いところというのは、私が所有欲が強くて、やきもち焼きで、小うるさいために、ここにいると、君は窮屈な思いをしなけりゃならないことだ。もちろん、そのことはこちらもよく承知している。でも我家《ここ》には、君にとっちゃ、余所《よそ》にはない利点もたくさんあるんだよ。友だちだって気がねなしに連れて来られるし、食べ物だって自由、君はこの家を我家同然に使うことができるんだ。遠慮する必要はこれっぽっちもないし、君がここを自分の家みたいに思ってくれればくれるほど、こっちは嬉しいんだ。こんな風に下宿人を家族同然にあつかう大家なんて、滅多にいるもんじゃない。それに、アントニオ――」ここまで言うと、私は語調をやわらげた。「ここにいれば、君の部屋代はそれほどかからない。ウイニーの家では、一週間で九ギニーかかると君は言った。もちろん、それはちょっと高すぎるが、週五ポンドということの家賃は、洗濯代や食前と食事中の酒代込みということになれば、余所とくらべて格段に安いはずだ。でも私はそれでいいと思っている。君は私の友だちだ。私の——大切な友だちなんだ。だからそういう親友からお金を取って儲けようとは思わない。それに、君にはフロレンスに奥さんや子供がいて、所帯を二つ構えている恰好だから、やりくりの苦しいことも分かっている。ここにいれば、そういう算段もつけやすい」

「あんたの言うとおりさ。ここに置いてもらっているおかげで、ずいぶん助かっていることは事実だ。それは——あんたに感謝している」

他人《ひと》の好意に対して当人の前で改まって礼を言うのは、アントニオの嫌いなことであった。こちらに感謝しているというその言葉に冷たい軽蔑の心が潜んでいることを、私は知っていた。

「知ってのとおり、君が夜中の何時に帰ろうが、表の扉は開いたままだ。だが、そんな我儘を許す家主が他に何人いると思うかね？　君はそのことが分かっているのかい、どこの大家が、下宿人の仲間を大勢食堂に入れてスパゲッティをつくらせたり、そこで夜遅くまでわいわいダンスをさせておくと思う？」

「なんだと、もう一ぺん言ってみろよ」こちらの言葉に、アントニオは荒々しく突っかかってきた。「あんた、この家を我家みたいに使えって、いま言ったじゃないか。それを、こっちが友だちを連れて帰ってくると——」

「いいかい、アントニオ、いくら自分の家だと言っても、私たちはつねに他の人たちのことに配慮しなけりゃならないんだ。私は弟の家に厄介になることもあるが、常識的な時間に戻るように心がけているし、夜中に友人を連れ込むなんてマネは絶対しない。なぜって、そりゃあ、弟夫婦には早朝から仕事があるし、夜中にお祭り騒ぎをやれば、子供だって目を覚ます。アントニオ、そんな勝手気儘は許されないんだよ」

「ああ、どうせ俺は身勝手な男だよ。自分のことしか考えてやしない」こちらが諌めの言葉を口にすると、アントニオはそう言いながら目を被うようにして額に手をやり、ばったりとその場に倒れ込んだが、唇は今にも泣き出さんばかりにヒクヒク震えている。「だから、だから俺はここにいるのが辛いんだよ、あんまりあんたがやさしすぎるから、あんまりあんたが尽くしてくれるから」

「いや、悪いのは私の方だよ」アントニオが家を出ていった後のことを考えると、とつぜん自分がいたたまれなくなって、私は言った。「私は自分が扱いにくく、気難しくて、その上怒りっぽくて、所有欲の強い人間であることはよく分かっている。君がもう少し思慮深くなってくれれば、それに越したことはないが、それがどうしても無理ってことなら——」自分がもう少しでつかめそうだった浮木《ふぼく》を結局つかめずに溺れてゆく人間のように、私は当初の決心からどうしようもなくおし流され、遠のいてゆくのを感じながら言った。「どうしても無理ってことなら、いままでの通り、やってくれればいいんだよ。私の方は我慢するから。こっちが我慢するより他ないのさ。それだけだよ。それでも、私は君に行って欲しくないんだ」

「俺がどこかに部屋を借りて、時々ここへ遊びに来るってことなら、俺たちは今まで通り友だちでいられるんだ」

「そんなことをしたら、君には物入りなことになる。それに第一、君は自活ができるのかい？　確かに、君は料理ができる。でも、掃除や洗濯、それに買い物や寝台の整理は一体どうするんだね」

「ディック、俺を子供扱いするのはいい加減で止しにしてくれよ。あんたはいつも、俺をなんにもできないガキみたいに言うけれど、こっちは今日まで、ずっとてめえの面倒を見てきたんだ。ずっと今まで他人に頼らないでやってきたんだよ」そう言うや、アントニオはまた掌で目をふさいだ。このとき、手をのばしてその指に触れられたなら、どんなに私は幸せだったことであろう。「ここはじっくり考えなきゃな」アントニオは言った。「でも、もうクタクタで、頭が働きゃしない。考えなきゃならないことが山ほどあるっていうのに」

「君は一体、何をしてたんだね、アントニオ？」

「何をしてた？」

「昨夜、我家《うち》を出てからさ」

「言っただろ、歩いてたんだよ」

アントニオの言葉に、私は頭《かぶり》を振った。「君は昨夜、初めてあの娘と寝たんだ、ちがうかね」

私がこう言うと、彼は啞然として口を開け、こちらを凝視した。

「自分でも不思議だが――」私は言葉をつづけた。「私にはちゃんと分かるんだ」

「どうしてだよ」

「君に関わりのあることだと、面白いことに、異常なほど勘がはたらくようになってね……どうだい、私の言ったこと、図星だろ。違うかね」

アントニオはこちらの問いに黙して応えなかったが、その沈黙こそは私の推測の正しさをなにより雄弁に語っていた。

さも疲れ切っていると言いたげに背を丸め、顎先を胸にくっつけるようにしながら、アントニオはベッドから立ち上がった。「今日はサッカーの試合があるんだ。これじゃ試合に出られやしない」苛立たしそうに彼は言った。

「そんなもの、断ればいいだろう」

「そんなこと、できるかよ。約束したんだ」

「じゃあ、ベッドに朝食を運ぶよ」

「そりゃあ悪いよ。俺があんたの所へ朝メシ運ぶよ」

「私は七時半を過ぎると眠れないんだ」

「じゃ、あと一時間半しかないじゃないか」アントニオは、時計に目をやりながら言った。

「それだけ眠れば充分さ」

「ディック——俺はあんたの好意になんで返せばいい?」アントニオの声には辛さが息苦しいほどに漲っていた。

「私は別に見返りを望んでいるわけじゃないよ。君がしてやろうと思うことを、好きなようにしてくれれば、それでいいんだ。だから、そんなことで自分を追いつめることはないさ」

「でも、俺のことを気にかけすぎるのはいけないよ」

「それはそうかもしれないが……」

「おやすみ、ディック……あんたはやさしい人間《ひと》だよ」アントニオは出口の所で立ち止まると、こちらを振り返ってそう言葉を足した。

「いや、アントニオ、私は君が思っているような人間じゃないんだ」惨めな気持ちで私は言った。

「じゃ、しっかり眠れよ」

彼の言葉に、皮肉は感じられなかった。

「君もしっかり眠ってくれ」私は鸚鵡返しに言った。

9

その朝、アントニオが朝食に降りてきた時、彼の顔色は青白かった。私は、彼がこちらと同様ほとんど眠らなかったのではと思った。「おはよう、ディック」アントニオはそう言って、食卓に着いているこちらの背後を通ろうとしたが、その時軽く私の肩に手をおいた。

「おはよう、アントニオ、気分はどうかね」

「ああ、大丈夫さ」

そう返して、アントニオは私の向かいの席にゆっくりと腰を下ろすと、ナプキンを広げ、こちらが差し出したコーンフレイクの包みを取ろうとした。こうした動作の一つひとつが、彼の意識的な努力によるものであることがありありと分かる。アントニオは窓の外に目をやると、ことさら元気を装って、威勢のいい声で言った。「なんと、今日はいい天気だね。試合にゃもってこいだ」彼の空元気が妙にこちらを打った。

「まさか、本気で試合に出るつもりじゃないだろうね」

「なにを言ってるんだ。もちろん俺は本気だよ」

「断りの電話を入れてもいいんだがね」

「いや、俺はグラウンドに立ちたいんだよ。ここ一週間、座りづめだっただろう。だから今日の試合は願ったり叶ったりなんだ」

アントニオはつとめて意気軒昂なところを見せながら言葉をつづけた。そこには、明け方のあの言い争いは断じて起こらなかったと、自分にも私にも言い聞かせようとする懸命の努力がみなぎっているかに見えた。彼は食事の間中、歴史主義批判に関する書物のことを話題にのせ、今度のブライトンの祭りについてこちらに訊ね、はては椅子からとび上がって、キティの前脚をとり、犬とダンスを踊ることまででした。

そのうちアントニオはふと思い出したように言った。「ねえ、今日の俺の試合、観に来ないかい?」

実のところ、私は今日雅とデビルズ・ダイクへハイキングに出かける約束をしていた。が、私はこの時とっさに、この誘いはアントニオの、もう仲直りをし、これまで通りの付き合いをしようという合図であると合点した。もしこれを拒めば、相手が深く傷つくことは目に見えている。

「ああ、いいとも。私は君がグラウンドに立ったところをまだ観てないからね」私はそう頷きながら応えた。

「じ、実は、パムが俺を車で、会場まで連れてってくれることになってってね」アントニオはどぎまぎしながら娘の名前を口にした。「あいつにゃ、俺のほかにあと二人選手を積んでいくよう頼んであるんだけど、よかったら、あんた一人ぐらい――」

「いやいや、それはいいよ。雅も連れていきたいし、われわれは汽車にするよ。でも、いろいろ気を使ってくれて、ありがとう」

「たいして面白くないと思うけど。時たまチームを組むだけだからね。あんただって俺たちの試合を観に来るよりは、本当のところ――」

「いや、君の試合、ぜひ観てみたいね」

サッカーの試合の件が落着すると、アントニオはすぐ細君の話をもちだした。こちらに、フロレンスにいる彼女の所に電話をつないで欲しいというのである。細君は最近幾通もの哀れっぽく、時に非難がましい手紙をよこし――おそらく、彼女は私同様極度の神経過敏になり、夫の身に何かが起こりつつあるのを察知しているのであろう――頭痛がおさまる気配がないだの、長男の躾《しつけ》にはほとほと参っているだの、生活費がまだ届かないだの、アントニオの、彼女に対する関心がだんだん薄れてきているのが分かるだのと、その中で繰り言をならべていた。パムのことを除けば、アントニオは何でもつつみ隠さずこちらに話してくれ、細君の手紙の一節なども読んで聞かせてくれていたが、明らかに細君のキャレッタは夫が自責の念にかられるように仕向けており、彼女の企みは功を奏しているといってよかった。今やアントニオの英国での暮らしは、彼がどんなに弁解してみても、「悪いことはしていない」ではすまなかったから、この男の己れを責める気持ちはいきおい強まるはずであった。

アントニオは居間の電話で細君と話をはじめた。扉を閉めたあとも、彼の話は筒抜けだった。初めは当然のように甘くやさしい彼の声も、次第に熱をおびてくる。

「畜生！」アントニオは食堂にとび込んでくるなりそう叫んで、ドカッと腰をすえた。彼の顔は失望と怒りに燃えていた。

「どうしたんだい？」

「どうしたもこうしたもあるかい！　あいつは俺が手紙をよこさないって責めるんだ。でもディック、あんたも知ってのとおり、俺は毎日書いている、毎日だよ。あっちの郵便事情が悪くて手紙がちゃんと届かないからって、俺は知らないよ……それにあいつ、頭痛がますます酷くなるってぼやくのさ。

俺はちゃんと言ってるんだ、今かかっている医者に、専門医に診てもらいたいと言えってね。けど、あいつはそうしないんだ。途方もないお金がかかるってわけさ。でもいくら金がかかったたって、健康がなによりだろう」

「それはたぶん神経的なものだよ。奥さんはきっと君が恋しくてならないのさ、アントニオ」

「そうさ、あいつは俺を恋しがっている」こちらの評言に、アントニオはすぐに得意顔になって応じた。己れを持ち上げる言葉にすぐ乗るところに、この男の自惚れの強さが表われていた。もし細君が、亭主が傍にいなくても寂しく思わず、満足して心安らかに暮らしていたら、この男はきっと心中穏やかでなかったろう。私はそう思った。「あ、ああー」アントニオは、呻きともやけっぱちの叫びともつかない声をあげた。「ディック、結婚しなかったあんたは賢いよ！」

「それは初め、私が君に言ってたことじゃないか」

「俺は初めてあんたの気持ちが分かったのさ。でも心配なのは……ねえ、ディック、今度復活祭《イースター》の休みにイタリアに戻ったとして、俺、もう一遍ここに帰ってこられるかね」

アントニオのこの言葉に度肝を抜かれて、私は相手を見た。「で、でも君が、ここに戻って来るのは当然だろう。なにを言っているんだね」

「女房の奴、俺がこっちに帰るのに待ったをかけるかもしれない」

「そりゃあ、奥さんのとんでもない我儘というものさ。こっちへ戻らないでどうするんだ。奥さんには、サセックスでのこの一年が君にとってどれほど大切か、分からないのかね？」

「そんなこと、あいつにゃなにも分からないよ。自分の納得のいくことなら、そう、あいつは喜んで俺の犠牲になってくれる。たとえばの話、俺が食いもんがなくって困っていりゃ、自分が食べなくたって、あいつはてめえの分をこっちにまわすだろうし、何かの都合で俺に新しい心臓が必要となりゃ、すすんで自分のやつを差し出すだろう。そりゃあ、よく分かってるんだ。でも、哲学とか俺の研究のこととかになると、話は別さ――そんなもん、あいつにとっちゃ、石ころ同然で何の意味もありゃしない。今あいつは、全くこっちの気紛《ウン・カプリッツィオ》れのために自分は犠牲を強いられている、と思い込んでいるのさ」

「アントニオ、君の気持ちは察するよ」

今やアントニオは、自分が妻とはあまりにかけ離れた所に来てしまっていることを感じていた。

「でも、あいつはいい奴なんだ。単純だが、いい奴なんだ」そう言って、アントニオはしぶしぶ妻の存在を認めた。「いつか我家《うち》へ来りゃ、あんたにもそれが分かるよ」

「でもアントニオ、いくら奥さんが大切だからって、情に流されちゃいけないよ。ここはしっかり踏ん張らなけりゃ。本当だよ、アントニオ。ここで折れたらおしまいだ」

この私の言葉に、アントニオは肩をすくめた。「でも、そいつは難しいね。どうせ俺なんか、マトモな哲学者なんぞになれやしない。ただの家庭人におさまるのがいいところだよ」アントニオはそう言って、一息ついた。「俺はただのドンナイオーロさ」自らを嘲笑うかのように、アントニオは言った。

「ドンナイオーロ」というイタリア語が漁色家を意味することを、私は辞典によって後で初めて知った。

雅は、デビルズ・ダイクへのハイキングの代わりにアントニオの試合を観に行くことに快く同意した。「僕は写真を撮りますよ」彼はそう言うと自室にすっ飛んでいき、すぐにミノルタとブロニカの二台のカメラを肩に掛け、手には器材の入った皮のケースをもって現われた。

「こんな天候の日にサッカーの試合を観に行くなんて、頭がどうかしてるんじゃない？」ウイニーは言った。「そんな気違いじみた話、聞いたことがないわ」

「小母様もいかがです？　ご一緒に」雅は誘いをかけた。

「あたしも一緒に来い、ですって？　とんでもない。アントニオがボールを蹴って走り回るのを観なくても、わたしにはすることが他にあるわよ。でも、大学まであなた方をお送りしてもいいわ」

　自分以外の誰にも興味のもてない人間はいつも孤独感にさいなまれているものだが、ウイニーもそうした人種の一人で、試合の会場まで送ってやろうというこの女の申し出は、親切心から出たものではなく、こちらに胸中を披瀝したいという欲求から出ていることがすぐにはっきりした。ウイニーの打ち明け話は例によって、彼女の労働党党員としての矜持を語るものだった。女性が下院に議席を有するようになった頃からウイニーは、わが国の有爵婦人《デイム・コマンダー・オブ・ザ・ブリティッシュ・エンパイア》連が彼女の国家及び労働党への功績を過小評価していると不満に思っていたが、ずいぶん前に下院議員として返り咲く夢はもはや潰《つい》えたと悟ってから——彼女はいつも自分の落選は、年齢や馬鹿げた言動によるのではなく、女という自分の性によるのだと、周囲のものにやんわりと話そうとした（「理由ははっきりしないけど、男女を問わず有権者はまだスカートよりもズボンの方が好きだっていう事実に、わたしたち、ちゃんと向き合わなきゃいけないわ」とは、彼女の言い草である）——この女の、いつか有爵婦人に列せられたいという願いは日増しにつのり、私が彼女を知った頃には、その願望は不退転の決意に変わっていた。このウイニーの意志の固さについては、次のような話がまことしやかに伝わっている。すなわち、彼女は己れの宿願を果たすため、戦後の労働党内閣で首相を務めたアトリー卿に、「あなたは、旧友として又かつての同僚として、このわたしが一日も早く国家より爵位を授けられるよう尽力すべきである云々」という直訴状を送ったところ、当のアトリーから直ちに、そのきわめて個性的な簡潔さで以て認められた、「前略、親愛なるウイニフレッド殿、お手紙拝受。小生は、貴女がその功績に見合うものを授けられんことを希望するものであります。匆々。アトリー」という返事が届いたというので、彼女はこの手紙のことを知人に触れまわったというのである。

実のところ、ウイニーのうちに熱烈な興奮を引き起こしたその手紙というのは、アトリーからのものではなく、最近内閣の役職を退くことになった某上院議員からのものであった。ウイニーに返事をよこしたその男が政治家としてもっとも見識のある人間であるかどうかは暫くおくとしても、現役の国会議員のうちで、確かに彼はいちばん人情味のある人物の一人であった。だが、「小生のできることなら、何でも致す所存です」とか「お申し越しの件は、本来ならもっと早くに授けられて然るべきものと存じます」とかいう、彼の人情味あふれる文言の入った手紙は、実際の政治の場でほとんど実を結ぶことのなかったこの男の政策提言と同様、まったくの空文のように私には思われた。が、そんなこちらの懸念も、勝利は間近というウイニーの確信をゆるがすことはなかった。

「彼は断じてできない約束をする人じゃないわ」彼女は話をしめくくるにあたってそう言った。「彼は、百パーセント信頼に足りる人よ」

「でもね、ウイニー――」私は、ウイニーがこちらの手に握らせ、彼女が車の運転をしている間に、当人と雅に大声で読んで聞かせるよう促した、くだんの手紙を見ながら言った。「この文面を見るかぎり、はっきりした約束なんて彼は何にもしちゃいないよ」

「え、ええ、そりゃあまあ、くだくだしい書き方はしていないかもしれないけれど……」

ウイニーはちょっと引き下がった。「でも、彼がいつも見せるこうした配慮のゆき届いた言葉づかいね……あの人きっと、ハロルドさんに相談していると思うのよ」こうして有爵婦人への執着は彼女にハロルド・ウィルソンの名前まで口にさせるに至ったが、こちらとしては、いくらその名を持ち出されても、一国の首相たる者が一介の下宿屋の女主人《おかみ》の私事に考えを向けているとは、いささか考えづらかった。「ご存じだと思うけど、ハロルドさんて、あの人の意見をそりゃあ高く買うでしょう」

「ああ、そうともさ。でもその挙げ句、今度はその御当人に引導をわたすハメになっちまった」私はウイニーの熱弁にこう付け加えたい気がした。

「わたし、ついに夢が叶うって予感がしているのよ」

実を言えば、ウイニーの予感なるものはいつも惨憺たる結果を迎えることで有名だった。この女は、言ってみれば執念深いばくち打ちと選ぶところがなく、一途な信仰心とぎょっとするようなしたたかさを併せもった、典型的な奇人変人の類《たぐい》だったが、そんな彼女の情熱は、馬や犬の競走であれ選挙であれ、敗色濃厚な陣営に肩入れする時、炎と燃え上がるのだった。

「まあ、君の予感が当たっていることを祈るよ」私は言った。

「わたしの不運は、旧友のヒューが首相になる前に死んじゃったことよ」ウイニーはこれまで私に、経済学者としても知られていたヒュー・ゲイツケルの死が国家や労働党にとってよりも彼女個人にとってどれほどの痛手であったか、再三再四話し聞かせてきた。ところが今、雅を自分の車に乗せているとあっては、彼女は同じ話を細大漏らさずくり返さねば気がすまなかった。「あのね雅、彼って、そりゃあ頭のきれる魅力的な人でね――」ウイニーはこんな調子でまたぞろ独演会をはじめた。「もしもっと長生きしてたら、本当に名宰相として赫々たる名前を残してたわ」

「おいおい、ウイニー、ヒューのことも結構だが、この車、大学を通り過ぎちまってるんじゃないだろうね」えんえんと続く彼女の話を、車が目的の場所をよほど過ぎてから、私はやっとのことで中断させることができた。

「えっ、まあ本当だわ。どうしましょう」そう言うと、ウイニーは対向車線に向かってハンドルを切り始めた。「あなた、試合がどこであるかご存じ?」

「全然知らない。雅、君はどうかね?」

こちらの問いに対して、雅はスープを啜る時のような音を立てて息をついた。

「ああ、それじゃあ仕方ないわね」今の今まで私たちを相手に、爵位を授かる日はもう直だの、ゲイツケルが存命だったら自分も政界の華になっていただのと散々駄法螺を吹いていた彼女であったが、今度はそう叫んでこちらを解放してくれた。「あなたたち、誰かに訊いた方がいいわ」ウイニーがこう言うと、雅が車の窓を開けようとしたが、彼女はせっかちに言った。「あら、あんたじゃダメよ、雅!」それから彼女はさらに言葉を足した。それは私に言われたものであったが、雅にも十分聞きとれる声の大きさだった。「ディック、あんたが訊きなさいよ。雅が言ったんじゃ、何のことやら相手が分からないわ」

さいわいにもその時、サッカー靴を頸に下げ、ズックの袋を手にしたボサボサ髪の青年が目にとまった。彼はちょうど大学の構内に入ろうとしていた。

「どっちのグラウンドの試合のことかなあ?」この青年ならばと試合のことを訊ねると、相手は強い北部訛で言った。

「さあ、それはちょっと」

「じゃあ、どこのチームの応援に？」

「いや、それもよく分からないんだ」

「あなた、もしかしてアメリカン・エクスプレスの人じゃ？」

「えっ、どこですって？」

「おたくはアメリカン・エクスプレスのチームの方でしょう」

「いや、私はどこのチームとも関係がないんだ。ただ、今日の試合にイタリア人の友だちが出るんで、観に来ただけなんだ」

「ああ、アントニオのことだね」

「そう、その通り」

「じゃあ分かったよ。アメリカン・エクスプレスって言うのは、今日の俺たちの相手でね」

「じゃあ、あなた後ろに乗って、どう行ったらいいか教えて頂戴よ」ウイニーはやきもきしてそう口をはさんだ。

その言葉に従って、青年は車に乗り込み、雅のとなりに腰を据えたが、そのとたん車内にはすえた空気が充満した。

「あなた、スコットランドのジョーディ出身でしょう。実はわたしもそう」ウイニーはわざと青年よりも強い北部訛で言った。こういう妙技を、おそらく彼女は長年の選挙運動のなかで身につけたのであろう。

ウイニーのこの言葉を聞くと、青年は腫れ気味の赤い両手で前の背凭れをつかみ、嬉しそうに彼女の背中に寄りかかるようにした。

ウイニーはそのうち、自分は保守党支持であるという青年のあっけらかんとした告白を聞き流し、彼女が以前この大学の青年労働党支持者同盟で講演したという話を持ちだした。「彼らはそりゃあ素敵な人たちだったわよ。あの人たち、大学って所に対するわたしの信頼をよみがえらせてくれたわ……あなたは麻薬を吸ったり、あちこち泊まり歩いたり、乱暴をはたらいたりする、あの手の学生の仲間じゃないわよね」青年の無邪気な丸顔、やや短めの金髪や無骨な物腰から判断するに、彼がその種の学生の仲間であるとは考えにくかった。

「じゃあ、次に支持者同盟でお話しするとき、お目にかかるのを楽しみにしているわ」ウイニーは青年にそう言うと、さながら象皮病にかかった園芸小屋のように見える観覧席の前で私たちをおろした。

「そんな所で会うなんてことは、まずないよ」相手の気持ちを顧みず、青年はあっさりと返した。

「でも、きっとお目にかかれると思うわ」

観覧席の中に入ると、アントニオと、昨夜私の家に遊びに来ていた若者の一人がすでに着替えをすませ、パムや私の知らない太った娘と一緒にテーブルの前に座っていた。四人はこの時ねっとりとした沈黙に陥っていて、こちらの到着に気づいても、そこから這い出るのにちょっと時間がかかった。

「やあ、ディック」私の姿を認めるなり、アントニオはそう叫んで手をあげたが、いつものようにすぐ席を立ってこちらに駆けてくることはしなかった。

「今日は、パムさん」

私はつねにパムに対して不自然なほど丁重な物言いをしたが、それは、私が海外で領事館勤務をしていた時、自分の嫌いであったり恐れていた上司の妻に注意深く敬語を使ったのと、まったく同じ気持ちからであった。

「今日は、ディック先生……あら、雅君も！」

私に対するパムの挨拶は冷ややかで、そつのないものである一方、雅に対するそれは親しみのこもった、くだけたもので、その口調には明らかな違いがあった。

アントニオはこちらに二つの椅子を運んでくると、まるで考え直したかのように、太った娘を私に紹介したが、彼女はビルだかボビーだかベンだかという男の名前を使っていた。アントニオが娘を引き合わせてくれている間、彼の傍らに座っていた青年は敵意を含んだような、さも疑り深い眼で私を睨んでいたが、昨夜、こちらがロジャーに言ってさっさとパーティをお開きにしたことをまだ憤慨しているのかしらんと私は訝《いぶか》りはじめた。私たちは試合の開始を待ってしばらくの間無言で座っていたが、私と雅が知らない人間を前に彼らと打ちとけられず居心地の悪さを感じていたのに対し、残りの四人はまるで食事の後のような満足感にひたっているように見えた。両者の間にきわだつ対照を、私はその場をおおう沈黙の中で痛いように感じた。パムは椅子に深く腰掛けて、大きなにこ毛の手袋をはめた両手を腹の上で組み、濃紺のスキーズボンをはいた脚を前にのばして俯いている。アノラックのフードをかぶった彼女の頭はこれまでにも増して禿げ鷹に見えたが、それはまさに、屍肉を骨からきれいにむしり取って食べ尽くした後の禿げ鷹を髣髴とさせた。アントニオはと言えば、夢見心地でうっとりとパムを見ていた。彼はその体格からすると信じ難いほど細い腰の下にのびている見事な筋肉質の素足を前へ投げ出していたが、私は当時しばしば経験したように、何か拡大鏡を通して見ているような錯覚に陥りながら、その各々の部分を熟視していた。臑毛《すねげ》、小疵《しようし》、些々《ささ》たる傷跡、その一つ一つがラファエル前派の作品にでもあるごとく、こちらに強く迫ってくるように思えた。アントニオの逞しい脚をつま先まで丹念に見た後、ふと視線を上方に転ずると、彼の股間のふくらみからそこが再び勃起しているのが認められた。相手はすぐにこちらの目線の移動に気づいて体の向きをかえ、脚を引っ込めて、膝の上に両手をおいた。

私はアントニオとパムに目をやるうち、彼らの間に、ベッドで果てた後の二人をつつんだであろう、粗野で淫らなものの名残りを感じとった。額と顎に乾癬のねずみ色の瘡蓋《かさぶた》のある青年と、ウイニーが下卑た口調でよく「プッシー隠し」と呼ぶ短いスカートから大根脚をむき出しにしているでっぷりした娘も、アントニオたちと同じ雰囲気を醸しているように見える。この連中はここへ来る前にも寝たのかしらん、と私は訝った。それはやってやれなくはないように思われた。

肌寒くはあるが、それは晴れわたった春の日であった。競技場の土はもはや凍てついてはいなかったが、それでも陽のあたらない隅の方にはまだ霜柱の輝きがあった。ややあって、アントニオは他の選手と一緒にグラウンドに出ていった。途中で一度、彼は私が会場への道案内を請うた若者と腕をくんだが、彼は明らかにチームのキャプテンだった。そして気がついてみれば、こちらもアントニオを追うようにして、パムと一緒にグラウンドに歩を運んでいるのだった。

「アントニオが話してくれましたけど、先生はここのところ、大変な量のお仕事をなさってらっしゃるそうですね」

「ええ、そうなんですよ」

当初は無言であった私も、相手がこちらを向いて仕事のことを云々したので、ようやく口を開く気になった。

「昨夜はあんな遅くにお邪魔して、申し訳ないことをしたと思っています」

「いえ、来て下さって楽しかったですよ」トゲのある物言いだけは避けたが、言葉に気持ちは入っていなかった。

「モノを書かれる方には静けさが大切だと思いますわ。わたし、作家のことはよく存じませんけれど、先生のような方にとっては、静けさがなにより大事だってことは分かります」

「ええ、仰るとおり、静けさとか平穏さといったものはなくちゃならないものですが、時には混沌も必要です」私の言葉にパムはかすかに笑った。「そういうものなら、アントニオがしょっちゅう用意してくれるんじゃありません？」

「まあね。でも、時には心の平安や静寂といったものを度外視してみるのも悪くないですよ。ただこちらが面喰らうのは、彼が次から次へといろんなことに手を出して、終始騒々しくしていることです。なんと言っても、哲学は骨の折れる学問です。それを追求するためには、生活に静かな時間がなくちゃいけません。でも残念ながら、アントニオの暮らしぶりを見ていると、そういう時間が全然ないんですね。少なくともサセックスに来てからは」「少なくともあんたに会うまでは、アントニオはあんなじゃなかったよ」本当のところ、私はパムにこう言ってやりたかった。彼女にしても、こちらの真意に気がついたと思う。

「サッカーはお好きなんですか？」

「いや、まったく興味ないですね。昔、あれをやらされて閉口したものだが、それを見物するのは益々もって嫌いです」

「でもアントニオは、先生が観に来て下さると言って、それは喜んでましたよ」

「私は、彼が自分で言うほどすごい選手かどうか、確かめてみたいと思っただけでしてね……それで、あなたはサッカー贔屓でいらっしゃる?」

「ええ、とっても」

会話は、各々の心を不安にする類《たぐい》のものであった。それというのも、この種の話のやりとりでは、話し手にしても聞き手にしても、そこで交わされる言葉の裏に一体どんな意味合いが潜んでいるのか、つねに気にかかるからである。「こいつは俺をからかっているのかしらん?」パムと話をしている間中、いつもこの疑問が頭をもたげてきた。事情は相手も同じであったと思う。

パムと私は一つのベンチの両端に離れて座り、雅はブロニカとミノルタのカメラのシャッターを次々切りながら、競技場を端から端まで駆けまわっていた。くだんの青年とふとっちょ娘はこちらから離れて別のベンチに座り、互いの肩に腕をかけ、重い外套につつんだ体を寄せ合っている。私もパムも互いに口をきくことはなかったが、彼女はボールがアントニオのところにまわって来たりすると、とたんに日頃の挙措からは想像できないほど活気づいて席を立ち、時には声高に彼の名前を呼んで声援を送ることさえした。が、この日のアントニオは、試合の流れを読みそこなったり、苦しい状況に追い込まれると持ち場を捨てたりと、拙劣な試合運びが目立った。アントニオは確かに以前著名なサッカー選手であったに相違ないが、今はもう、技術的には大部分のアマチュア選手と選ぶところがなかった。

試合がハーフタイムに入る直前、まるで自分の存在が承認されているのかいないのか不安だとでも言いたげに、雅がこちらのベンチに向かってジグザグに走ってきた。私たちとの距離が十五ヤードばかりになったところで彼がふと足を止めたので、私は叫んだ。「おーい雅、どうしたんだ、こっちへ来いよ!」

「望遠レンズを使っていたもので」雅はさらに近づくと、そう言った。「僕のカメラは日本製ですけれど、レンズはドイツ、こんな頼もしい味方はないですよ」そう言って彼は私たちの傍に来ると、カメラの性能についてあれこれ説明を始めた。

「それで、いいスナップは撮れたの？」パムが訊ねた。が、彼女の「スナップ」という言葉は、雅のような、カメラについて高度な専門的知識をもった人間が細心の注意を払って撮る写真には、あまり相応しいものとは思えなかった。

「ああ、僕、ずっとアントニオばかし追っかけていたんですよ。彼のグラウンドでの雄姿を、奥さんに送ってあげようと思いましてね。きっと喜んでくれると思うから。ねえ、トムソン先生、そうでしょう？」

「ああ、きっと奥さん、喜ぶと思うね」

雅は二台のカメラのうちの一つを持ち上げ、絞りのところをいじくり始めたが、レンズをはずすと足許の皮のケースの中を手探りし、もう一つのレンズを取りだした。「じゃあトムソン先生とメイスンさんをご一緒に撮りましょう」

雅がこう口にした時のパムの反応は驚くばかりに速やかだった。「いえ、やめて！　写真を撮られるのは好きじゃないの。お願いだから、やめて頂戴！」彼女はやにわに席を立って両手で顔をおおうと、そう叫んだ。

「でも、たった一枚撮るだけじゃありませんか」雅は抗弁した。

「嫌、嫌って言ってるでしょ。撮らないで！」

最初、写真を撮られることへの、このほとんどヒステリックな拒絶に遭って、雅同様私も大いに面喰らってしまったが、ややあって、突如として、なぜ彼女がこれほど頑な態度をとるのか、その理由に合点がいった。雅がアントニオの細君のもとに送ると言った写真にパムのものも混じるであろうことを、彼女は確信したのだ。ことによると、雅が彼女の写真を撮ろうと言ったのは、私が唆《そそのか》したためだと考えているかもしれない。

「容姿の悪い女性なら写真を撮られるのを嫌がるってのは分かるけど、あなたみたいにきれいな人が、どうしてカメラを嫌うんです、メイスンさん？」

パムの強い拒絶にあって、雅は当惑の表情を浮かべながらくすくす笑いをした。

が、雅の言葉にもパムの気持ちは和らぐことはなかった。依然相手に対する警戒心を解こうとせず、彼女はゆっくりとベンチに腰を下ろしながら、小さく鋭い声で言った。「わたし、写真を撮られるのって好きじゃないの。嫌いなのよ、そういうことが。分かって頂戴」

その後すぐ試合はハーフタイムとなり、アントニオはレモンの薄切りを一枚とると、私たちの方へ駆けてきた。彼は疲労困憊しているようであった。ふと彼の脚に視線を移すと、一方の膝から血が流れているのが分かった。

アントニオが傍まで来た時、私は笑顔で、「アントニオ――膝が」と傷を指さしたが、彼はこちらの存在など眼中にないかのように、もっぱらパムにのみ注意を向けて、そちらへ急いだ。そうして彼女の脇の肘掛けに腰をすえると、女のフードからはみ出している髪をかき上げ、「寒くないかい？」と、かつて私に「疲れてないかい？」と言ってくれたと同じやさしい声で、パムを気づかうのだった。

アントニオの問いかけに、パムは頭《かぶり》を振ると相手を見上げ、その灰色のにこ毛の手袋から片手をぬいて、その指先を血のにじんでいる彼の膝につけた。「あなたがこんなところに傷をこさえるの、初めて見たわ。どうなさったの？」

パムにこう訊かれると、アントニオはすぐに女に笑顔を向けた。「こんな傷、どうってことないさ。いま言われて初めて気づいたよ。誰かの靴が当たったのさ」

「痛む？」

アントニオは頭を振った。

そのうちパムはアントニオの血で汚れた指先をまったく無意識に自分の唇に押しあてたが、ふと自分のしていることに気づき、そそくさとその手を手袋の中へさし込んだ。アントニオはと言えば、パムの肩に腕をまわし、その耳元で何か囁いている。

この時期、私の苦しみはまるで歯痛のように疼きつづけていた。書評を書いたり、レコードを聴いたり、気の合う友人と話をしたりして、何かにかまけている時でも、その痛みを忘れることはなかった。それは決して激痛ではなく、あくまで鈍痛だったが、疼きの止むことは決してなかった。が、突如、ひりつくような痛みが凪ぎに襲いかかり、呼吸も思考もまともにできなくなるような瞬間《とき》がある。私がこういう思いをするのはまさに今のような時で、まさにこの時、手首に泥のついたアントニオの大きな手はアノラックごしにパムの細い腕をもんでいたが、こちらの病んだ心はこの愛撫の各々をまたもや異常に拡大して見せるのだった。もはや二人を注視する苦痛に堪えられぬ気がしたが、さりとて彼らをそのままにして席を立つだけの性根もないのだった。折りしもその時私は、雅が顔に驚きばかりか恐れの表情まで浮かべて、こちらを見ていることに気づいた。

ややあって、後半の試合の開始を告げる笛が鳴り、アントニオがグラウンドに駆けだして行くと、雅がこちらに駆けよってきた。

「寒いんじゃないんですか、トムソン先生?」

「ああ、ちょっとね」

「僕も観覧席へ戻りますから、一緒に行きましょう」

いつもは羞じらいでかき消されそうなところのある彼の声は、しかしこの時、その中に鈴の音《ね》のように明確な威厳のごときものがあった。「先生、さあ行きましょう」もう一度雅は言った。

それから私たちは無言のままグラウンドの隅を歩きはじめたが、遠くから、いずれかのチームの「パスだ!」「ゴールだ」「こっちだ、こっち!」といった掛け声や、どしんといった衝突する音が聞こえてきた。そのうち雅が足を止めて、カメラを持ち上げた。それには望遠レンズが取りつけられている。「ここから、パムの姿がしっかり撮れますよ。こんなところから撮られているなんて、彼女、夢にも思わないだろうな」そう言って雅は笑ったが、その声にはいつもの困惑の響きはなかった。あるいはこちらの気のせいかもしれないが、彼の笑い声には嘲りと仕返しの気持ちが混ざっているように思えた。

パムに向けられたカメラのシャッターがカチャリと切られた。

「先生にも、一枚差し上げますから」雅が言った。「それから、アントニオにも一枚渡してと」

「でも、彼の奥さんにはいけないよ」

私がそう言うと、彼はふたたび、さきほどと同じ、私がこれまで聞いたことがないような笑い声を立てた。

「一応、そういうことはしないでおこうとは思ってますがね」

その時とつぜん、競技のボールが転がって来、その後を、開いた口をさも苦しそうにゆがめたアントニオが懸命に追いかけてくるのに気づいた。私はボールを止めようとはしなかった。アントニオはこちらに一瞥もくれないでそのボールの後を追うと、とうとうそれを拾いあげ、タッチラインからそれを内側に投げ入れた。

「なんでアントニオは、あんな猛スピードで走ってきたんでしょうね。ボールはタッチラインの外に出ていたし、彼はそれを知っていたと思うんですが」

アントニオは、自分が狙ったものに全力で組みついていかずにはいられぬ性質《たち》の男だった。私たちはまた歩きはじめた。雅は地面になおきらめいている霜柱を時折り蹴っては歩を進めていたが、彼はそれをガラスの破片のように粉々にするのが面白いらしく、溜まり水が跳ね上がって靴が汚れても頓着しなかった。

「あまり面白い試合じゃありませんね」雅は言った。

「ああ、退屈な試合だよ」

「イタリア人の性格は、僕たちとはだいぶ違うように思えますね」

試合についての評言とこの言葉は、まったく関係がないように思われた。

「と、いうと？」

「僕、イギリス人にはとても親しみを感じるんです。トムソン先生、先生にも親近感をおぼえます。でもアントニオには――彼は僕たちとはまったく別の人種のように見えましてね」

「彼はそんなに違っているかね？」

雅は首をたれてカメラをいじくりながら、そうだと頷いた。「僕たちの感情は細くて深い。そして、絶えることがありません。ちょうど渓谷を流れる瀬のようなもので、流れも速い。しかもそれは自ら水路を開いてゆきます。だんだん、だんだん深い水路をね。でもイタリア人の感情は――幅の広い河口のようなものです。それはあらゆるところに広がって行くけれど、流れは遅く、水は概して浅く――しかも濁っています」雅はこの最後の言葉を口にすると私を見上げ、ゆっくりとした晴れやかな笑みを洩らした。そこにあるのは、ほとんど、長きにわたって準備し、練習してきた演説をみごとにこなした人間のみせる清々しさであった。「ある意味じゃ」と、雅は言葉をついだ。「パムは幸せな女性にちがいありません。アントニオのような男の愛を勝ち得ることは、彼女にとっちゃ、それはすばらしいことです。でも、その中身は一体なんでしょう。パムはこれまで多くの女性が勝ち得たもの、またこれから多くの女性が勝ち得るであろうものを手にしたにすぎません。それはさして、いやまったく難しいことではありません。パムがそれを勝ち得たのは間違いありませんが、近い将来、彼女がそれを失うことも、また同様に確実なことです」

雅のこの台詞に潜む静かな熱気に触れながら、私は彼がある時――おそらくは、グラウンドをまわって写真を撮っている時、こちらを慰める方途を思案したのだと思い至った。そしてこの確信は、雅がこちらの腕をとり――彼がこんなことをしたのは、後にも先にもこれが初めてだった――「パムはアントニオにはふさわしくないですね。でも人は、自分にふさわしい相手を滅多に好きにならないんですよ。そうじゃありませんか？」と言った時、いっそう揺るぎのないものになった。雅はパムについて一言すると、まるで何かの事故に遭遇し、その衝撃に打ちのめされた人を現場から連れ出すようにして、私をグラウンドから連れ出し、観覧席に誘《いざな》った。「あそこのカフェでお茶を飲みましょう、体が温まりますから。一息いれませんとね」

「妙案だね、雅」

が、火傷しそうな茶碗から苦い紅茶を飲むと、私はじっとそこへ座りつづけていることができなくなった。「さあ、試合がどう決着つくか、見に行こうか」

「先生、あんな試合、本当に御覧になりたいんですか?」グラウンドに戻ろうとする私に、雅はそう呟いたが、その黒い眼は深い憐れみに満ちていた。

「ああ、見たいんだ」

私たちがグラウンドに降りようとすると、くすんだ大気を突き通すように試合終了を告げる笛が鳴り、観客や選手たちがガヤガヤとこちらに押しよせてきた。先頭はパムであったが、彼女は背中をまるめ、アノラックのポケットに深く手をさし込み、ただ一人でテントを目指していた。パムの後ろには、例のふとっちょの娘と青年がいた。二人は互いの肩に腕をまわし、さながら二人三脚でもしているかのようによろめきながらテラスを上ってきたが、息づかいがさも苦しそうであった。娘はこちらを認めると軽くうなずき、青年は「やあ」と言葉少なに挨拶した。

アントニオはキャプテンと一緒に歩いてきた。二人の様子をうかがううちに私は初めて、こうした蹴球《しゅうきゅう》選手がいかに頻繁に、互いに腕を組み合ったり、肩を抱き合ったり、背中をたたき合ったりするかということに気づいた。私はこれまで、おそらくは全くそうした合図ではないものを、あえてそれと見なし、自らを欺いてきたのだ。アントニオと彼の仲間たちはあんな風に、つねに体を接触させては親睦をはかっている。それを自分は……この自責の念は、彼らがこちらに近づいてきた時、別の思いによって和らげられた。あれは何かを意味している。あの中には、何かがあるに違いない。奴は、自分の同性愛的な感情を押さえつけているんだ。あいつの中には、そういう気持ちがくすぶっているに違いない。普通の男が、あんな風にふるまうものか。

アントニオが着替えをしている間、私たちは五人そろって待っていた。雅はいつにない鷹揚さで私たちにお茶の給仕をし、パムはテーブルにほとんど顎をつけんばかりにして、出されたお茶をぐい飲みしていたが、それは吐き気をもよおさせるほど不作法なものだった。

「先生はどうやってお帰りになりますの?」パムがこちらに訊ねてきた。

「汽車でね」

「わたしたちの車にお乗りいただいても、窮屈な思いをさせますものね……」

「ええ、そんなことは毛頭考えておりません」

突如私は、ソーセージや紅茶や汗の匂いの立ちこめる、この観覧席から立ち去りたいような衝動に駆られた。己《おの》が性欲を満たされ、静かに勝ち誇ったような顔をしている女の傍らにいるのは嫌《いや》だった。たとえ更衣室から出てきても、こちらの存在を気にも留めぬであろう男を今さら待つのは嫌だった。気の合う友人の家の炉辺でホットケーキを食べたり、自宅でシューベルトの「冬の旅」のレコードを聴いたり、昨日ロンドン図書館から届いた本を読んだりする中に喜びを見出す、正気の生活に戻りたかった。こんな場所に来て、寄せ集めのサッカーチームの拙劣な試合を観ているなんて、どうしたことだ。中年の、ささやかな成功を手にした、知識人たる作家の私が。

「雅、行かないか?」

「今、ですか?」

「ああ」

私のこの言葉に、雅はゆっくりと席を立った。「その方がいいみたいですね」

10

それから数日後の新宅を祝うパーティの夜まで、こちらのアントニオに対する献身を表わすのに、私たちの双方とも「愛」という言葉は使わなかった。「あんたはちょっと俺のことを気にかけすぎだよ」とか、「俺のことをそんな風に考えるのは、あんた、買いかぶりってもんだよ」とか、「こんなによくしてもらって、恩返しができないよ」などと、アントニオはこちらの犠牲的な奉仕について述べたものだが、私は私で、彼に尽くす時、「私は君のことが可愛くてね」とか、「これまで他の人間に、君に対するような気持ちを抱いたことは一度もないよ」とか、「君に対するこのバカげた愛着はだね……」とか、似たり寄ったりの婉曲的な言葉づかいをしていたのであった。私は、われわれの双方とも心の底で気づいていたのだと思う、もしこの「愛」の一語が使われてしまえば、まだ明確な形をとっていないがゆえに流動的である私たちの奇妙な関係が、一気に危機に瀕してしまうであろうことを。面白いことに、私はもちろんアントニオも同じ程度に、この危機だけは避けたいと思っていた。

私は、アントニオがこちらを好いてくれたことを——そして、その気持ちが今も変わらないことを知っている。が、彼にしてみれば、自らと私に対して、彼に対する私の気持ちの中に性的な要素が入っていることをいったん認めてしまうと、こちらの好意に報いようとする時、いきおい、戸惑いばかりか羞恥までも感じることになってしまうのであった。が、それでもなおアントニオは、概して自惚れの強いとされるイタリア男の中でもとりわけ自惚れが強く、また後で告白したように、彼は私の中に、己れのすべてを愛し受け入れてくれる、自分が早くに失ってしまった庇護者としての父親を見ていたから、私の献身的な思いやりを必要としていたわけだった。けれども万一彼が、この尋常ならざる献身の源が私の常軌を逸した愛着にあると認めてしまえば、己れの男らしさに非常なこだわりをもつ男にとって、状況は我慢できないものになる恐れがあった。したがって私たちにとっては、彼に対するこちらの好意には、私が孤独であることや子供のいないことのために、多少風変わりなところがあるにしても、異常なものは何一つないという振りをしつづけることが肝要だった。しかし、私にはそれができなかったのである。

私は、アントニオ以外の誰ともかかわりをもちたくないこんな時期に、新宅祝いの集まりなどしたくはなかった。しかし招待状はずっと以前に送付しており、料理の方もよほど以前に注文してあったのに加え、アントニオはこのパーティを心待ちにしていたのだった。私は彼に、友人に送るよう多くの招待状を渡したものだが、彼はこの集まりを、私だけではなく自分の祝宴と見なしていた。「こんなバカバカしいことをやろうなんて、思うんじゃなかったよ」私がそうかこつと、彼は驚いて言い返したものである。「何でそんなことを言うのさ、面白い集まりになるっていうのに。ディック、分かるだろう」私はパーティなるものを滅多に面白いと思ったためしがなく、アントニオはと言えば、いつもそれが面白くてならないのだった。

極度の疲労と緊張から逃れるために、その日の午後、数年前に主治医が体重を減らすようにと言って処方してくれた興奮剤《パープル・ハート》を一錠飲んだ。それは大層よく効いて、パーティに出席した客たちは後で口々に、「君はとっても溌剌としていたよ」と言ったものだが、いくら薬にたよっても、快活さの点では、それが天性のものになっているアントニオにはとても及ばなかった。彼はいま飲み物をのせた盆をもって客の中に突進したかと思えば、次には彼らにカナッペを配り、さきほど自分の知らない人間同士を引き合わせたかと思えば、今度はいちばん平凡な女や退屈な男にうれしがらせを言い、その間機会を見てはこちらへすっ飛んできて、「そっちはうまくいってるかい」とか「大丈夫、万事は順調だよ」とか言って気配りを見せ、絶えず部屋の中を動き回っているように見えた。

無論この席にはパムもいた。髪を爪や唇や瞼と同じ銀色に染め、ひ弱そうで猫背ぎみの体を、スカートの丈が長すぎて流行遅れに見える、あせた緑色のワンピースにつつんだ彼女はいつにも増して病的で、元気がなさそうに見えた。パムと面識のあるウイニーは彼女の姿を見ると、皆の面前で元気よく声をかけた。「あら、今日は。あなた、今日はなんておきれいなのかしら。お目にかかる度に、あなた益々イタリア人らしくなってくるわね」パムほどイタリア人らしくない人間はいなかったから、彼女に対する言葉として、これほどバカげたものはなかった。が、ウイニーは元来それほど意地の悪い女ではない。彼女はこの時パムに皮肉を言おうとしたのではないと思う。しかしウイニーのこの言葉に、パムは可哀想なほど肌を赤らめはじめた。彼女は眉をひそめて、飲みさしのトマトジュースに目を落としていたが、はじめ喉にさしていた赤味はほどなく顔面にも認められた。パムがアントニオの寝室に姿を消したのは、それから間もなくのことである。その後直ちに、女の様子が知りたさに自室への階段を一度に二、三段と大急ぎで上っていくアントニオの姿が目に入った。二、三分ほどしてアントニオは降りてきたが、何かもの思いに沈んでいるかのように、片方の手を手摺りにかけて、その足取りは先ほどとうって変わって重かった。パムが再び皆の前に姿を見せたのは、パーティもほとんどお開きになろうかという頃であった。アントニオの部屋から出てきたパムに目をやった時、私は、彼女の顔がまるでつい先ほどまで涙にくれていたかのように妙に腫れぼったく、その目はかすかに充血していることに気づいた。あのウイニーの無頓着な言葉に動転したのか、あるいはアントニオと喧嘩したのか、それとも月のものがなかったのか、いやそんなことではなしに、やはりどんなに遠く将来を見渡しても、アントニオへの愛が、こちら同様、実を結びそうにないことを悟って悲観したのか？　これまでパムが意識的にこちらを傷つけたことはないので、彼女のうち萎れている様子を見て悦に入るというのはいかにも冷酷な気がしたが、それでも彼女の不幸はやはり私の喜びなのであった。先ほど階上で、アントニオがパムにひどい仕打ちをしたことを、あるいは自分たちの関係は終わりにしなければならないと告げたことを、または、パムが己れの立場はとうてい道理に叶うものではないと自覚したことを、私は願った。

が、結果は予期に反した。新宅祝いの集いが終わり、私の弟夫婦と妹と彼女の一〇代の娘とパムを除いたすべての客が帰ると、アントニオは内輪のために、大きな鉢一杯にスパゲッティ・ミートソースをつくってくれた。これを食べるために席についた時、憤りと絶望の混じり合ったなか、私はすぐさま、先ほどのパムの涙がどういう性質《たち》のものであったにせよ、アントニオの彼女に対する気持ちは微塵の衰えも見せていないことを悟った。それどころか彼の心境はいまや、やっとの思いで手に入れた宝物が知らぬ間に消えて失くなりはせぬかと心配で、絶えずそれに触れていなければ気のすまない人間のそれであった。アントニオはパムの傍らに座ると、腹を空かしたトスカナ地方の農夫さながら手ずからつくったスパゲッティを頬張っていたが、口を忙しく動かしている間も、食器をもっていない方の手は女の髪やうなじばかりか太股にまで伸び、愛撫の止むことはなかった。二人の間に、いまや熱をもった興奮が渦を巻いているのは明らかだった。車で帰る弟と彼の家族を表に見送りに出た時、弟は私に言ったものである。「ああいうことをやるのは、ベッドに入るまで待って欲しいもんだね。まあ、こんなことを言うこっちの方がどうせ古いんだろうけれどね」

「パーティ、うまくゆきましたわよね」弟夫婦を送って部屋に戻ると、パムが言った。

「ああ、ありがとう」

「大成功さ」アントニオが彼女の言葉を確認するように言った。

「君もよくやってくれたよ。私はパーティってものがどうも苦手でね」しばしの間、私たち三人はパーティと夕食の食べ残しの散乱する中で、とりとめのない雑談を交わした。アントニオは今夜会話を楽しんだ大勢の客たちの素性を知っては彼らへの関心を新たにし、パムの面前でも私の姪の美しさへの賛辞を惜しまなかった。そのときパムが席から立ち上がり、両手で服と髪の乱れを整えた。

「わたし、そろそろおいとましないと」

「じゃあ俺、パムを家まで送ってくるから」パムが帰宅の意志を告げると、アントニオはすぐさま私に言った。それは私があたかも彼の意向をまだ知らずにいるといった口振りだった。「でも、後片づけは俺も手伝うから、ちょっと待っておくれよ。すぐに帰ってくるからさ」

「その手を当てにするのは、君が帰ってからにするよ」アントニオの言葉に私はそう返したが、このあてこすりは、後に私たちの危機を促進することになった、薬に起因する私の意志昂揚の前触れだった。

「たったの三〇分じゃないか、待っておくれよ」アントニオは愛嬌のある笑みを浮かべて言ったが、一度はその魅力の虜になったとはいえ、それは今、憤りしか覚えなくなっている微笑だった。

「君の三〇分がどれほどの長さか、こっちは先刻お見通しさ」

おそらくパムは、この時私たちの間に走っていた緊張に気づいていたのだろう。彼女が独りおどおどと吟味していた宋の青磁を落としてしまったのは、多分そのせいである。その時、家宝ともいえる品物を壊されたこととほとんど同じくらい私を激昂させたのは、「キャー」という彼女の金切り声——特に珍しいものではないが——のおぞましさであった。

磁器が壊れたと見るや、アントニオとパムはすぐにその場に膝をついて互いの顔を見合わせたが、私はといえば、そういう二人を上から見下ろしているだけだった。

「これ、お高いんでしょう?」パムが訊いた。

「宋の磁器さ。まあ、大したものじゃないよ。気にすることはない」

「俺が直すからさ」アントニオはパムが掌に拾いあげた欠片《かけら》をつまんで言った。

「いや、それほど値の張るものじゃないから結構だ。でも、ご厚意には感謝するよ」

「この欠片、捨てないで置いとけよ」玄関のテーブルの上に手にしていた磁器の欠片を置きながら、アントニオは言った。「瀬戸物の直し方なら、分かっているんだ」

「君はペンキで壁の穴をふさぐ仕方も知っているしね!」私は笑みを浮かべながら、そう返した。これは冗談で言ったのではなかった。私の言葉には、アントニオの無責任さに対する嘲りの気持ちがこめられていた。「磁器のことはこれっきりにしよう、アントニオ。いいから忘れてくれ。生活に事故はつきものだ。世間の言うとおりさ」

「本当に申し訳ないことをしました」パムが詫びを言った。「素敵なお碗でしたのに」

「ええ、私も気に入ってはいたんだけれどね。皆もいい焼き物だって言ってくれたし」

それからほどなくして彼女はおやすみを言い、二人は出ていった。彼らが門口に停めたゴキブリ車の前にたたずんで言葉を交わしている様を、私は居間の窓から見ていた。連中は何を話しているのかしらん？「大事な焼き物を壊されたショックで、あの人の神経、おかしくならなけりゃいいけど」「いい気味だよ。ざまみろってんだ！」「ああいう骨董品を集めちゃ、終始やきもきしているのね。あんなもの、たかが小さなお碗じゃないの」「おまえ、あれ、わざと落としたのかい？」「まあ、何てこと言うの！」彼女がクスクス笑いをする。「別にわざとやったんじゃないけれど、あれを落としてあの人の顔を見上げたとき、別に謝ろうって気はしなかったわよ」「さあ、こんなところにグズグズしてないで、さっさと行こうぜ」「ねえ、あなた、今夜はアレ、もういいでしょう？　もっとしたい？」「今晩だけじゃなくって、毎晩やりたいね」二人が何を話しているか、想像を逞しくしているうちに、彼らのこんな声が聞こえてきそうであった。

……二人を乗せた車はすでに家の前から姿を消していたが、こちらを嘲って面白がる彼らの話し声は、なおも私の頭の中でがんがんと響きつづけた。今にして思えば、アントニオはもちろんパムにしても、そんな悪どいことを言いも思いもしなかったことははっきりしているが、その時の私は正気というものを失っており、二人は自分を愚弄していると思い込んだのだった。こん畜生！　こん畜生！　こん畜生！　玄関の広間に出た時、己れの気持ちを抑えかねて、私はこう叫び声をあげた。そして立腹のあまり、宋時代の名品であれば、たとえ破片でもそれなりの値打ちがあるということもすっかり忘れ、私はテーブルから青磁の欠片をはらい除けて、それを屑かごの中に捨ててしまったのだった。壊れた磁器の始末がつくと、私はパーティの後片づけにかかった。

もちろん、私はその後片づけをアントニオが帰るずっと以前にすませてしまった。宴席でのさまざまな気遣いや数え切れない汚れたグラスの後始末、また時間の遅いのにもかかわらず、私はいっかな疲れを覚えなかった。それどころか、薬のせいで益々強く執拗になってゆく精力を自らのうちに感じながら、私はアントニオの帰りを待った。しかしその時の心境は以前にはおよそ考えられなかったもので、彼を待つ間、こちらがいらいらを募らせることは全くなかった。私の心は平静で、そこには自信がみなぎっていた。後片づけをすませて居間に戻った私は、十五歳のメニューインがエルガーのヴァイオリン協奏曲《コンチェルト》を弾いたレコードを取りだしてそれをかけ、ソファーに深く腰を据えると、静かに目を閉じた。

アントニオが帰宅して、早く戻れなかったことを詫びたのは、そのゆっくりしたテンポの曲が部屋を満たしていた時である。

アントニオが言い訳をはじめると、私はレコードの針をあげて、プレイヤーのスイッチを切った。「君が早く帰るなんて、初めから当てになんかしちゃいないよ」と私は言ったが、それは、自分でも驚くばかりに冷静な声だった。

こちらの言葉に、アントニオは上着を脱ぐと、気勢を上げて言った。「さあ、洗いもの、片づけちまおうか」

「もうすませたよ、それなら」

「なんだい、ディック」

「他にすることがなかったものでね」

「でも、待っててくれりゃ、よかったんだよ」アントニオは私の傍によると、こちらの両手の前腕に手をおいて言った。「友だちじゃないか、俺にだって手伝わせてくれなきゃあ」アントニオはそう言って、さも心配そうな顔つきでこちらの目を見入った。

「でも、他にしなけりゃならんことがあるんだろ、もっと楽しいことでね」私は素っ気なく言った。

「タバコ、喫ってもいいかい？」

アントニオは喫煙しないはずだった。

「いや、もちろん構わんが、どうしてタバコなんぞを？」

「ちょっと欲しくなったのさ」そう言ってアントニオは煙草に火をつけたが、そうする彼の手が震えているのを、私は見逃さなかった。喫い方にしても、いかにも不器用である。「パムが例の焼き物のこと、すまなかったたって言ってたよ」

「そんな風にも見えなかったけれどね」

「いや、彼女は本当に申し訳なく思っていたよ」

「あの娘には、あれの本当の価値《ねうち》は、おそらく分かっちゃいないよ。日本で七〇ポンドもしたんだからね。こっちでなら、値もずっと跳ね上がろうってものさ」

「まさか！」

「おや君は、私がウソをついているとでも言うのかい？」

「でも、七〇ポンドだなんて、ディック、そりゃあものすごい大金だよ」私の佇んでいる傍のソファーの肘掛けにアントニオは尻をすえていたが、煙草のふかし方がいかにもぎこちなかった。

「そう、君の言うとおり、ものすごい大金なんだ」こんなやり取りをしている間にも、私の心はしごく冷静だった。余りに自分の声に乱れがないので、これは自分ではなく、誰か他の人間が喋っているのではないかという錯覚が、その時生まれかかったほどである。

「あれの埋め合わせをするなんて言わなくて、あいつはよかったよ」アントニオはそう叫んで笑みを浮かべた。

「そうだね、そんな約束をしなくて幸運だった。もっとも、ちゃんと弁償する方が礼儀にかなっちゃいるがね」

私のこの言葉に、アントニオの眼差しは突如として険しいものになった。「あいつはちゃんと謝ったじゃないか。それ以上、何が欲しいのさ」再度アントニオが気を悪くしたのは明らかだった。自らの裡に、うまく彼を怒らせたという思いが大波のようにうねっているのを私は感じた。

「別に何も欲しいと思っちゃいないさ。彼女からはね」

今になって、アントニオに冷ややかで礼を欠くような物言いをしたことを思い出すのは、いかにも辛い。だがもしこの物語が、こちらの企図した当初の目的に役立つというのであれば、いくら苦しくとも私はそれを行わなければならない。彼に対する振る舞いを、こちらの血液中に起こった化学反応のせいにするのはたやすいことだ。しかしこれは、あたかも温湿布が体内深く潜んでいる傷の化膿を早めるように、すでにこちらの胸の奥処《おくか》にあった感情の腫れ物が膿《うみ》をもつのを促進したにすぎない。

「何が言いたいんだよ」

「今、言ったじゃないかね」

「あんた、本当は、あの焼き物を壊されたんで腹を立てているんじゃないんだろう。そいつはただの口実で」

「じゃあ、なんで怒っているというんだね」

「妬《や》いているのさ」

「妬いている?」

「そう、妬いているんだ」

この言葉に、私はしばらく考えをめぐらせた。あたかも、とつぜん何の痛みもともなわずこちらの頭に穴があき、光と風が入り込んで、その中がだんだん明るくそしてだんだん冷えてくるような奇妙な感覚を、私は覚えた。「そうさ」私は言った。「私はあの娘を妬いているんだ。お説の通りだよ。嫉妬さ。だがね、こっちが彼女のことを、軽率で不作法なあばずれだと思っているのも本当だ。だから、私があの娘をいけ好かないのは、必ずしも嫉妬だけが原因じゃないってことは分かってもらわんとね」

この言葉に、相手はこちらを凝視した。「何が言いたいのか、分からないね」

「分からんのじゃなくて、分かりたくないんだろ」

「でもなんで、なんで、あんたがパムを妬かなきゃならないんだよ、気違いみたいにさ」

「君には嫉妬の経験がないのかね?」

「ないわけないさ。でもなんで、親友の男が好きな女と付き合っているからって、妬かなきゃならないんだよ」

「ああ、そりゃあとっても簡単なことだよ、アントニオ」私はそう言うと、彼の指から煙草をつまみ取ろうと前かがみになった。煙草はほとんど燃え尽きようとしていた。アントニオは、私が彼の体に触れるとでも思ったかのように、椅子から飛びのきかけた。「とっても簡単なことだ。でも君は、こっちの言うことを理解するために、事実と向かい合わなければならない」

「事実って、どんな事実だよ」

「君がすでに気づいていながら、それを認めることを拒んでいる事実さ……私が君を熱愛しているっていう事実だよ」アントニオへの気持ちを、私はついに打ち明けたのだった。それはその時、簡単にいったように思えた。

この告白に、アントニオは思わず席を立ち、またすぐ腰を下ろした。座りなおすと同時に、彼はポケットからハンカチを取りだし、片方ずつ掌をぬぐった。その終わりの方の仕種は、たった今こちらがした告白はまるで大したことではないとでも言うように、いかにもお座なりだった。が、その後、取り繕いが難しくなって私を見上げたアントニオの目には、驚きばかりか微かな恐れも見られた。

「ディック、バカなことを言うもんじゃないよ」

こちらの言葉を冗談にしてしまおうと、アントニオは短く笑った。

「ああ、私はバカさ。でもアントニオ、これは仕方のないことなんだ。私は君が欲しい。この、この十四年の間に、男だろうと女だろうと、これほど人を好きになったことはないくらいだよ」

「でも、そりゃあ、あんまりバカげているよ」

「どうしてバカげていると言えるんだ。君だってこういうことを、今までに耳にしたことぐらいあるだろう」

「そりゃあないとは言わないが、でも——」

「じゃ、なんでバカげているんだ。もし君がバカで、醜くて、不愉快な人間なら、そう言えるかも知れないが、君はそういうこととは縁がない。人が人を好きになるのに、何か特別な条件でも必要だというのかね？」

「自分の愛した相手が、その愛にちゃんと報いてくれる人間だってことが肝心だろう」静かだが、きっとした声でアントニオは言った。

突如としてアントニオはほとんど呻き声のような溜息をつき、ソファーの上で思い切り手足をのばすと、頭の下にクッションを引き入れた。これが他の場合なら、いつもの小うるささで、「おい、アントニオ、靴を脱ぐんだ!」と言うところだが、この時、口から出たのはそういう台詞ではなかった。

「アントニオ、私のような気持ちをちっとも感じたことがないのかね」

「全然、ないね」彼はそう言って片方の手をかかげ、人差し指をのばすと、それを左右に振った。

「でも君の虜《とりこ》になったのは、私が初めてじゃないだろう。君の言うことはちょっと信じがたいね」

「ああ、これまでにも、時々、男が——もしあんたの言っているのが男のことなら——こっちに色目を使ってきたことはあるよ。でも、あんたみたいなのは初めてさ」

「私みたいなのは初めてだって、そりゃあ一体どういう意味だね?」

「ああ、俺がいま言った連中は、半分女みたいなもんだからね」

「じゃあ君は、私も半分女だってことを認めるべきだ」

「でも、通りで姿を見たり、ちょっと話をしてみたって、あんたが半分女だなんて、誰も思やしないよ」

「ホモなら誰だって、そのぐらいのことは分かるさ」

「俺はホモじゃないよ」アントニオはそう言うと顔面に当てていた両の掌を、頬のところにもっていった。「俺は十六、七の時、ガレージで働いていたんだが、そこにあるチェコ人がいてね、亡命者だったが、いつも俺に親切だった。けど、そのうち奴は女房持ちのくせして、俺に悪戯《わるさ》をしはじめたのさ。で、俺はそこを、その働き場所を出なけりゃならなかった。奴の人柄はよかったし、仕事も気に入っていた。でも俺は、やっぱりそこにはいられなかったよ……サッカーをやるようになってからも、こっちに色目を使ってきた奴は結構いたさ。俺の国じゃ、お釜《フィノッキ》はみんな、サッカー選手に熱をあげるのさ。あんた知ってるかい、その――」アントニオの口にしたのは、フロレンスのさる名門のプリンスであった。

「彼の兄弟とは知り合いだよ」

「ほう、そうかい。そいつはブルーノっていう俺の仲間のパトロンだったのさ。奴はブルーノに、ローマ製の高級スーツやダイヤのカフスボタンや、しまいにはアルファ・ロメオなんていう贅沢な乗り物まで買ってやっていた。それから奴はブルーノを、アメリカに連れていったのさ。そしてそこでブルーノは、そう、上流階級とか知識人の連中に引き合わされたってわけだよ。ところがそのうちその殿方は、俺に興味を持ちはじめやがった。ブルーノには飽いちまったってわけさ。奴は俺たちの遠征にイタリア中ついてきて、まったくのお笑い草だったよ。けどチームの連中は、なぜ俺がいつも奴をつき放すか、分かっちゃいなかった。『シャルル八世がミサでパリをものにするなら、お前は縦笛《ポンピーノ》でアルファ・ロメオをものにすりゃあいいじゃないか』なんて吐《ぬ》かした野郎もいたよ」そう言って、アントニオは陰気な含み笑いをした。「けど、俺にゃそんなマネはできなかった」

アントニオがさもいまいまし気に語る様子には、好奇心をそそられたが、そこには、大した努力もせずに車や高価なローマ製のスーツを手に入れたり、米国へ旅行したりする仲間の真似がどうしてもできない当惑と憤りが、はっきり現われていた。

「じゃあ、例の宣教師はどうなんだね？」

「宣教師って？」

「ジョーのことさ」

私がこの名前を口にするや、アントニオは一瞬口ごもった。それから、彼はクッションにのせていた頭をわきに向けたので、こちらに見えたのはその左側のこめかみと頬のみであった。ややあって、アントニオは素っ気なく言った。「関係ないね」

この返事を聞いてからというもの、私はそこに彼の不本意な罪の告白を読むようになり、挙句にどうかすると、ジョーはこちらが味わおうにも味わうことのできない果実の妙味を知っているのだと、その一面識もない男に対して、癒しがたい憎悪と嫉妬の念をいだくのだった。

「関係ない、だって？」

「当たりまえさ。あの人はそりゃあいい人だった。神に仕える身だからね」

「君もとんだおぼこだね。私がフロレンスにいた時、男娼たちが教皇のことをお袋さん《ラ・マンマ》と呼ぶのを、どれだけ聞いたか分かりゃしない」

アントニオはこちらに顔を向けると、いかにも人を嘲るような、ほとんど残虐な口調で言った。

「どうしてイギリス人ってのは、猫も杓子もこうなんだろうね」

「こうなんだろうって、そりゃあ一体どういう意味だね」

「お釜だよ」

「それならイタリア人にだって、沢山いるんじゃないかね」

そんなことはない、とアントニオは頭《かぶり》を振った。

「いや、イタリア人にもホモは一杯いる。君の階級には少ないかもしれないが、上流階級の中には、同性愛に喜びを見出す者が大勢いるんだ。労働者階級の中には、それを金儲けにしている奴がたんといる」

「俺はそんなもんで喜べねえのさ。そりゃあ金に不自由することはしょっちゅうだが、そんなもんで金儲けをしたいとは思わねえよ。残念ながらね」アントニオはそう言って短く笑った。

が、私はなおも沈着さを失わず、彼の真向かいに座って言った。「そりゃあ無念だね」それはあたかも己れ自身のことではなく、私とアントニオの共通の友人か、赤の他人のことであるかのような口振りだった。

「俺はね、ディック、分かっちゃいるだろうが、そういうことについて道徳的にとやかく言うつもりはないんだよ。俺はもちろん信心深い人間でも、特に品行方正な人間でもない。けど、自分の同性の奴とちちくり合うっていうのは——思っただけで胸くそ悪くなるんだよ」

「本当に?」

「多分、あんただって分かっちゃいるだろうが——」そこまで言うと、またアントニオは顔に手をやって、掌で目をおおった。「多分、自分の中にそういうものについて何かがあるから、俺はそいつを恐れているのさ。多分ね」

アントニオがこんな告白をしたのは、この時が最初で最後であった。そして私が後で、彼の称賛獲得欲や漁色家的な行いや幼児退行的な言動は、先ず当人の心の奥に潜んでいる同性愛的願望の表われだと言った時、この男は憤然としてその言葉を否定したものであった。

「それじゃあ私は、一体どうしたらいいんだろうね」自分たちとは関係のない第三者のことでも話題にしているような口振りで、私は言った。それは、私が口にした一錠の薬のせいであった。

「ディック、そんな風に思うのは止さなきゃいけないよ。遅くならないうちにさ」

「もう遅くなってるさ」

「俺はあんたの親友でいたいのさ。俺の友だちはみんな男だよ。俺はあんたとちがって、女の親友はいないのさ。とにかく、俺たちは普通の友だちでいなきゃダメだよ。前みたいな、こういう七面倒なことがある前の、サバサバしたさ」

「私たちは今までだって、君の言うみたいな普通の関係じゃなかったんだよ、アントニオ。私はウイニーの家で初めて出会った時から、ずっと君に惹かれているんだ。なんて素敵な男だろうってね」

この嬉しがらせの詰まった告白に、アントニオが気をよくしたのは明らかだった。己れの魅力と美しさを確認できることは、つねに彼の喜びとするところであった。が、アントニオは言葉をつづけた。

「あんたは誰かほかの人を、あんたに尽くしてくれる、誰かほかの人を見つけなきゃいけないよ。俺にはそういうマネができないからさ」

「君は、誰かに恋することを、スーツでも買うみたいに言うんだね。もし今手にしたやつが合わないなら、別のものを探せばいいってな具合にね。多分それが君の流儀なんだろうが、でも私にとっちゃ、人を好きになるってことは、そんな簡単なことじゃないんだよ」

「あんたは強い意志の持ち主さ」

「君は、私が自分に、君を好きになってはいけないと言い聞かせてはこなかった、と思っているのかね？　バカを言うんじゃないよ、アントニオ。こういうのは、癌や心臓病にかかるのと同じで、自分の意志でどうにかできるものじゃないんだ」

「あんたは俺とはちがう人種だよ」アントニオは驚き呆れたような声で言った。

「以前にも君はそう言った。君の言ったことは当たっていると、私も思う。私は大勢の人間は愛せないんだ――これまでだって、本当に好きになったのは、せいぜい三人か四人ぐらいだよ。しかも私はそういう人間のことを、何年も何年も思っている。そこなんだよ、問題は。その点、君は何とも幸せにできている。君は非常に多くの人間を、しかも同時に愛することができる。しかもその愛にしたって、そう呼べるのは週末だけか、それとも一週間か、せいぜい一ヵ月こっきりだ」

私のこの言葉に、アントニオはソファーからはみ出た脚を盛んにふりながら笑った。「俺は寝るよ。あんたも寝床に入った方がいい。もう遅いからね」アントニオはそう言うと、扉の方へ歩を進めたが、途中でこちらを振り返って言った。「まあ結局は、俺がここを出て、別に部屋を見つけるのが一番いいのさ」

「いや、それはいけない、アントニオ」

「ウイニーの家《うち》にいた時みたいに、ちょくちょく遊びに来るからさ。けど、俺が始終そばにいない方があんたのためだよ」

「そいつはちがう」

「ちがう?」

「私は君にそばにいて欲しいんだ」

アントニオは頭を振った。

「いて欲しいのさ、アントニオ。前にも言ったように、君がここにいてもいなくても、私が苦しむことに変わりはない。でも、いてくれて苦しむ方がいいんだ。私は自分のやっていることが分かっている。もし、君がここから出ていったら――死ぬより他にないんだ、私は」

アントニオがこちらの言葉に納得したのは、私の口調の静けさのためであったと思う。

「分かったよ、もしあんたがその方がいいんだったら……」そう彼は口ごもった。

「その方がいいんだ」私は言葉を足した。「そうは言っても、君が事をややこしくしてくれなければ、むろん事態はそれだけ楽になる」

「どういう意味さ?」

「ああ、君はこの頃、私のことをあんまり考えていないだろう。違うかね。頭にあるのは自分とパムのことだけさ。それしか考えていやしない……でも、それでもかまわない。この際、何だって受け入れるつもりだ。君が、そそくさとあの娘に会いに行くことも、こっちの気持ちを傷つけないように嘘をつくことも、私の前で彼女といちゃつくことも、全部ね。もちろん、私はそれが好きじゃない。そういうことと向き合わなきゃならないのは、地獄だ。でも――」ここまで言うと、私はにっこりとアントニオに微笑みかけた。「私はそれを受け入れようと思う」

「あんた、俺を見下げてるね」

「いや、見下げているんじゃなくって、君のことを高く買ってるんだ。でも君は今、女にうつつを抜かしている男の常で、自分とパムの二人きりの小さな世界に閉じこもってしまっている」

「いや、ディック、それはちがうよ。パムは俺にとって、かけがえのない女ってわけじゃない。あいつはただの暇つぶし《パッサテンポ》さ。前にも言っただろ」

「以前は、暇つぶしとして付き合っていた。だが、今は状況が違ってきている」

「何にも変わっちゃいないって!」アントニオの口振りには、私ばかりか自分をも納得させようとしているような熱気があった。

「いや、変わったね。これが仮に一〇日前だったら、君はそこの食卓で、私や私の妹や弟夫婦や姪を前に――今夜みたいに、彼女を愛撫していたと思うかね。もちろん答えは断じてノーさ、アントニオ」

「あれの体に触って、どこが悪いんだよ」

「君がそんなことをしているのを見るのは苦痛だが、私個人についてなら、それが悪いってことはないさ。でもね人間には、人前では慎むべき行為ってものがあるんだよ。君がイタリアで弁えていることは、まあ、頭がどうにかなったのじゃないのなら、イギリスでも弁えていないとね」

「あんたの親戚が俺のことをどう思おうが、こっちの知ったことじゃないよ」アントニオの声は、急に怒気をおびてきた。「あの連中の、好きなように考えさせとけばいいじゃねえか!」

「いや、それは、彼らが君のことをどう思うかっていう問題じゃないんだ」私はなおも平静を保ったまま、冷酷に相手を追及した。「問題なのは、彼らがパムのことをどう考えるかだよ。彼女はまだ十九で、私の姪とそれほど年齢《とし》の差がない。パムはちょっと見のいい娘だが、もし君のような妻子ある男が彼女をあんな風に愛撫し、彼女も君がそうすることを許しているとすれば、彼女が君の愛人であることは誰の目にも明らかじゃないか。こっちの言いたいのはそこだよ」

この言葉にアントニオは黙したまま、私がつい先ほどまで座っていた椅子の脚をけりながら、じっと絨毯に目をやっていた。口はかたく結ばれ、顎先が胸に届きそうなほど頭を深くたれている。彼はまるで今にも泣き出しそうであった——私はそれを、突如として湧いてきた勝利感とともに見てとった。

ややあって、アントニオは私の方を向いて言った。「じゃあ、そういうあんたは一体どうなんだよ」

「私がどうって、何が言いたいのかね」

「あんた、俺が人前でパムといちゃつくのはけしからんて小言を言うが、あんたの俺に対する態度はどうなんだい。それだって、それだって、同じように見苦しくないのかよ? 同じように人の迷惑《コンプロメッテンテ》になるんじゃないのか?」

「私は、他人《ひと》の面前で君の体に触ったことはないよ」アントニオの言葉に啞然として、私は言った。

「いや、他人のいない所でだって、そういうつもりで、君に触ったことはほとんどない」

「ああ、確かにそういう意味じゃあ、あんたは俺に触ったことはないよ。それは事実だ。でも、俺に対するあんたの態度を見てみろよ——こっちのことでやきもきしたり、今夜のパーティでもそうだが、俺が部屋んなか歩きまわるのをじろじろ見たりよ。それに、あんたがこっちの名を呼ぶ、その呼び方さ。あれを聞きゃ、誰だって俺があんたと出来てるって思うぜ」

「そんなことを思う人間がいるものか」私は素っ気なく言い返したが、心臓は痛みをおぼえるほど動悸が激しくなり、頭はいよいよきつく締めつけられるような感じをおぼえた。「彼らはせいぜい、愚かな同性愛者が正常で美男のイタリア人に血迷ったと思うだけさ。事実はそれだけのことだよ。そうさ、私の行いは、他人からすりゃあ、阿呆に見えたかもしれない。だが、君はちがうよ、アントニオ。誰も君のことを誤解なんかしちゃいない」

　私のこの言葉に、アントニオは肩をすくめた。こちらの言うことを納得してくれたのだと思いたかった。

「そいつは、あまりにむずかしすぎる問題だよ」自分の手に負えない問題を出された子供が拗ねるようにして、彼は言った。

　このアントニオの言葉に、私は彼のことが不憫に思えてきて、相手に言った自分の言葉に激しい悔恨を感じるのだった。故国に妻を残し、異国の地で、他の女との情事に足をすくわれそうになりながら馴れぬ研究生活を送るという目下の彼の状況は、よほど苦難に満ちたものであったに相違ない。そういう中へ、奇妙な問題を持ち込むことによって私は、アントニオの生活をより厄介で不安なものに、己れのたゆまぬ修養と努力によって慎重になしとげたもののすべてを水泡に帰してしまいかねない危険なものに——誰がそんなことにならないと言えよう——してしまったのだ。こんな風に、その時の私が突如自責の念に押しつぶされそうになり、またアントニオが背中を丸め、一方の脚に体重をかけて、うなだれながら佇む姿を目の当たりにして、彼に愛と同様ほとんど燃えるような憐れみを感じたのは事実である。が、それでも私は、彼の生活をさらに分解し、粉々に破壊したかった。万一それが叶うなら、私はその破片からついに自分がアントニオの愛を独占《ひとりじめ》できるような形に、彼の生活を新たに造り直すことができるのだ。

「もう寝ろよ、アントニオ」私は神経のたかぶった子供に言うようにささやいた。

彼は一言も言わず、まるでもう半分眠っているかのように両足を引きずりながら、居間を後にした。

私は長い間、誰もいなくなった部屋に座り、慌てるどころか冷静な好奇心で考えた。私は何をしてきたのだ？　私は一体どうなるのだ？　私にはこの辛い戦いから降りる気持ちは全くなかった。今までの人生で私は、自分が達成したいと思うことを達成するのに慣れてしまっていた。そしてついには、もし人があるものに充分関心をもち、その追求のためにどんな犠牲をも払う覚悟があるならば、彼の手を逃れるものはなにもないという、非合理でほとんど神秘的な信念に到達していたのだ。私は以前素晴らしい家が欲しかったし、美しい物も欲しかった。そして今や、勤勉と犠牲と策略の力によって、私の周りにその両方がある。ギリシアで、私は若い既婚の警察官を手に入れたかった。彼は当初、こちらに対し完全な無関心を装ったが、情熱とお金の両方をそそぎ込むことで、この男はとうとう私のものになった。日本では、同僚の日本人妻を同じ手管を使って勝ちとった。

私の中の一人は、所有しているものすべてを賭けようとするこの戦いにおいて、私はきっと負けるであろうと言った。しかし別のもう一人は、いかなる犠牲を払おうとも、私は結局勝利者として成功するであろうと堅く信じつづけた。

もし自分が勝者になり得ないならば、致命傷を負って暗闇に消えていくとしても、私は満足であった。

11

それからしばらく、私もアントニオもそれぞれのレールの上で、否応なく上がるテンポに合わせ、さながら狂気の舞踏をしているような日々が続いた。もっとも、私たちの双方が同時にこの狂気を認識したということではなく、私がある意味で自分の気持ちに狂いが生じていることを進んで認めたのに対し、アントニオの方は復活祭の休暇でフロレンスに帰る直前になって、ようやくその事実を受け入れたという具合であった。しかも私の見るところ、双方が陥った狂気の中身も同様ではなかった。アントニオが太い蔓草があたりに淫らに伸びている密林の中に迷い込み、終始それの虜となって二度とそこから抜け出せぬ危険にさらされているとすれば、私は焼けつく太陽《ひ》の下で、誰もが絶対にないと言うオアシスにもう後二、三歩でたどり着けるはずだという迷夢からさめず、あてどもなく砂漠の中を彷徨いつづけているのだった。

　私はこれまで、ほとんど自分の手足を縛ってしまうような掟を自己に課してきた人間なので、たとえ当初は中身のつまらなさに嫌気のさすことはあっても、生計を立てたり己れの狂気を隠したりするのに必要なその種の仕事をこなすことにかけては、アントニオより遥かにたけていた。私は地獄のような心境の中で、読むべき本はすべて読み、観るべきテレビの番組もすべて観、しかもその上、午前二時三時という時間まで、パムとの逢瀬を楽しんで帰宅するアントニオを待ったのだった。私は夜明けの寒さや疲労、あるいは最近になって苦しめられだした奇妙な貧血感で体を震わせながら、書評を書くためタイプのキーを打ちつづけた。また案内を受けたパーティについても、文学者や同性愛者の集まりはもとより、そのいずれでもない隣人たちのつまらぬ集まりにもことごとく顔を出した。状況次第でまったく仕事に手がつかなくなってしまうアントニオに比べ、私はいかなる状況下でも仕事が遂行できる自分の職人気質《かたぎ》に誇りをもっていた。アントニオの方はイタリアの指導教授に研究の中間報告を求められていたし、オクスフォードの哲学学会で論文を発表することや、「マインド」誌に寄稿することも決まっていたが、そのいずれも全く捗ってはいなかった。アントニオが仕事の目処が立たずに呻き声を上げたり、両手で頭をかかえたりする姿が見たさに、それらの進捗状況について、私はしばしば意地の悪い質問をしたものである。「ああ、分かっている、分かってるって。〆切までには間に合わせるから。いま丁度、精出してやってる最中なんだよ」が、実のところ、その仕事は一向捗ってはいなかった。時々、パムがアントニオと会わなかったり、また会いたくても会えない時——アントニオの前にパムが姿を見せない時、今にして思えば、それには多分のっぴきならぬ事情があったのであろうが、私は当時、彼女がちょっと彼から距離を置いたりするその遣り口がいかにも巧妙に見えたものである——彼は自室に引っ込んだり独りになることを嫌い、頻繁に居間のソファーに腰をすえて読書をしたものだ。私がアントニオのことが胸にあっても、それは心の抽斗の一つにとじ込め、別の抽斗を使って無理にでも焦眉の仕事に向かい、冷徹な文章をものすることができたのに対し、哀れなるかなアントニオという人間は、いったん好きな女のことを考え始めると、それが胸から離れず、まるで仕事の名に値することができないのだった。その日の午後も、アントニオは居間で読書を始めたものの、視線は開け放たれた窓の外をさまよったり、暖炉の辺りに当てもなく向けられているのだった。が、とつぜんソファーから立ち上がると、彼は叫んだ。「さあ、ディック、散歩に行こう。ご覧よ、こんなにいい天気だ」

「いいとも」私は応えたものである。

しかし散歩に出ても、たいてい私たちは無言であった。

私はこの頃いやに食欲が募りだしてきたことに気づいていた。夜中にベッドから起きあがって台所へ降りていっては、ビスケットやバナナやフルーツケーキといったものを頬張るのである。私は日増しに肉が付いていった。ところがその反対に、アントニオはここのところ、ほとんど食べ物を口にしなくなっていた。何かを食べるにしても、ひと頃のようにすぐさまぱくつくようなことは絶えてなく、気難しそうな表情ばかりが目立った。代わりに、軽く鼻にかかったテノールで際限なく歌を歌うことがやたらに多くなったが、その歌声は何ものにも増してこちらを苛立たせた。「アントニオ、君の歌が気になって、仕事にならんよ！」私はよく書斎からそう叫び声を上げたものだが、そう注意されると、彼の歌声はすぐに止んだ。「ごめんよ、ディック。あんたが聞いているとは思わなかったんだ」私がアントニオの声を聞き洩らすことはなかった。私は少々耳が遠かったけれど、彼の立てる音ならどんな小さなものでも聞き取ることができた。

私は決してフェティシストではないつもりだが、アントニオが昼間大学に出かけたり、夜にパムの所へ出かけたりして家を空ける時、彼の寝室に入ってはよくその衣類を吟味した。彼は汚れた衣服などを衣装簞笥の底に脱ぎ捨てて、私が毎日整頓したり洗ったりするのに任せていたが、私のような神経質なきれい好きとはもともと正反対の性格だった。あまりに長くはき替えられなかったため臭気を発している靴下、冬の寒い時でも着ている安物の綿製品で、汗で脇の所に橙色の染みのついているワイシャツ、前がY字形になって落葉のように縮んで皺がより、ワイシャツの脇とほとんど同じ橙色をしている小さめのパンツ。私はその下穿きをつまみ上げて顔に当て、美しい肉体の残す独特の匂い、そのあまりに人間的なものの痕跡を吸い込むのだった。また、ぴりっと胡椒のような刺激臭がする濃紺色の運動着、中底がぬめぬめしているサッカーシューズ。私はその湿り気を感じるために、中に指を滑り込ませずにはいられなかった。それからサポーター、泥のついたタオル、膝当て——そして、とりわけ好奇心をそそるのが、ズボンのボタン隠しに精液が染みをつくっているパジャマ。これらのすべては、吐き気を催すような息苦しい興奮で私をつつんだ。

抽斗の中に、それでもきちんと整頓して仕舞われているものが一つあった。かなりな数の、ギザギザの縁《へり》のついたうす緑の封筒の束で、それらは週毎に仕分けされ、輪ゴムがかけられ、束の一番上には鉛筆で日付が記されていた。斜めにゆがんだ生硬な宛て名の筆跡から、それらはアントニオの妻のものだと知れたが、私はしばしば、輪ゴムをはずし、彼女が彼にどんなことを書いているか見たいという誘惑に駆られた。アントニオへの愛をどんな言葉で綴っているのだろう？　どれぐらい率直に、自分たちの過去や未来の性生活について語っているのだろう？　なにか私のことを話題にしているかしらん？　が、私は幼い頃に家庭や学校で、紳士たるもの、他人の汚れた下着をあれこれ調べてはならぬという教えは授からなかったものの、他人の手紙は盗み読みしてはならぬという戒めはよく受けていたので、そんな言いつけは馬鹿げていると思いつつも、その強いタブーの故に、ついに私の指がそれらの手紙に触れることはなかった。

寝室で独り眠れぬ夜を過ごしながら——キティはベッドの下で鼾をかき、セリマはこちらの体の上に寝そべっていた——私は奇妙な幻想に浸っていたことがある。その原因の一つは明らかに、服用はしたもののさしたる効き目のない睡眠薬のせいであったが、その妄想の中で、私はアントニオの寝室に忍び込んで押入のカーテンの後ろに隠れ、アントニオとパムが四肢を絡ませのたうっている姿を盗み見しているのだった。と、また別の情景が浮かんできた。その空想の中では、私とアントニオの間にパムが立ちはだかっているのだが、私たちはお互いに彼女の抵抗を押し退けて、自分たちの思いを遂げようと渾身の力をふるうのだった。それから更にまた別の空想。「アントニオ、私の言う通りにするんだ。さもないと、奥さんに洗いざらい話しちまうぞ！」私はアントニオを脅迫していた。私の妄想はそこで止まらなかった。私はアントニオに対する望みを遂げるために、想像の中で彼に麻酔剤を飲ませたり、この男を意識がなくなるまで打擲《ちょうちゃく》したり、果ては殺しまでした。

アントニオがまだ眠ってる間に、その体をベッドに縛りつけておいて、私は指で頬をつついたり鞭で脇腹をつついたりして、相手を苦しめる。そのうちアントニオは目を覚まし、こちらの苛めを逃れようともがくがどうにもならない。それから私は彼の唇に歯を立てると、相手は懸命に頭を振り動かしてこちらの攻撃をかわそうとするが、徒労に終わる。すると間もなく、アントニオは泣き声や呻き声をあげ、命ばかりは助けて欲しいと懇願する。と、そこで突然思いもかけぬ局面の展開。パジャマを剥ぎ取られたアントニオは、その裸体をくるんでいたシーツをはねのけると、こちらに己れの興奮の高まりを見せる。彼はまるで情欲に飢えでもしているかのように、これまで自分が拒んできたすべてを受け入れる。私の奴隷と化したアントニオ。こちらの意思に従属し、一心不乱にどこまでもかいがいしく私に奉仕する彼。こんな中で私は、アントニオを縛っていた紐の結び目を解き、その体から紐をとり払う。彼の体に流れる血。私はその血を止めて、傷口を舐める。「ごめんよ」私はアントニオの傍らに身を横たえてささやく。「いいんだ。悪かったのはこっちだよ」謝りの言葉を口にする私に、そんな言葉を呟く彼……私は決して自分をサディストだとは思わないが、このような獣欲的な空想が次々と胸に去来するのだった。

時折り、このような空想の中で、アントニオは交通事故に遭って怖ろしいほどの不具者になったり、病気のために直視できないほど窶《やつ》れていたりすることがあった。そんな時、彼は入院先で臥せっていたり車椅子に乗っていたりするのだが、こちらが長い病院の廊下を歩いて見舞いに行くと、彼は私の顔を見るなり叫ぶのだった。「ディック、そうして俺を見に来てくれるのは、後にも先にも、あんた一人だ」そんなことを言いながら、もはや力のない、汗でべっとりしている骨張った手で、アントニオはこちらの手を握りしめる。「ディック、あんただけが頼りだ！」パムはアントニオのことを忘れてしまっていた。いや、パムに限らず、彼の友だちはみんなこの男から離れてしまっていた。だが、私だけは毎日欠かさず、花や本やチョコレートを持って、アントニオに会いに行った。そして私たちは、彼の体の回復する日のことを想ってさまざまな計画を立てるのだった。「アントニオ、君が歩けるようになったら、一緒にギリシアに行こう。世界に、あれほど素晴らしいところはないよ。あそこでなら、体もきっと良くなるからね」空想の中でのアントニオは、しばしば目を塞ぎたくなるような傷跡が顔にあったり、手足が切断されていたりして、かつての性的魅力は微塵も残っていなかった。男女を問わず彼の古い友だちはたまさか通りでこの男を見かけても、知己を不憫に思いはするものの、そのあまりの醜さにすぐに視線を転じ、足早に通り過ぎるのだった。しかし、私に対してだけは、アントニオはなおも昔と同じ光彩を放ちつづけた。

このような空想に耽っているうち、私はどうにも自分の中に渦を巻く欲情の始末ができなくなり、半ば捨てばちの気分で自慰をした。二〇代ですでに断っていた行為である。が、望んだような慰めはほとんど得られなかった。昔なら、そうした淫行にふけった後、心に多少の疚しさは覚えても、すぐに安眠することができたが、今ではもはや叶わなかった。代わりに生じたのは、さらに癒されがたくなった疲労感と深さを増した絶望、激しさを増したあの肉体に対する欲望——かつてはほんの僅かの時間《あいだ》しか呼び起こされなかったもの——のみであった。

ある時、渇いた欲望による苦痛から一時《ひととき》でも逃れるためこの不毛な空想に耽っていると、とつぜん寝室のドアをたたく音がした。パムに会いに行っていたアントニオが、思いもかけぬほど早く帰って来たのである。「アントニオ、アントニオ、アントニオ……」私は枕に顔をうずめ、彼のことを思って、その名を呟いていたのだった。

「ディック、起きているんだろ」部屋の明かりは消えていたが、アントニオは私が眠っていないことを知っていた。

「ああ、まだ眠っちゃいないよ」

「パムの体調がちょっとばかり悪くってね」

「そりゃあいけないね」私はこの時、パムは生理なのだと合点したが、かりに女の事情はそうでも、よくもあのアントニオが二人の夜の楽しみをあきらめることを承知したものだと驚いた。彼らが出会った頃、たとえパムがどれほどうぶな娘であったにせよ、それから今日までの間に、アントニオは彼女にさまざまな性の技巧を教えているはずだった。

「ところで俺の論文、書いたの読むから、聞いて欲しいんだけどね」

「本当に書けたのかい？」

「ああ、書けたとも」

アントニオの声はいかにも誇らし気だった。それというのも、ここ数日の間、私は彼に論文執筆のことをうるさく言っており、つい昨日など、もう書き上がる見込みは到底ないから、その旨オクスフォードの学会事務局に手紙を出した方がよいと促していたからである。

「それは良かった、アントニオ」

私はアントニオが自分の仕事のことでなにかを成し遂げた時、いつも嬉しかったが、その夜も気持ちは同じであった。こちらが彼の仕事を祝福し得るということは、私のこの男に対する気持ちが必ずしも利己的なものではないことの証拠《あかし》だった。

「じゃあ、論文とってきて読むからさ——いや、やっぱり今夜は遅すぎるかな」アントニオは、私がこの後の言葉に同意することはないと承知した上で、あたかも考え直したかのように言った。

私は腕時計に目をやった。「もうすぐ二時だが、遅すぎるということはないよ」

論文を手に部屋に戻ったアントニオは、私の傍によるとベッドの上に腰を下ろし、手中のものを読み始めた。アントニオが傍らにいることでこちらの興奮はいやが上にも高まったが、ちょうど彼についてさまざまな妄想にふけりながらも、依頼を受けた書評について然るべきものが書けたと同様、私はそうした神経の高ぶる状況にあっても、彼の読み上げる文章に関して文法的な誤りや発音上の誤りを冷静に指摘することができた。それどころか、昔から哲学など理解したためしのなかった私が、この時、アントニオの入り組んだ論理の根底にあるもののすべてを把握し得たような気がしたのである。

「これは素晴らしい才能だ！」こちらが初めてアントニオの才能に気づいたのは、この時である。が、この男のみごとな才能を悟ると同時に、私はまた彼の肉体の美しさにあらためて驚嘆していた。アントニオがこれほど美しかったことがかつてあったろうか。あの信じがたいほどにくびれた胴、厚く逞しい胸、そしてあの不思議な紅色の瞳と愕くべき怜悧な顎……かつて、これほど美しい男がこの世に存在したことはなかったに相違ない。私の胸の動悸はいちだんと高まり、股間には非常な圧迫感が首をもたげた。そして、アントニオの読み上げる論文が最後の段落にさしかかった時、彼が部屋に入って来るまでは起きることのほとんどなかった性的興奮《オルガスム》の大波が突如として、こちらが求めるまでもなく次々と押し寄せるようになり、ついにシーツを汚すまいとして腿《もも》に滑らせたこちらの手の中に、なま温かいものが迸り出たのであった。

論文を読み終えた時、アントニオは私に視線を向けた。相手の朗読を聞く間、私はこれといって、なにか特別音を立てたわけでも身動きしたわけでもなかったが、彼は何が起こったのか、察知したと思う。

「まあ、こんなところだよ」彼はそう言って、ちょっと疲れたような溜息をつくと、床に片手をだらりと垂らし、こちらの脚の上に身を横たえた。この時以来、私はしばしば、自分はあの瞬間《とき》アントニオを両腕に抱きしめるべきだった、頂点にまで高まった性的興奮の一部がアントニオにも伝わり、彼をして私を受け入れるようにと促していたはずなのにと、後悔することとなった。だが私はこの時、頭を枕に仰向けになり、片手で眼《まなこ》をおおい、もう片方の手をシーツの中にひそませて、身動き一つしないでいた。

「あんたは本当にいい人だね」アントニオは、あたかも初めてそれに気づいたかのように言った。彼の声にあったのは、驚異の念とさえ呼べそうな驚きの気持ちであった。「俺が退屈な論文読むのを、朝の三時近くまでちゃんと聞いてくれる奴なんか、他にいやしないよ」

「いや、退屈だなんてとんでもない。とっても素晴らしかったよ。論理も明晰だし——文章だってよく書けている。自分を粗末にしちゃあだめだ、アントニオ」

「ああ、俺に粗末にできるものなんて、これっぽっちもありゃしないさ」アントニオは、そう言って肩をすくめた。

「いいや、君には良いものが沢山ある。言うまでもないことさ」

私がこう言うと、彼はベッドから腰を上げ、こちらを見た。顔には笑みが浮かんでいる。

「自分のことを一人でも信じてくれる人間がいるってことは、いいことだね」

「お休み、アントニオ」

この夜訪れた密やかな官能は、果てしもなく渇望されながら久しく引き延ばされてきた、私のアントニオに対する愛の成就のようなものであった。相手を喜ばせたり魅惑しようとしてしばしば見せる上辺《うわべ》だけの「誠実さ」とは異なり、純粋な感謝の気持ちから出たように見える先ほどの彼の言葉は、一夜の抱擁によって疲れ果てた人間が、意識の高みから深い眠りに落ちる前に恋人に残す接吻《くちづけ》のように心地よかった。私は、今このまま目を閉じれば、これまで幾夜となくこちらを逃れていた浄化が訪れることを直感した。

今や私の眼《まなこ》は閉じられている。アントニオは黙ってベッドの傍《そば》の明かりを消すと、忍び足で部屋を後にした。

12

私は、こちらがアントニオに向けている愛情の性格にパムは気づいていないのかしらと、しばしば自問した。それというのも、アントニオのことを愛したせいで私は、男であれ女であれ、彼に惹かれる人間の気持ちというものに驚くほど敏感になっていたからである。あの娘はアントニオのことで、私の胸の内を忖度《そんたく》することはないのか？　こちらに対する警戒心を強めることはないのか？　アントニオに寄せる私の気持ちが一体どういう性質のものであるのか、パムに率直に話したことはないのかと、私は一度ならず彼に訊ねたものである。が、そのつど相手は、誰がそんなことを言うものか、そんなことを話した日には、われわれのこれからの付き合いがとんでもないことになってしまうと、語気荒く応えるのだった。「ディック、いつかも言ったように、これは俺とあんたとだけの問題だ」こちらの疑念を言下に一蹴すると、アントニオはいつもこんな風に言葉を結んだものである。前にも言ったことだが、こういう事についてはアントニオは滅多に嘘を言う男ではなかったから、私は彼の言葉を信用した。「でも、あの娘は、私の気持ちを察しているのじゃないのかね」それでも、時折り私が更に追及すると、アントニオは答えたものである。「あいつがそんなことに勘づいたりするもんか、そんなこと、ありっこないよ。あれは単純な女だぜ。あいつにあんたの気持ちなんか分かるかよ」明らかにアントニオは、昨今ではどれほど単純な女でも私のような人間の秘めた感情にいかに通じているかということに、気づいていなかった。

知ればおそらくこちらの存在を、哀れなもの、ふざけたもの、あるいはその双方だと思いなすであろう当の秘密を、彼女に悟られるのではないかとびくびくしながらも、一方で、私は三人一緒になると、アントニオに対してあれこれからかいを言ったり、はてはこけ威《おど》しのようなことまで口にしたりした。そして奇妙なことに、パムは決まってこんな時、辛辣さを増すこちらの言葉に笑みを洩らしたり、暗にこちらの意見に同意するような表情を見せたりして、私の肩をもつのだった。「ねえ、アントニオ、ディックさんの言うことの方が正しいわ」私がアントニオのある独断的な主張をからかった時、パムはこう言った。一度など、彼に対するこちらの嘲りを、彼女があまりに大きな声でしかも長い間笑ったので、アントニオの顔は怒りで紅潮したものである。その憤りは、私にというよりもむしろ、ますますアントニオの魅力の虜になっているはずのこの女の明らかな裏切りに向けられていた。

相手に対してきわめて丁重にふるまいながら、それでいて慎重に距離をおくというやり方は、多くの同性愛者が女に対してとるものである。もともと男よりは女友だちの方が多い私は、日頃、こうした仲間の同性愛者の態度を面白がって見ていた。が、今やパムとの関係において、自分が彼らとまったく同じ態度をとっていることに、私は気づいた。女に対するアントニオの思いやりというのはいつも間歇的で、自分が愛嬌をふりまく必要を感じた女たちが部屋に入ろうとする時など、急いで立ち上がって上手にドアを開けたり、外套を手際よく脱がせたりはするものの、その反面、パムに対する態度には粗野で、時に無礼だと思えるようなものも多々あった。「車、俺が運転するからさ」例のゴキブリ車のキーをパムから取り上げると、そう言って勝手に運転席に乗り込んだり、こちらがコーヒーを盆にのせて二人の所へ運んでくると、まずパムにそれを差し出そうと思っている私の意向を無視して、先にカップをひっつかみ、その中に三つ四つ角砂糖を入れるということを彼は始終した。

一方私は、なるべくパムを丁重にあつかおうと懸命だった。彼女とレストランに入る機会でもあると、私はすぐこの女の傍によって椅子を引いてやり、食料品のいっぱい詰まった買い物袋を彼女がもっている時は、すぐにこちらがそれをもってやった。「ディックさんは本当の紳士だわ」パムは一度ならずこう口にしたものである。ただそれは彼女にとって、私を褒めるというより、遠まわしにアントニオを咎めるといった意味合いが強かったことは確かである。

パムはほとんど読書というものをしたことがなく、売れっ子ではあるが所詮は二流でしかない小説家を、論ずるに足る真面目な作家と見なしていた。彼女があれこれ流行作家について意見を求めた時、私は大いに当惑したものである。それというのも、そこでもし私が、そんな作家など眼中にないなどと答えたりすれば、相手はすぐに顔を曇らせて、彼女が常に「批評家《クリット》」と呼ぶものをもちだすからであった。「でもあの作品のこと、クリットたちがとってもよく言ってましたわ」パムはこんな風に言ったものである。「まあ、褒める人は多いだろうとは思いますがね」こうした時、このように私は穏やかに返すのが常であったが、パムは、私が新聞・雑誌に書いた雑文の類をむさぼるように読んでおり、その熱心さは、それらの刊行物に出ている私の時評のことを教えなかったと言って、一度ならずアントニオを咎めたほどである。ある時など、ラジオで私の作品が言及されたことがあり、パムは心を躍らせながらその放送に聞き入っていた。こちらがその批評に醒めていた分、彼女の興奮は一通りではなかった。

アントニオが聞かせてくれたように、当初パムは私にびくついていた。私に対する彼女の態度はさながら自分の勤めている会社の社長に対するタイピストのそれであって、たいていパムは私のことを

「先生」と呼んでいた。が、それも今は昔のことである。その後、彼女がアントニオの愛人になってしまうと、私はにわかに、この女が心の奥底にこちらに対する嘲りや、はては軽蔑と言ったものまで忍ばせていると思い込むようになった。（当時の私は皮膚をはがれ、周囲のすべてに過剰に反応する人間のようだった。）そしてそれ故に、私はパムのことを嫌悪したのだった。私は勝利を確信している恋敵をもつことが堪えられなかった。が、今にして思えば、こちらが嘲りや軽蔑と思ったものは、たんに相手の戸惑いや恥じらいの気持ちであったのかもしれない。が、こんな疑心暗鬼に駆られているうちにも、パムの私に対する態度は徐々にぬくもりのあるものになっていった。アントニオと私とパムの三人が一緒にいるところを見れば、誰でもつい、彼女はアントニオとではなく、私と気持ちが通じていると思ってしまうような状態が出来《しゅったい》したほどである。その頃、もし三人一緒にレストランに入ってテーブルに着くようなことがあると、パムは、私がアントニオ一人と向き合えるように必ず私の隣に座ったし、私たちが秘書や学生――この場合は、たいてい外国からの留学生だった――といった彼らの仲間と合流する際には、彼女が一緒に歩こうとするのは私とだった。パムはまたどんな議論においても、私の意見に賛意を表明したり、私の意見を引き合いに出して自説を述べたりしたし、新しく仲間に加わった者に対しては、こちらの文学的業績について大得意で話した。

私は、パムのこうした言動によって大作家たるの栄誉に浴した。だがしかし、彼女は本気でこちらのことを称賛し、好いてくれていたのだろうか？　パムが私に好意的なのは、大方の女の場合と同様、こちらの冷淡さ――場合によっては敵愾心によって、逆に刺激を受けるためではないのか？　それとも彼女は周囲の人間に、自分が関係をもつのはアントニオのような既婚者ではなく、私のような独り者であるということをうまく印象づけようとしていたのか？

アントニオに対する私の強迫観念が強まるにつれて、パムに対するこちらの思い込みも激しさを増していった。彼女がアントニオと話をしている最中、彼が勃起していることに気づいたりすると――アントニオは容易に性的興奮に囚われたが、彼はそれを、ある時にはさも苦し気に、またある時にはまったく表情に出さずに隠した――私は何気ない表情を装いながらも、アントニオを注視していた時と同じように、わくわくしながらも満たされぬ欲望とパムへの嫉妬にさいなまれつつ、この女に視線を向けたものである。気がつくと私は一種の白日夢の中で、二人は長いあいだ延々と、あのゴキブリ車や駅周辺の安宿で、どのように愛し合っているのかしらと想像を逞しくしているのだった。青白い光を放つ鈍い銀色の唇、同じ銀色に染められた、鷹の鉤爪を彷彿させる奇妙な手、お気に入りの、シェトランド製ジャンパーの下の小さな胸、私はパムと一緒の時、彼女の体の一つ一つを丹念に眺めたものである。奇妙なことにパムと一緒にいると、ほとんど自分の意志に反して、こちらの人格が彼女と一体化していくのに私は気づくのだった。こんな気持ちを覚える時、それがかりに短い時間であっても、アントニオの熱情のふるえを感じるのはもはや彼女のではなく、私の口や手や胸なのであった。

そのような私の視線はたとえどれほど密やかなものであっても、時としてパムに気づかれることがあって、そんな折り彼女はちらりと忍び笑いを向けたり、まるで私たち二人が秘密の犯罪の共犯者ででもあるかのような表情を浮かべるのであった。

これまで私はしばしばアントニオに、自分はパムに会いたくないと言っていた。「あの娘《こ》がいるってことは厳然たる事実だ。しかも、彼女は君のためにいる。だが私はその事実に向き合いたくないのさ」一度私は、アントニオにこんなことを言ったことがある。だがいくらこちらがそう話しても、アントニオはいつも、われわれ三人が一緒にくつろげる楽しみ方を探ろうとした。彼が口にした遊びのことで、私がその中身に嫌気がさして、「いやいや、遠慮しとくよ、アントニオ。私は一緒には行かないよ。君たちとそんなところに出かけるのは辛いからね——分かってもらえないかね」などと言うと、驚くなかれ、その集まりに私が参加することをいちばん希望しているのはパムの方だ、とアントニオは話すのだった。あの新宅祝いの夜に私の親戚の前でしたように、アントニオはしばしば私の面前で、こちらや他の人間がそれをどう思うかなどということは一切気にかけずパムを愛撫した。そんな時パムは、飼い主の手で電気による快感を与えられて喉をならす猫のように、その青白い瞳をじっとこちらに向けたものだが、その眼は長い間こらえている涙の奔出を予感させるごとく心なしか潤んでいるようで、彼女を見返す私もまた、さながら今アントニオの手で、自らの頸やふくら脛《はぎ》や腿をさすられているような、ぞくぞくする興奮を覚えるのだった。

ある週末、アントニオは学会での発表のためオクスフォードに向かった。「私も一緒に行こうかね？」アントニオの出発を前に、私はそんなことを口にした。「久しぶりに、昔の仲間にも会いたいしね」が、私がそう洩らすなり、アントニオはありありと当惑の色を浮かべ、こちらの提案を払いのけた。私が沢山の仕事を抱えていること、オクスフォード行きは不必要な出費になること、彼にはそこで会わねばならぬ学者が大勢いて、一緒に過ごせる時間がほとんど取れそうにないといったことが断りの理由であったが、アントニオはもし私が同行すれば、彼が会うことになっている有力者の多くが、彼が私の愛人であると思う恐れがあると危惧しているのではないかと私は踏んだ。この心配こそ、最近のアントニオに取りついて離れぬものであった。

アントニオがオクスフォードに発った日曜日の午後、ラジオの音楽番組を聴きながらベッドに身を横たえていると、表の呼び鈴が鳴った。急いで玄関に出てみると、驚くなかれ、戸口に佇んでいるのはパムであった。

「アントニオ、います?」

「いや、いないけど」二人は金曜日の夜一緒で、アントニオが帰宅したのは明け方近くであったから、このパムの問いはこちらを驚かせた。「アントニオは今、オクスフォードに行っているんですよ。彼、そう言わなかった?」

「ああ、そう言えば、そんなこと、聞いたような気がしますわ」パムは人差し指と親指で、外套の喉元のゆるんだ大きなボタンを幾度となくまわしながら、心許なげにそう答えた。「わたし、忘れてましたわ。彼、例の論文、学会で発表するんでしたわよね」

「ええ、そうなんですよ」

パムにそう返しながらも、私は、自分の愛人たる男が余所《よそ》へ行くのをすぐに忘れてしまうような女もいないだろうと思った。

「それで彼、明日はこっちへ帰って来るんでしょうか?」

この問いに私はまた驚いた。自分の男がいつ帰ってくるのか知らない女もいないはずだ。「ええ、明日の午後には帰ってくるはずですが——とりあえず、アントニオはそんな風に話していました。でも、ご承知のとおり、彼の言うことはあんまり当てになりませんからね」

この言葉に、パムは瞼を下に向け、心許なげに微かな笑みを洩らした。片方の手はまだボタンをいじくっている。アントニオが我家《うち》にいないと知っても、パムは立ち去る素振りを見せなかった。

「よかったら、お茶でも淹れましょうか?」それがたんなる礼儀《おあいそ》であることをはっきり口調ににじませながら、私は言った。

「ええ、お家の中を拝見できたら嬉しいですわ。ディックさん、いろいろ高価なものをおもちなんでしょう。わたし、まだそういうもの、ちゃんと拝見していませんもの」

「ええ、貴重なものは沢山もっています。その中には、以前宋の磁器もありましたよ」パムの言葉にこんな台詞が喉まで出かかったが、私はちょっと頷いて、承知した。「じゃ、中へどうぞ」

漫然と、私とパムは部屋から部屋へと屋内を歩きまわった。彼女はあれこれの品について訊ね、私はそのつど手短な説明をした。「これは、きっとお高いんでしょうね」パムはそう言いながら時折神経質な一瞥を私に向けたが、それは彼女の日頃の落ち着きや投げやりな態度からは想像しがたいものだった。

こんな言い方をするといかにも意地悪く聞こえようが、パムは新たな部屋に入るたびに、他にもっとましな品物があればすぐにも取り替えたいと私が思っているガラクタばかりを選んで褒めちぎるのだった。わけても閉口したのは、芍薬《しゃくやく》と身をよじる龍が朱と金の入り組んだ模様を描いている大きな薩摩焼きを見せた時だった。私は二束三文に思っているその陶磁器を玄関におき、雨傘とステッキを差し込んでいたのだが、彼女はその焼き物の前に来ると傍らに膝をつき、片方の手で目を瞠《みは》るようにしてそれをさするのだった。「これって、とても古いものなんでしょうね」しばしそれを撫でまわしたあと、パムはこちらの顔を見上げて言った
「いや、それほどの時代物ではは。せいぜい百年ぐらい前のものでしょう。日本にいた時、さる実業家からもらったんです。その人の息子さんていうのが大学に入るのに難儀してたんですが、こちらが手助けして、何とか合格ってことになりましてね」

「なんて素敵な贈り物。本当にきれいですわ」何事によらず、パムがこれほど熱を入れて喋るのを、

私はこれまで見たことがなかった。

「じゃ、あなたが家庭をもつ日が来たら、お祝いにさし上げましょう」

私のこの言葉に、パムは最初驚いたようであったが、こちらを見るその顔はすぐに喜びで一杯になった。「本当に下さいますの？　冗談をおっしゃっているんじゃ？」

パムのこんな対応の中にあるものが、深く私の心にふれた。これまで彼女にもっていた感情とは別種のものが初めて私の裡に生まれたのは、この時である。

「いや、冗談じゃありませんよ。本当にさし上げますから。この家にはガラクタが多すぎて。せいぜい機会を見つけて、少しでも処分しませんとね」

「でもこれはガラクタなんかじゃありませんわ」

そう言って、パムはまた趣味の悪いその焼き物をさすり始めたが、壺をいとおしむ彼女の手つきは私に言いようのない苦痛をあたえた。この娘はいま好奇心にかられるまま、気持ちを込めて壺をいとおしんでいる。それとまったく同じ心境で、彼女は今までどれほどアントニオの秘密の部分をいとおしんだことだろう。パムは磁器の愛撫に没頭し、私たちの間にそれ以上言葉の交わされることはなかった。長い沈黙のあと、次の品を観るべくパムはようやく立ち上がった。

光沢のある青色《ピーコック・ブルー》の壁に囲まれ、四柱式寝台の両側に、それぞれ赤味がかったヴィクトリア風のマホガニーの調度と一双の金屏風がおかれている私の寝室の入り口に立った時、パムは「あら！」と小さな金切り声をあげた。「まあ、なんてベッド！　こんな大層なものでよく眠れますわね」

「こんなもので寝られるのは、まず私ぐらいのものでしょう」

私のこの言い草に、彼女はクスクス笑いをした。「だってこのベッド、二人用っていうより三人用なんですもの」

パムはそう言うが早いかベッドの所へ行き、その隅に勢いよく尻をすえた。「あら素敵！　なんて心地のよいクッションかしら」それから彼女は寝台掛けに手をふれた。三本の金襴緞子の帯を縫い合わせたものである。「素敵な寝台掛けですわね」

「日本の女性はこの帯を着物の上から腰に巻きつけて結ぶんです」パムが褒めてくれた寝台掛けの作り方を説明したあと、私はこう言葉を足した。

「先生は物知りでいらっしゃるのね」こちらに顔を向けて話を聞いていたパムは、考え込むようにして言った。

「知識の程は、せいぜいアントニオといい勝負ですよ」

「そう、アントニオって、普通の人間が面白がらないようなことを面白がっているでしょう。私が百年かかっても分からないことばっかり詳しくて」そう言ってパムはしかめっ面をした。

「さてと、お見せできるのはだいたいこんなところですかね」

そう言って、私は部屋の案内を終えることにしたが、アントニオの寝室については、パムに見せることをしなかった。私がロンドンなどに出かけて家を空けている間に、彼女は何度もそこに入っているはずだと思ったからである。

「わたしもこんな所に住んでみたいわ」先ほどと同じ、何か考え込むような口調でパムは言った。

「アントニオは恵まれているわ」

「たとえ恵まれているにしたって、彼はそんなこと、気づいちゃいないと思いますね」

「まあ、そんなことはありませんわ。彼はちゃんと分かっているはずです」パムは即座に言った。

「このお家のこと、彼、そりゃあ自慢してますもの。ほとんど自分の持ちもののような顔をしてね」

パムのこの言葉に私は、彼女には雅量があると感じた。いや雅量があるばかりではなく、きわめて信頼に足る女ではないかと思ったほどである。

台所に降りてきたところで、私はパムにお茶を淹れようと申し出た。

「そんなこと、わたしがやりますわ。そんなの、なんといったって女の役目ですもの」

しぶしぶ彼女の言葉を容れると、私はすぐさま相手に視線をそそいだ。はたしてパムにカップや受け皿やスプーンやミルク入れや砂糖のありかが分かるかどうか、興味があったからである。案の定、パムは我家の台所によく慣れていて、手際よく必要な品々を取りだした。が、奇妙なことに、かいがいしく動きまわる彼女を目の当たりにしても、私は予期したような憤りも嫉妬も感じなかった。

「シナ茶になさいます？　それとも紅茶の方が？」

「ああ、午後はシナ茶の方がいいね。でも、あなたはどっちが？　私は別にどっちだって構わないから」

「わたし、ホントにシナ茶も好きにならなきゃって思うんですけど、困ったことに、どうしても……」

「じゃシナ茶はいいですよ。紅茶にしましょう」

「でも、それじゃあんまり勝手すぎますわ」

「自分の好みをはっきりさせることがどうして勝手すぎるんです？」

彼女は茶筒を調べていた。何年か前、日本の友人がくれた緑茶の入った筒である。「こんな美しい茶筒、めったに拝見したことありませんわ。先生の所にあるものは、何気ない普通のものでも、とっても、とっても素敵なものばかり……」

もし私とパムが双方潤沢な資金をもって同じ競売にのぞんだとしても、同じ品物を巡って張り合うことはないと思われたが、アントニオをめぐる現下の競争においては、こちらの資金は彼女よりもはるかに乏しかった。パムは、この世で私が何より欲しいと思っているものを、過つことなく取り上げてしまうのである。

まるで灰色がかったブロンドの髪が重すぎるかのように、その長く細い首を前にたおしてお茶を啜りながら、パムはとつぜん言った。「わたしの態度、悪いってお思いになります?」

パムがこう口にした時、私は一瞬、彼女は行儀作法の誤りを云々しているものと思った。「態度が悪いって言うと?」

「アントニオに対する態度のことなんですけど」

「相思相愛ともなれば、誰だって行儀が悪くなりますよ。まあ全員じゃなくっても、たいていの人間はね」

「アントニオには奥さんがいるでしょう。それに子供も二人。わたしのしていることは、あんまり褒められたことじゃありませんわ。ちがいます?」なおも顔をうつむけたまま、物思わし気にカップの中のスプーンを幾度も幾度もかき回しながら、パムは言った。「母が、わたしのやっていることは間違いだって、言うんです」

「恋と戦争は手段を選ばない、って言うでしょう。自分に関わりのないことなら、すぐに人は他人の不公正をとやかく言いますが、いったんそれに関係したら、誰だって同じように手を汚しますよ」

「ご承知でしょうけれど、わたしが先にあの人を追いかけたんじゃないんです。始めに色目を使ったのは彼の方で」

「わたしも、彼とは別れようとしたことあるんです」パムは言葉をつづけた。

私は頷いた。

「でも、うまくいかなかった？」

「二日ほどはその決心でいたんですけど、そのうち考え直したんです。えいっ、他人がどう思ったって、彼の奥さんや子供たちがどう思ったって、かまうもんかって」パムはそう口走ったが、その話し方がいかにも熱気にあふれていたので、こちらはぎょっとしたほどだった。そこには、日頃の彼女のためらいがちな物腰からは想像しがたいような激しさがあった。かねて私は、アントニオのことになると、この娘が非常なひたむきさを見せる時があることに警戒心をいだいていたが、今や彼女はそれを暴露した形となった。「こんなことまで言って、わたしのこと、この雌犬めって、お思いになったにちがいないわ」

「そんなことはありませんよ」

「アントニオって、本当は弱い人間なんです」パムは言った。「あの人、一見強そうに見えるし、誰もそう思い込んでますけど、実際はとっても弱虫で」

彼女のこの台詞に、これは並々ならぬ洞察力の持ち主だ、と私は思った。「ええ、仰る通りですね」それから私はゆっくりと言葉をついだ。「でも、パム、あなたは弱くない」

私たちが近づきになった当初、こちらが話しかけるとパムは決まって脅えたような顔つきになったものだが、今も彼女の表情は突如として怖じ気づいたものになった。「わたしが強い、ですって？わたしの家族はみんな、このわたしがあまりに――」

「あなたは、なかなか粘りのある人ですよ」私は言った。「欲しいものはあくまでも闘って自分のものにする、ってところをおもちだ」私がこう言うや、パムはこちらを凝視した。今やこの女に纏わりついていた恐怖心は、自分の内面を見透かされたその驚きによって希薄になった。「さすが先生は、人間《ひと》の本質を見ぬく眼をおもちですわ」その声はあまりにか弱かったので、ほとんど聞きとれないほどであった。「きっと、ものをお書きだからと思いますわ」

「いいや、この件に限ってはそうではなしに、こちらもあなた同様、アントニオにぞっこんだからですよ」パムの言葉に、私はもう少しでそう言いかけた。が、それは口には出さず、私は黙って肩をすくめて見せただけだった。

「わたし、そろそろおいとましないと」こちらの動作を、さも退去をうながす合図ととったかのように、彼女は急いで言った。

パムが席を立つのに合わせて私も立ち上がると、双方無言のまま戸口へ歩を運んだ。

「アントニオに何か伝言があれば、お伝えしますが」別れを言おうとこちらを振り向いたパムに、私は言った。

「アントニオに？　いいえ、別になにも。結構ですわ。明日のお昼、また食堂で出会うと思いますから……ありがとう、ディックさん、感謝しています」

「お会いできてよかったですよ」

「さようなら」

パムは片手をあげて元気のない挨拶をすると、車に急ごうとして頭を下げたが、そのとたんに顔にかかった髪を、すぐさま同じ手で払いのけた。

とつぜん私の裡に、彼女のゴキブリ車に対する怒りがこみ上げてきた。車のフレームを蹴ったり叩きつけたり、フロントガラスを打ち壊したり、パムとアントニオが夜毎のようにそこへ身をもたせかけて愛し合っている、座席の皮の背もたれを引き裂いたりしてやりたかった。

パムは車に乗り込むと、もう一度こちらに挨拶した。「じゃあ、さようなら」

「さようなら、パム」

女の車がガタガタ音を立てながら丘を下り、右手に曲がってゆくのを見やりながら、私はぞっとした。あのゴキブリ車のブレーキが壊れてしまえばいい！　あいつがハンドルを切りそこねて、大型トラックに激突してくれればいい！　あれの握っているハンドルが、なにかの拍子にとれればいい！　われ知らず、そう心の裡で私は叫んでいたのである。

が、パムを乗せた小型車はのろのろと走りつづけ、こちらの視界からやがて消えてしまった。

13

イタリアへの一時帰国を五日後に控えて、アントニオはパムと喧嘩をした。彼の気が立っていることは夕食に帰宅した時に明らかだったが、私が、「どうしたんだい、アントニオ、何があったというんだね？」と訊ねても、相手はさも腹の虫がおさまらないといった様子で声をつまらせ、「なにもありゃしねえよ。この俺が一体どうだっていうんだい」と返してきただけだった。

アントニオは、彼のためにと用意したヒレ肉のステーキ――彼はビフテキが好物だったので、つい私はこの男を甘やかし、これを夕食に出すことが多かった――にもほとんど手をつけず、皿の隅に退《の》けてしまった。

「やけに沈んでいるじゃないかね。いつもの元気はどうしたんだい？」私はアントニオを冷やかした。

「誰だって、年がら年中陽気にしているわけにはいかないよ」

「お説のとおりだ」

私たちは黙ったまま食事を終えた。それからこちらが洗い物をしていると、アントニオは煙草をふかしながら――喫煙はこの男の習慣ではなかったが、ごくたまに彼は私のものを喫うことがあった――台所をあちこち歩きまわったり、時折り窓から薄暮の庭を見やったりした。週に五ポンドこっきり――これぐらいの金額では、とても大食漢の彼の食費はまかなえなかった――しか払っていないのに、いっかなこちらを手助けする様子のないアントニオを目にして、私は急に腹立たしくなってきた。

「皿を拭くのを手伝ってくれないかね」

こちらの言葉に、アントニオは溜息をつくと顔をしかめ、いかにも乗り気のしないといった風に、布巾を取った。

「どうしたんだね、アントニオ」

「何でもないよ。さっきも言っただろう。何でもねえったら。たまにゃ静かにしていたい時だってあるじゃねえか」

「君が口数の少ないことは、滅多にないからね」

皿を拭きおえると、布巾を手にしたまま、くわえ煙草で、アントニオはまた窓の方へ歩きはじめた。

「パムのことだろ、違うかね？」

「パム？」

「パムと何かあったんだろう？」

だが、アントニオは黙して語らない。と、とつぜん彼は食堂の椅子にどっかと腰をおろし、脚を前に投げ出したが、そのためズボンが伸びて、股間のあたりの張りが強くなった。アントニオの方へ目をやると、その顔の頬の辺りがまるで今にも泣き出しそうな少年のように弛《たる》みをおびている。

「そうなんだろ、違うかね？」私はなおも執拗に問いただした。

こちらの問いかけに、アントニオがこくりと頷いたのはその直後のことである。すべてを打ち明けてしまいたいという衝動に、彼は抗えなくなっていた。アントニオは二人の喧嘩の顚末をもぐもぐ話しはじめたが、口がほとんど開けられぬままだったので、残りの皿やナイフやフォークを無造作に洗って布巾で拭くのについ流しにかがんだりしていると、その言葉が聞きとれないこともあった。

アントニオの語るところによれば、パムは、アントニオが彼女を利用しているだけで、このまま付き合いをつづけても「どうなるものでもなく」、彼は我儘で、情け知らずで、冷酷だと責め立てたのだそうだが、これらの感情はすべて、こちらもまた、アントニオに対して抱いているところのものだった。パムは二人がもう別れた方がよいと思っている、喧嘩のせいで俺はそれだけ帰国が楽になった、彼女は自分のことを、自分の未来のことを考えなければならない、とはアントニオの言い草だった。

一通りの事情を話してしまうと、アントニオはそれまで下げっぱなしだった頭を上げ、私の意見を待つといった風に、こちらを見つめた。言うべき言葉は見つからなかった。自分は今に勝者になると、私は得意になってもよかった。だが私は、以前には考えもしなかった態度でアントニオから距離をとり、その気持ちには冷酷さが溢れていた。お前なんぞ、もっと苦しめばいい！　人から疎んじられるということがどんなに辛いか、知ればいいんだ！

「なにも言っちゃくれないのかい」

「なにを言えばいいんだね」

「ディック、俺は苦しくってならないんだよ」

「それが、却っていい結果になるのさ」「俺は苦しくってならない」というアントニオのこの明らかな本音にも、私は動かされることがなかった。

「なんで、こんなことがいい結果になったりするんだよ?」とつぜんアントニオは手に負えぬ難問を出された子供のように、甲高い声で不服そうに言った。

「君たちの今の関係はいずれ終わりが来る。違うかね?」アントニオは無言だった。

「そんなこと、分からないよ」小声で彼は言った。

「いや、間違いなく終わりになる。それとも君は、家庭を滅茶苦茶にしたいのかね？」

「女房のことは、愛してるよ」アントニオはこれまでと同様、「信じます、先生。信仰のないわたしをお助け下さい」とイエスに嘆願した、「マルコ伝」の中のあの息子の父親の口調そのままに、あくまでそう言い張った。

そのうちふと、私はアントニオのことが不憫に思えてきた。私は彼の反対側に腰をかけ、清潔とは言いがたい襟や、不可思議な蜜柑色の光沢を放っている耳の上に縮れ毛のかかった後頭部を凝視した。

「気持ちは察するよ」私は言った。「あの娘に惚れ込んじまっているんだ」

これまでなら、「君はパムに逆上《のぼ》せている」などと言えば、アントニオはむきになってそれを打ち消したものだが、今は、先ほどと同じか細い声でこう口ごもるのだった。「ディック、俺はどうしたらいいんだ？　この俺は一体どうしたら？　もう一度、俺はどうしてもあの娘に会わないと……」

「ああ、気持ちは分かるよ」私は言った。「君が彼女にいだいている気持ちは、私が君にいだいている気持ちと同じだからね。いわば私たちは同じ船に乗っているわけだ。でも、形勢は君の方がいい。いよいよの時まで、あの娘が君を捨てるってことはまずないよ。これだけは安心して大丈夫だ。このゲームの、唯一残された手はそこだよ」

「ディック、これは遊び《ゲーム》じゃないんだ」

アントニオはそう言うと面《おもて》をあげ、失望のあまり戸惑ってこちらを見た。「あいつは本気だよ。俺は、あいつが本気になったときには分かるんだ」

「以前も君は、彼女が本気で別れるつもりになっていると言ったけれど、それから二日のうちに、またあの娘《こ》とよりを戻したじゃないか」

「あの時とは状況が違うよ、ディック。あいつの言うことは当たっている。あいつの言うのが本当さ。俺は、彼女のために家族を捨てることはできないよ。断じてできない。そいつはあれも分かっている。でも、それでも俺はあの娘が欲しいんだ。この五日間ってもの、俺はあいつに会いたくって、会いたくってならなかったんだ」アントニオは、慰めようもないほど悲痛な面持ちで言った。

「心配するなって、きっと会える。でも、もし会えたところで——まあ、そいつは間違いないと思うが——どうせまたいつか、彼女との別れに臨まなきゃならない。今と同じ苦しみを、もう一度味わわなきゃならないっていうわけさ」

「後のことなんか、かまうもんか！」アントニオは叫んだ。

「でも君は、現在だけに生きている訳にはいかない。時には今後のことも考えなくちゃならんからね。君は、奥さんや子供を捨てられないって言った。しかし、パムとの関係が長引けば長引くほど、家族は捨てやすく、パムは捨てがたく思えてくるだろう」

「あんたは俺のこと、分かっちゃいないよ。俺の性格はあんたとはまるっきしちがうんだ。俺は胸のうちにあるものを、パムへの気持ちのすべてを燃やしつくしたいんだ！」

こんな風に叫ぶアントニオを前にしながら、私はなお、さながら何かの事故で重傷を負って病院に運ばれてきた患者を診察する医者のように、相手の苦悩に冷静さを失うことはなかった。

「君は強い男だと思っていたんだがね」私は言った。「私は、君は冷酷な意志をもった男だと思っていた。でも、それは間違いだった。アントニオ、君は弱い男だ、いつも周囲の人間に強く見せていなけりゃならないね」こう言いながら私は、いかにパムの言葉が正しかったか、納得がいった。

アントニオはこちらの台詞を聞いているようには見えなかった。「あんたはいつも悲観的だ」アントニオは言った。「俺は楽天的にしかものを見ない。でもそのあんたが、俺はもう一度彼女に会えると言う。けど、こっちにゃ分かってるんだ、二度とあいつに会えないってね」

そう言うと、またアントニオは面をあげたが、その顔はさながら胃の中のものを戻した直後のように、緑がかった光沢を放っていた。しばしの間、私たちは互いの顔を見合っていたが、ついに彼は思わず知らずの態でこちらの手を取った。

「あんたはいい人だよ」アントニオは言った。「飲みに行こうよ、さあ」

うらぶれた居酒屋を何軒かまわる間、暗くなりがちな心を奮い立たせ、つとめて明るく振る舞おうとする彼の態度に、私は少なからず動かされた。髪を染めたピアノ弾きがアントニオに向かって、古いイタリアのラブ・ソングを歌っては馬鹿笑いし、馬鹿笑いしてはまた歌ううす暗い居酒屋で、彼は鼻にかかった心地のよい声で唄を歌った。学生がたむろしている別の呑屋では、まったく面識のない三人のずんぐりした娘たちとの会話に加わり、私に時折り目くばせしながら、彼は彼女たちに途方もない嬉しがらせを言っては喜ばせていた。

そのうち、さしものアントニオの気持ちも沈み始めた。彼はいつものように私にダブルを注文させて、次から次にグラスを重ねたが、いつもなら少々の酒ではこたえないはずのこの男が、今夜に限って本当に酔ってきたらしく、見る見る呂律《ろれつ》がまわらなくなり、足取りもおぼつかなくなってきた。

私とアントニオが入った最後の居酒屋は行きつけの店であったが、私たちは煙草の煙が立ちこめたその部屋の片隅に座った。

「俺の、どこがいけないんだろうね、ディック?」アントニオはとつぜん訊ねて来た。

あんたはよく俺にそう言ったじゃないか。俺はつくづくあんたの言うとおりだと思うよ」

「君のどこがいけないって?」

「俺には、どこか悪いところがあるんだよ。あんたはよく俺にそう言ったじゃないか。俺はつくづくあんたの言うとおりだと思うよ」

「君にそんなことを言ったかね?」私は驚いて言った。それはこれまでしばしば思っていたことではあったが、そのことを当人の前で口にした覚えはなかった。

「俺は女房を愛している」アントニオはそれから、夕食の後でこちらに訴えたと同じ、あの拗ねて頑な声で言った。「心からあいつを愛しているんだ。子供たちも同じさ。けど、家族とずっと一緒だと、自分が、自分が囚人みたいに思えてくる時があるんだよ。そうなると、こりゃあ逃げ出すよりほかはない、家族の顔なんぞ見るのはごめんだって思えてくるのさ。いくら愛してるからって、束縛されるのは真っ平だよ!……そりゃあ、あんたに対してだって同じだ。俺の中の一部分は、『ここに素晴らしく親切な男がいる。彼はこっちのために何でもしてくれる』って言う。そしてその部分はあんたに対して、愛情や尊敬の念や感謝の気持ちを感じている。けど、もう一方の部分は、その、その――」アントニオは目をしばたたき、言うべき言葉を探しながら、煙の充満した部屋の中をきょろきょろ見まわした。

「むしゃくしゃする、他のもう一方の部分は気持ちがむしゃくしゃくしゃする、ってのかね」

「そうさ、むしゃくしゃしてくるんだ」アントニオはそう言って、ダブルのウイスキーをストレートで一気に飲み干した。「それに、俺のまわりにゃ、こっちに色目を使ってくる女がわんさといる。ディック、俺は今度の誕生日で三四にもなり、立派な既婚者で、大学の教師だ。でも俺は女なしじゃやってけないんだ。それも一人や二人じゃダメで、たーんと要るんだ。知っちゃいるだろうが、このブライトンだけだって、俺の付き合った女はパム一人じゃない——街の女とか、その辺の尻軽娘とか、いろいろいたよ。けど、なんて言ったらいいか、そういう女たちの中には、いやパムの中にだって、こっちの欲しいものが見つかりゃしない。正直言って、俺は女に何を求めているのか、自分でもよく分からねえんだ」

部屋の明かりが一瞬暗くなった。閉店間近の時間であった。アントニオはグラスを手に椅子から飛び上がり、こちらのグラスも取ろうとしたが、私はお代わりは結構だと頭《かぶり》を振った。「今夜は飲み過ぎだよ。アントニオ、君もこの辺でよしにした方がいい」

が、こちらの言を無視して、アントニオは自分の分だけもう一杯ダブルのウイスキーを注文すると、財布が空っぽだと言って、私にお金を貸すよう求めた。

この最後の一杯も、アントニオは一気に飲み干してしまった。「じゃあ、行くとするか」空けたグラスをテーブルの上に置くと、アントニオはそう言って、心許ない足取りで私の前を歩き始めた。彼の呂律はいよいよ回らなくなっていた。

通りに出ると、アントニオは私の腕をとり、こちらに体をあずけて来たので、歩くのに骨がおれた。丘をゆっくり登っている時、彼はまたもやさっきの話を持ち出した。「俺は逃げ出さなけりゃならないんだ。ディック。俺はいつも逃げ出したいと思っている。どこにいようが、どんなにいい思いをしていようが、俺はおんなじ場所《ところ》にとどまるのが嫌なんだ。けど、なにを求めて、どこへ行こうとしているのか、自分でも分かりゃしない」

「君がパムから逃げ出したいと思っているようには、見えないけれどね」

「いや、時々、そう思う時があるのさ。今じゃないよ。でも、そう思う時があるってのは本当だ。ディック、俺はいつか実行するよ」こう言ったとたん、アントニオは歩道の敷石につまずいてよろりとしたが、こちらの腕にしがみついて、どうにか転ばずにすんだ。「奇妙なことだが」体勢を立て直してから、アントニオはなおもつづけた。「俺には女友だちってやつがいないんだ。あんた、俺の言うこと分かるかい？　あんたはホモで沢山の女友だちがいる。俺はホモじゃないのに、一人の女友だちもいない。パムは友だちってわけじゃないしね」アントニオの言葉は回らぬ呂律のせいで、ますます聞き取りにくくなってきた。「あんたみたいな友だちじゃないんだ、あいつは。あいつは、その、なんていうか、ころあいのマン友《グッドファック》だよ」アントニオのこんな台詞に、私は一瞬、この男がどこでこんな言葉を聞き覚えたものかと訝った。あの娘が口にしたのかしら？　「それだけさ。ころあいのマン友。この世でいちばんのマン友だよ」

ようやく家についた時、私は鍵を探すのに彼から体を離さなければならなかった。

「たぶん俺は、本当は女が好きじゃないんだ」壁にもたれながら、甲高い声でアントニオは愚痴っぽく言った。「女たちは、女たちはみんな俺に言ってくれるよ、あなたは愛人としちゃあ申し分ないってね。でも、きっと俺は、あいつらが真から好きじゃないんだ。ディック、俺の言うこと、どう思う？」

この言葉を聞いて、私は驚きと同時に胸の高鳴りをおぼえた。アントニオは頭上から外灯の光の降り注ぐなか、私の眼前で分解してゆくように見えた。

「彼女たちが好きじゃないくせに、君はそうした人間に甘い言葉を囁き、一緒に寝て、大変な時間を費やしているんだ」

この私の言葉に、アントニオは腕を上げ、その文句を払いのけるようなぎこちない仕種をした。

「ああ、その通りさ。俺はあいつらと寝るのが好きだ。パムと、俺はもういっぺん寝てみたい。でもそれだけだ。女とやる、ただそれだけのことさ」

正体のなくなってきたアントニオはこう口走ると、とつぜん壁にもたれた。まっすぐ立っていることが、ほとんどできなくなったのである。上に向いたその目は瞬きしている。彼は大きなげっぷをした。

「さあ、入れよ、アントニオ。早く寝た方がいい」

そう言って私は相手に手をさし出した。その刹那、アントニオが突如こちらに向かって来たので、私は一瞬拳固を食らうのではないかと案じた。だが、こちらの傍にくると、彼はうめき声を上げた。「洗面所！」彼は嘔吐を催していたのだった。

急いで洗面所に連れ込んだので、彼の吐瀉物で辺りが汚れることは避けられた。洗面器の上にかがみ込んでいるアントニオの頭に手をやりながら、私はその姿を見つめていたが、彼がくり返し嘔吐感にみまわれたあと、すえた匂いのする粘液をもどしても、この男を不憫に思い、深く心を動かしこそすれ、その様を厭わしく思うことはまったくなかった。やっとのことで吐き終えると、彼は洗面所の壁に背中をもたせかけた。顎には粘液が縞をつくり、青白い顔は汗でべとつき、目は閉じられている。

「ありがとう、ディック。みっともないところを見せちまったね」

そう言ってアントニオはさながら睡眠状態にあるかのように眼《まなこ》を閉じたままで、片方ずつ腕を上げると、今度はそれをこちらの両肩に垂らし、体重をかけてきた。「ディック、ごめんよ」アントニオの顔が近づいて来るにつれて、吐瀉物の匂いがこちらの鼻孔に入ってきたが、それでも想像したような吐き気は一切おこらなかった。アントニオはその額を私の右肩におき、力の抜けた両腕でこちらを抱き寄せ、重心をかけてきたので、私は彼の全体重を支える恰好になってしまった。と、アントニオは顔をはすかいにし、いったんその蒼白な唇を歯列が剥き出しになるほど開けてから、初めはさも嫌そうに、次には——そのありさまは恐れと喜びの錯綜した感情で私を打った——いかにも接吻をうながすような様子で前へ突き出してきた。目は相変わらず閉じられたままで（先ほど無理して吐いたために、そこには涙が光っていた）、彼は半ば呻くようにつぶやいた。「ああ、ディック」

アントニオとの付き合いにおいて、私の行いの相当数は邪悪なものであったばかりか、中には許されぬものもあった。が、この一件を振り返るとき、この夜だけは、相手に対してとった私の態度は立派だったと、私は自らを慰めるのである。私はこの時、これがアントニオの分解点だと悟りながら、この男を見つめていたことを忘れない。彼の存在に亀裂を走らせ瓦解させるには、巧妙にあともう一突きすればよかった。しかし（もちろんこの考えは、その瞬間筋のとおった形で脳裏に浮かんできたわけではないが）、アントニオはその危うい統一を何とか保持しようと懸命の努力をしていた。万一その統一が壊れれば、それは彼の終わりであるかもしれなかった。私にはついにその最後の一突きができなかった。彼がパムから見放されて自暴自棄になっていた時も、妻や子供から離れて異国で根無し草のような心境でいた時も、この夜のように泥酔していた時も、私のなかの何かがそれを制した。「アントニオ、さあベッドに行くんだ。ベッドに行って寝《やす》むんだ。そこまで肩を貸してやるから」

アントニオは自分の逃避できる限度を心得ていて、その限度に一方で失望しながらも、やはりそのことに安心もし満足もしていたと私は思う。

アントニオの突《つ》っ支《か》いになりながら、どうにか私は階段を上りはじめたが、途中私たちの脚は幾度となくからまり、何度も転びそうになった。やっとの思いで彼をベッドまで連れていくと、まだ一度も触れたことのないその美しい体から私は服を脱がしはじめた。だがこの時、彼はもはや欲望の対象ではなかったから、そうした行為に及んでも、私が欲情を覚えることはなかった。ただこちらの手が相手の衣服のボタンをまさぐりだした時、何か恐ろしいまでの悪寒に体がふるえ、指が痙攣的な動きをし、歯がガチガチ鳴り出したのは事実である。私はほとんど持ち上げるようにして彼をベッドに移すと、上からシーツをかけた。今やアントニオは半分眠っていた。

「ディック」譫言《うわごと》のようにアントニオは言った。そしてこちらの腕を取ると、彼は一瞬非常な力で握りしめてきたが、ほどなく手を離し、高鼾をかきはじめた。

今でも、夜、目を覚ましたままベッドに身を横たえ、アントニオのことを考えていると、私はしばしば、初めはさも苦しそうに顔をゆがめ、つづいて唇を前に突き出してきた、あの奇妙な彼の仕種が心に浮かんでくる。そして、包帯でもほどくように、衣服を脱がした時の、あの汗にぬれた体の触感。私はなんて愚かだったのだろう。高価な真珠が掌にのったというのに、私はそれを自らの意志で下に落としてしまったのだ。が、その時私は独りごちた。否、アントニオを断念したことで、お前は彼にパムがなし得たよりも多くのことを、いやパムどころか、おそらくは彼の妻がなし得たよりも遥かに多くのことをなしたのだ、と。

14

言うまでもなく、パムに対する私の判断は間違ってはいなかった。もっとも、翌日アントニオが電話をいれた時、娘はすぐさまそれを切ってしまった。それから彼が女の下宿の傍で待っていると、帰宅した彼女は初めのうちこそ口をきくのも気が進まなそうにしていたが、結局はアントニオを屋内《なか》に入れた。この再度の和解の結果、アントニオはこれまで留まっていた地点をはるかに越えて、歓喜の絶頂まで登りつめたかの感があり、一方私はと言えば、苦しみの淵に沈んでしまったのだった。アントニオは、パムのことでなければ、私とわざわざ口をきくことがなくなってしまった。大学へ行く途中で手紙を投函するよう頼んでも、それを食堂のテーブルの上に置き忘れてゆく始末だった。たまに我家《うち》で食事をとることがあっても、アントニオはわずか数分で、私が食べ終わるずっと前に皿の上のものを呑み込み、急用があるからと言って、そそくさと家を出ていった。そんなアントニオの帰宅は決まって朝の四時、五時か六時で、朝食の時顔を合わせると、彼のまわりにはつねに、病的な浮かれ調子の中にひどい疲労感が漂っていた。アントニオの姿に、私はオクスフォード時代の鬱病の友人のことを思い出していた。このイタリア人の多幸症的な雰囲気というのが、周囲の何物にも感動を覚えなくなって、鬱状態に陥る前のその友人の症状にきわめてよく似ていた。

私の旧友のメイジー・ブリッジィズが、ロッティングディーンの老人保護施設にいる叔母を見舞った後こちらを訪ねてきたのは、この時期のことである。メイジーとは、昔アテネで四ヵ月ばかり一緒に暮らしたことがあった。ギリシア南部の港町ピラエウスの電気工との情事ではうまく世間を欺きおおせたものの、彼女との情事はあらゆる形の醜聞《スキャンダル》を生むことになった。メイジーは自分の惹かれた男に対して積極的に媚態を示し、その直情的なところが大多数の女よりも、むしろ典型的な同性愛《クイーン》の男に近かった。私たちはギリシアでその時期互いに愛し合いもしたが、一緒に「獲物狩り」にも出かけ、ザペイオン公園の凜々しい近衛兵を追いかけまわしたり、カフェ・ゾナーの店内から通行人を見ながら、「ねえ、ちょっとあの男のアレをご覧よ……まあ、やけに大きいわね……あんなちっぽけなすず笛《ペニーホイスル》じゃ、どうせろくな音しか出やしないわよ……」などと、品定めをしたものである。

一〇年前のメイジーは陽に焼けた美しい褐色の肌と青白く澄んだ瞳、黄褐色の髪をした見映えのいい女で、その黄褐色の髪をその時々の気分で、束ねてうなじの辺りに垂らしたり、ほどいてそのまま流したりしていた。メイジーが別れた夫からもらった慰謝料は少額で、彼女自身の蓄えはそれより更に少なかったが、それでも金銭に関して彼女は執着したためしがなく、いつもいたって呑気だった。だが五〇代に入った今はさすがの彼女も、自分が親子ほど年齢《とし》の離れた男を追いかけて屈辱を招きかねない危険を冒していることや、手元不如意のためにパートタイムで働かねばならぬことや、わけても己れが現在独り身で、これから先も結婚の見込みのないことを意識するようになっていた。それでもそんなメイジーのことを、周囲の人間の多くは「とてつもなく勇敢な女」と評していた。彼女は、愛人と始めたレストランの経営に失敗して多額の金を失う結果になっても、また乳癌をわずらって乳房を切り取る羽目になっても、毅然とその苦難に耐えたし、知人がいかに多くとも所詮己れの人生は孤独であると実感しても、決して明るさを失うことがなかった。

メイジーが訪ねてきたその日、たまたま家にいたアントニオは初対面の女性へのいつもの礼儀から、盛んに彼女に対して嬉しがらせを言い、相手を喜ばせようとした。このような場に出くわした際、いつもならそれに即座に反応するはずのメイジーが、この日に限って、まったくアントニオの言葉にのってこなかった。アントニオの方も、女がいっかな感応しないのに気づいていたはずで、そうなると、自分に興味をいだかせようとする彼の努力はますます度を超したものになってゆき、ついには、サッカーの試合に出かけるべく家を出ようとする刹那、次にロンドンに行った時は必ず電話を入れるからなどと口走るところまでいった。

表の扉がバタンと閉まると、メイジーはこちらを見、頭を振って微笑んだ。「やれやれ」

「彼みたいなタイプには、全然惹かれない？」

「ええ、全然。昔なら、違ったでしょうけれど。でも、あの人って、玄人の魅力みたいなものがあるわね——ええ、あたしは今じゃ惹かれないけど、彼を見ていると、まるでイタリアの恋愛映画に出てくる俳優みたい——マストロヤンニとガスマンを合わせたような。ああいう男、あたしは全然いいとは思わない。でも、あなたは？」ここまで言うと、メイジーはじろりとこちらを見た。「ああいうタイプに惹かれるわけ？」

彼女の言葉に、私は溜息をついた。「ああ、そうなんだ。あの手が好みでね」

「あなた、あの人に夢中なんでしょ。一目で分かったわ。でも、あんな人好きになったって、どうにもなりゃしないわよ。分かってる？」

「どうにもね」

「そう、どうにもなりゃしないわ。こんな残酷なこと言って申し訳ないけれど、事実なんだもの」

「そりゃ分かっている。分かっちゃいるが――」

「まあ、あなたって、いつまで経っても同《おんな》じなんだから。ねえ、昔二人でイスタンブールに出かけたとき、そこで出会ったスイスの旅行者に、あなたしつこいくらい何度も、ぜひ一緒に旅行をって誘ったの、覚えている？　もう奥さんのいる、そりゃあ大した紳士だったけれど、実際道づれになってみると、これがもううんざりするほどくだらない奴。あなた、あの男から何か得ることあった？――そんなもの、なにもありゃしなかったわ。こっちの頂きものっていったら、せいぜい、あなたが〈病気〉になっちゃって、精神科のお医者様の診察が要りそうだというので、右往左往したことぐらいのものよ。ねえ、ディック、あなたいつになったら分かるのよ、いつになったら」

その頃のアントニオには絶えて見られなくなっていたメイジーの親切と思いやりは、深く私を感動させた。私は席を立って彼女が腰を下ろしているソファーの方へ行くと、その傍らに座った。

「たぶん僕は心の奥底で、自分が欲しいものを手に入れるのを邪魔しているのさ。だから、実りのないことが分かっている情事にばかりのめり込む。なぜって、そう言う相手だと、苦しむことはあっても、罪の意識を覚えることが少ないからね」

「ディックったら、可哀想に、可哀想に」メイジーはそう呟くと、片方の手をこちらの頸筋にやり、そこをやさしく揉んだ。「あなた、あの人から離れるべきよ。それが一番だわ。先ず物理的に彼のいないところに行くの。そうすれば十中八九、精神的にも離れられるわ」

「その必要はないんだ。アントニオはこの三日のうちに、復活祭の休暇でここからいなくなる。もっとも、彼なしでどうしてやっていくのか、こちらには見当もつかないがね。見当がつかないと言えば、反対に、彼とどうやったら上手くやっていけるかってことも、分からない」そう言いながらも私はこの時、恥を承知でわっと泣き出してしまいたいような衝動に駆られた。

私のこんな言葉に耳を傾けながら、メイジーはゆっくりと自分の肩にこちらの頭をひきよせた。彼女の体には強い麝香《じゃこう》の匂いがした。

「階上《うえ》に行こう」私は囁いた。

「本当に、その気?」

「ああ、本気だとも」

「まあ、嬉しいわ、とっても」メイジーはそう言って私を離し、立ち上がろうとした。「あれから――もう何年になるかしら? 三年くらい?」

メイジーとの関係がなくなったのは、三年どころか、例のかなり致命的ともいえる彼女の病気とそれの手術後のことである。が、私はあえてこのことを言わなかった。


「あんまり良くはなかったでしょう」

私は返事を控えた。

「そうでしょ、ディック?」

なおも無言のまま、私は掌で目を覆うようにして、メイジーから体を離した。「アントニオのことを忘れちまうなんて、できないよ、ただの一瞬だってね」

「でも、そんな風に自分を責めるのはよくないわ。ねえ、今日のあなた、素敵だったわよ。こんなに私を喜ばしてくれたこと、なかったもの。こんなこと言うと、おかしいけれど」

「ああ、メイジー、ご免よ。僕と寝てくれなんて、頼むんじゃなかったよ。迷惑だったろう」

「自分の旧友の力になれるっていうのに、困ったりするもんですか。力になれるならいつだって嬉しいわ」

「君がやさしくしてくれても、何にも良くはならない」私は言った。「何にも良くはならないんだ。もう一度君を抱くことはできる。でも、アントニオのことが頭を離れやしない。ことが終わったところで、考えるのはあいつのことだ」

「可哀想に、救いようのない恋ね」メイジーは青味をおびてしわのよった傷を隠そうとして胸に手をやりながら、ベッドから出した脚をぶらぶらさせて言った。「あたし、あなたがどんな思いをしているか、分かるわ。こっちだって、トムのことじゃ、六年間も、そりゃあ惨めな目に遭ったんだもの。見方によっちゃ、あたしたちの置かれた立場って、似てるわね。一体どうして、あなたがトムみたいなホモを好きになったり、あたしがアントニオみたいな女好きを好きになったり、できなかったのかしら？　でもまあ、人生って、結局そんなものよね」そう口にすると、メイジーは身震いしながらブラジャーに手を伸ばした。

「ああ、人生ってやつは皮肉にできているのさ。でもありがとう、メイジー。君の気持ちには感謝している」

「いいえ、どう致しまして《イル・ニャ・パ・ドゥ・クワ》」

15

　アントニオがフロレンスに発つ前夜、私はメイジーをロンドンのさる劇場に連れていく手筈をした。ブライトンでの例の午後のことで、彼女に償いをしたいという気持ちも一つにはあったが、その本当の理由は、自宅《いえ》にいながら、アントニオとパムは今頃なにをしているのだろうかとか、彼はいったい何時に帰宅するのだろうかとか考えながら、あれこれ思いわずらう苦痛から逃れたいというところにあった。

　メイジーは精一杯こちらを元気づけようとしてくれたが、実のところ、その夜はおよそ楽しいものとはならなかった。ショーのあと食事に入ったレストランで、ふと気がつくと、私はもっぱら酒ばかりを飲んで、前に並んだ料理にはほとんど手をつけていなかった。飲酒は帰りの列車《ブライトン・ベル》の中でもつづいた。

　帰宅したのは夜半過ぎであった。暖房は入っていたが、室内は妙に冷え冷えとしているように思われた。居間には明かりが煌々と照っており、長椅子《ソファー》の前のテーブルの上の灰皿には、端っこに口紅の跡のついた煙草がぎっしりと詰まっていたが、それらの大半は二、三度吸っただけで捨てられていた。灰皿の傍にはグラスが二つ置かれていて、その一つを鼻にあてて匂いをかぐと、中に入っていたのがウイスキーであることが分かった。私の酒である。アントニオがグラスの下にコースターを置くのを忘れたせいで、テーブルの上には乳白色の輪ができていた。彼はオンザロックを好むから、こうしたことになるのだが、いったんこんな汚れがつくと、ハンカチでいくら擦っても、なかなか消えるものではない。居間から食堂に入ってみると、この部屋にも明かりが灯っていた。水切り台と台所用テーブルの上には皿が乱雑につみあげられ、床の敷物の上には、赤ワインの滴が染みをつくっている。キティとセリマを両脇にしたがえて、このとり散らかった部屋を眺め回すうち、私の胸の中は、怒りと惨めさで徐々に一杯になっていった。

たぶん、アントニオはすでに帰宅し、自室で寝《やす》んでいるんだ。荷拵《にごしら》えもあるし、船と汽車の長旅だから、充分睡眠をとっておかないと……私は無理にもそう思い込もうとした。が、その実、私は彼の帰宅をまったく信じてはいなかった。

ともかく、犬を従えながら、私はアントニオの部屋に向かった。彼の寝室の前まで来るとドアを叩いてみたが、返事はない。さらにもう一度力を入れてノックしたが、やはり応答がないので、私は扉を開けて中へ入った。室内には、アントニオの汗の匂いが漂っていた。それは、彼が汚れた下着やサッカーのユニフォームの類を詰め込んでいた簞笥の抽斗を開けるたびに、いまでも微かに匂ってくるものであった。その香りを嗅ぐと私は、腸から横隔膜までひびくほどの一撃を喰らったような、恐ろしく強烈な感覚を呼び起こされるのであるが、その夜、彼のそんな匂いはもう一つの香りと混ざっていた。

ベッドに目をやると、ブリュッセル産のレースの寝台掛けはくしゃくしゃで、その真ん中あたりには(好奇心と恐れの入り交じった気持ちで、私は視線をそこに移した)、大きな、やや青味をおびた黄色い染みがあった。私はそれに指をあて、その粘着性を確かめると、そこへ跪いて鼻を近づけ、ガス室に流れ出したシアンを吸い込む死刑囚のように、その染みの匂いを嗅いだ。

その粘液がつくった染みには、人の気持ちを逆なでするような、残酷と言ってもいい何かがあった。確かに、私もこれまで幾度となく、ホテルや時によっては友人宅で、この手の粗相をした覚えがある。が、それに気づいた時はぎょっとして、その痕跡を消しさるべく躍起になったものである。だがあの二人はそういうことに全く頓着しなかった。その染みはさながら私の横面をひっぱたき、「おい、このホモ野郎、この汚れをつまんでみな！」と言っているようであった。

私は再びその染みをいじくりながら、パムと重なり合ったアントニオの体がひくひくと動き、やがて体外に迸った精液が女の股間からたれ落ちるところを想像した。吐き気のために、目が眩みそうであった。私はゆっくりと部屋の明かりを消すと、浴室へ入った。

浴室の床には、タルカム・パウダーがいたるところに落ちており、浴槽の栓のところには、一房の長い金髪が輪になっていた。私はそれを拾いあげると人差し指に巻き、拳をかためて、やっとの思いで引きちぎった。

とつぜん、下に落ちている私のタオルが目に入った。半分は浴室用椅子《バスルーム・チェアー》の下になっている。それを拾い上げようとしたとたん、またも身の毛のよだつようなぬるりとしたものが指にふれた。タオルにべっとりと付着した精液には、先ほどの長い金髪ではなく、短く黒いちぢれ毛がくっついていた。

私はそれを見るなり洗面器に顔をやり、胃中のものを戻しはじめたが、手にはなおもタオルが握られていた。

16

午前三時に帰宅したアントニオは、階上の私と向き合った時、驚いてびっくりした顔つきになった。

「ディック！……こんなに遅く、一体どうしたんだい？　なんで起きてなんかいるんだよ？」

「今日は君が郷里《くに》に帰る日だから、顔が見ておきたいと思ってね」

私のこの言葉に、アントニオはこちらを凝視した。「顔色がよくないね。どこか具合の悪いところでもあるのかい？」

「君の顔色も悪いよ」

アントニオの皮膚には張りがなく、それはまるで灰色の経帷子のように幾重《いくえ》にも巻きつけられているように見えた。目ぶちの赤い目は今にも閉じそうで、それがかろうじて開いているのは、たゆまぬ意志の力によってであるように思われた。唇からは血の気が失せている。

「疲れているんだ」

「私も疲れている。もうへとへとだ」

「ベッドに入った方がいいよ、ほら」アントニオはそう言うと、こちらの肩に手をかけ、下から強引に私を階上に押し上げようとした。

「荷造りはしてあるのかね？」

「いや、荷造りなんていうほど造作のかかることはやる必要がないんだ、持って帰るのはほんのちょっぴりだから。残りは全部ここに置いていくよ」我家に持ち物のほとんどを置いて帰国するについて、こちらの都合を訊かないのは、いかにもアントニオらしかった。そして後に私は彼の簞笥を調べ、すべての抽斗にこの男の衣類がつまっているのを見出すことになった。

「長い旅行を控えている時には、もっと早く帰るべきじゃないのかね」

「楽しめるときに楽しまないとね」作り笑いをしながらアントニオは言った。「でも、楽しみの時間は終わったよ」

私たちはなおもアントニオの部屋の前で話しつづけたが、彼が室内に入ると私も相手の後を追った。部屋の中で私の目は無意識のうちにベッドの上の染みに注がれた。それは、先ほど見た時よりも乾いて黄味をおびてきていた。私はこの時、故意にせよ無意識にせよアントニオとパムが見せたかったものを私が確認したと知ったら、彼はどんな反応を示すだろうかと思った。が、アントニオはあまりに深く自らの内面の問題――あるいは単にパムとの最後の、捨てばちの熱烈な情交の思い出に心奪われていて、明らかにその染みに気づいていなかった。

アントニオはベッドの端に腰を下ろすと、前に体をかがめ、膝の間にだらりと両手を垂らした。

「ウイニフレッドの所には、挨拶に行ったのかい?」相手の返事は承知で、私は訊ねた。

「いいや」

「それからブラック夫人《さん》に煙草を買うって約束は?」(ブラック夫人というのは、我家の通いのお手伝いさんだった。)

「まださ」アントニオはほとんど溜息のような、同じ抑揚のない声で言った。

「まあ、ブラック夫人に渡すほどのものは私が持ってるが、今の君には何にも考えられないんだな、ただ一つのことを除いて」

こちらがこう言っても、アントニオはかつてのように、その言葉に応じてサッと私に一瞥を投げるといったことはなかった。彼はうつむいていた。

「アントニオ――君が郷里に帰る前に、ぜひとも二つ、言っておきたいことがあるんだ」過去にも私はしばしば、このような台詞をアントニオの前で吐くのを想定して、一日中練習をしたことがある。今やその文句は、淀みなくすらすらとこちらの口をついて出た。「まず第一に――」私は背の垂直な椅子の方に歩をすすめ、そこに腰を下ろすと、膝の上で手を組んだ。「私は君が、君についてもっているこちらの感情がバカげたものだと思っていることを知っている。でもどうか、どうかアントニオ、この私を軽蔑しないでもらいたい。君のことを何の見返りも求めないで、変わることなく、心の底から、ただひたすら愛しつづける人間に、君は一生のうちでそう何度もめぐり会えるものじゃない。それは本当に希なことなんだ、アントニオ。私が君にさし出したものは、君にとっちゃ、邪悪で、バカげていて、厭《いと》わしいものだったかもしれない。でも、でもそれは、どこにでも見つけられるものじゃ決してないんだ」

私のこの言葉に、突如としてアントニオは頭を上げた。彼の返事は、ベッドの上のあのねっとりした黄色い染みと同じように、人の誠意を踏みにじるような、残虐なまでの一撃となって返ってきた。

「どこにでも見つけられるものじゃない？　そんなことあるもんか。あんたみたいに尽くしてくれる女なら、何百人、いや何千人っているさ。そいつらは恥も見栄も捨てて、俺に尽くしたがるよ。この俺を我がものにする望みなんぞ、これっぽっちもないとわかっていても、血道を上げるのさ。そういう女なら、五万といるぜ」

このアントニオの言い草に、むらむらと怒りがこみ上げてきたが、それは表にあらわさず、私はなおも静かな口調で言った。「それでもアントニオ、そういう女たちは、やっぱり君が何かのお返しをしてくれるのを待っているんだよ。たとえ自分が尽くした分だけ愛情を注いでもらおうなんて考えていなくても、少なくとも、性的な喜びぐらいは君から得られると思っている。でも私は、そんな見返りさえ望んじゃいない――君から何か見返りをもらおうなんて、こっちは根っから考えちゃいないんだ」

この言葉に、急にアントニオの気持ちはやさしくなったように思えた。「あんたにゃ、俺との友情があるじゃないか」彼は言った。「なんでそんなバカなこと考えるんだよ? あんたと俺は固い友情で結ばれているんだぜ、これから先もずっと変わることなくね。パムとのことは来年、いや来年どころか今年中にも終わっちまう。そうなりゃあいつのことなんか忘れちまって、名前だってろくに思い出せなくなるだろう。でも俺たちゃいくら歳をとったって、ずっと友だちなんだよ、ディック」

「そうだな、君の言う通りだ。友情のことは大きい」

「それより大きなことがあるかよ」

それから、囁きかけるようにやさしく、アントニオが「チャオ・チャオ・バンビーノ」を口笛で吹くまで、私たちの間には長い沈黙があった。

「それから、二番目だが――」ややあって、私は話をもとに戻した。口を開くや、前もって準備をしていた訳でもないのに、思ったことがすらすら言葉になるのに驚かされた。「私は、君がパムをどうしようと思っているのか知らない。だが、アントニオ、もし、また君がこっちへ戻ってきて、あの娘と、あんな、あんな気違いじみた情事をつづけるつもりなら、もう頼むから、ここを出ていって、どこか余所《よそ》に、住むところを見つけて欲しい。私はもう、こんな事をつづけていくわけにはいかないんだ。この数日の間、かつてなかったほど、私は辛く惨めな思いをしてきた。こんな地獄には二度と堪えられそうにない。とてもじゃないがね。今度こういう目に遭わされたら、私はもう踏んばれないだろう」

「分かったよ、ディック」アントニオはほとんど女性を思わせるばかりの、やさしい声で言った。この男は時として、驚くほど巧みにこうした声音《こわね》で話すことがある。こちらの意を汲んだ返事をすると、アントニオはベッドから立ち上がって上着を脱ぎ、ベストをとった。私はかつて彼が裸になる様子を、刺されるようなこの上ない苦痛と、えもいわれぬ無上の陶酔感の渾然たる気持ちで眺めたものだが、いまやこちらの心に色情的なものは一切なかった。ただあったのは、今夜のような激しい情交で疲弊し、その分裂的な気性に起因する諸々の問題で音《ね》を上げそうになっていても、人間であることの美しさがなお彼のうちに厳然としてある、ということへの驚きであった。この時アントニオは、その美を微塵も損なうことのない、不可思議な蒼白さにつつまれていたが、それは古代の剣闘士や円盤投げの彫像にあるような冷たい永遠性を、この男の肉体に与えていた。「じゃあ、俺もあんたに頼みがあるんだ。あんたに、どうしても聞いてもらいたいことがね」

「いいとも、アントニオ。何なりと言うがいいさ」

「前から思っていたことなんだが」そう言ってアントニオはゆっくりとズボンのボタンをはずすと、それを脱ぎ捨て、オレンジ色の毛の密生した、いかにもサッカー選手らしい、非常に逞しい脚をあらわにした。「俺は今むずかしい立場にいる。あんたの言ったとおりだ。目下のところ、俺はパムにどうしようもないほど情が移っちまっているし、パムのやつも、俺から離れちゃやっていけないような有様だ」そこまで言うと、アントニオは片方の靴下を引き下ろし、つづいてもう片方の靴下に手をかけた。「家庭の崩壊を避けようとするなら、俺はこっちに、女房と子供を呼び寄せなくちゃあならない」

「こっちへ？」

私の言葉に、アントニオは黙ってうなずいた。彼はいまや下着一枚で、さながら閲兵を受ける兵士のように直立不動の姿勢を保っている。「でもディック、あんたは俺の収入を知ってるだろ。俺は家族のために家具付きのアパートなんか借りる余裕がない。ここんところ、俺はあっちこっち部屋を捜しに歩いてみた。でも、どこでも週八ギニーだの、九ギニーだの、十ギニーだのとほざきゃがる。そんな金、どだい俺に払えるわけがない。ディック、頼むから、この家を俺たちに使わせてくれよ。あんたにゃ、こっちが払えるだけの分は払うし、キャレッタには料理をさせる。あいつは、そりゃあ料理がうまいのさ。それに、女房にゃあんたの身のまわりの世話をさせるから、あんたはもう、ブラックさんに来てもらわなくたっていい」

「しかしアントニオ……」私は、破壊的な閃光に照らし出されたかのようなその見事な肉体に息をのみながら、相手を凝視した。私はこれまで彼の体を男性的なものと感じてきたし、実際それは目を見張るようなすばらしい筋肉組織からなっていた。しかしこの時、眼前の、オレンジ色の縮れ毛のなかから突き出している乳首の大きさや若い娘のような腰のくびれ、一方の足を前に出して後ろ足に全体重をかけているその奇異な姿勢に注意を向けるうち、私は初めてこの男の体に、しなやかな両性具有的な気品がそなわっていることに気づいた。「しかしアントニオ……君も知っての通り、あの階は雅に貸すって約束になっているんだよ」

「それなら、もう貸せなくなったって、奴に言えばいいじゃないか」

その分別のないあまりの利己主義に、私はぎょっとさせられた。

「しかし、雅は私の友だちだ」

「でも、俺との気持ちのつながりの方が強くはないのかい」

「それはもちろん君の言うとおりだが」

「なら、ディック、なんでそんなに難しく考えるんだよ」

「でも雅は、君とも友だちだろう」

「ディック、俺にはあの階が要るんだよ。もし女房と子供をこっちに呼び寄せられなきゃ、一体どういうことになるか、俺はそれを、それを恐れるんだよ」

「でもアントニオ……そこは分かってくれないと……」

そこまで言うと、私は言葉を切った。「君は、自分の口にしていることがどれほど恥ずべきことか、分からないのかね?」こんな台詞が喉まで出かかったが、それを口に出すことはできなかった。

「あんたは俺が好きだと言った。俺のためなら何でも――たとえどんなことでもやると言ったじゃないか。今度のことは、俺にとっちゃ、とっても大切なことなんだよ……」

「しかし、雅のことも考えなきゃならない」

「そうさ、あんたは雅のことも考えなきゃならない」アントニオはいかにも面白くなさそうにそう言うと、パジャマの方に手をのばし、それを枕の下から乱暴に引っぱり出すと、ズボンに片方ずつ足を突っこんだ。いまや彼は私の態度に憤激していた。「俺のことなんか、どうだっていいんだ! 俺の幸福《しあわせ》や俺の家庭のことなんて、どうだっていいんだ！　あんたは雅のことだけが大事なんだ！」

「雅は君の友だちじゃないか」私は繰り返した。

アントニオはパジャマのボタンをかけている。怒りのため神経がとがったせいで、手が思い通りに動かなかった。

「もう寝なきゃならんから」アントニオは言った。

「そうだな、私も眠らないと」そう言って私は戸口に歩を進めたが、ノブに手をかけたところで、アントニオの方を振り返った。「パム、パムとは、ニューヘーヴンまで一緒に行くのかい？」

「いや、あいつは来ない。勤めがあるからね」

「じゃ、私が行こうか」

「ああ、あんたさえ、よけりゃ」

「ぜひそうしたいね」

「いいとも――それなら来てくれよ」

17

ニューヘーヴンまでの道すがら、私たちはほとんど黙したままだった。朝食の折り、アントニオは一杯のコーヒーを飲んだだけで、食べ物の方は一切口にしなかった。私は自分に言い聞かせるようにして、むりやりトーストを一枚呑み込んだが、まるで茶色い紙でも食べているような心地がした。「よく眠れたかね?」こう訊ねてみたが、返ってきたのは、「どうしてよく眠れたりなんかするもんか」という言葉だけだった。出発直前になって、アントニオがなにか下痢の薬はないかと訊いてきたので、私は何錠か整腸剤を渡してやった。

すっかり塞ぎ込んだ様子でアントニオは、自分の顔と同じように土気色《つちけいろ》をした田舎の景色を車窓から眺めていた。が、彼の目に映っていたのは外の風景ではなく、いまや中年にさしかかった己れの姿であった。

「それにしても、おかしな体験をしたものさ」彼はとつぜん言った。

「おかしな体験?」

「イギリスだよ」

「まあ、遠からず、それも夢みたいなものになって来るさ。もっとも、それが悪夢でないという保証はないがね」

「多分、どっちの要素もあるさ」そう言って、アントニオは両手を顔にあてると、それをゆっくりと下ろした。まるで自分が立ち去ろうとしているこの国に被せられてしまった被膜を擦り落とそうとでもしているかのようであった。「ねえ、ディック、俺はこれまでこのイギリスでほど、あんたみたいな人間にお目にかかったことがないよ」

「私みたいな人間？」アントニオのこの言葉に一瞬おかしみを覚えたが、私はこの時、彼の念頭にあるのは作家かインテリか東洋美術の収集家のことだと思った。

「ホモだよ。やたらに多いじゃないか。まったくイギリスってところは同性愛者で溢れかえっているぜ」

「同性愛者と言ったって、君が我家で会ったのはせいぜい二、三人だろ」

こちらの言葉に、一瞬アントニオは考え込んだ。「デレックだろ」ややあって、彼は一人の友人の名をあげた。「それに、音楽批評をやっているあんたの例の友だち。それから、ロナルド。そしてもちろん、あのラルフとマーヴィン。大学でだって、ホモの連中にいろいろ会ったぜ」

「同性愛者なら、私はフロレンスでもたくさんお目にかかったがね」

「ブライトンほど、数はいないよ」

「どこがどこより多いかっていう統計学上の数字は、あいにく知らないね」相手への反論の気持ちから、私はあてこすりを言った。

「ラルフとマーヴィンみたいにさ——男同士があんな風に暮らすなんて、俺には理解できないね」

「理解できない？　どうしてだね？」

同性愛者に対する優越感が軽蔑的な口調をおびてきたのが、とつぜん私の怒りを誘った。

「男が二人、夫婦みたいに一つ屋根の下に暮らすなんて、滑稽じゃないか」

「私に言わせりゃ、君の結婚の方がよっぽど滑稽だね」

こちらの言葉に、それまでいかにも憂鬱な面持ちで外を見ていたアントニオは、すぐさま首をめぐらせてこちらを見た。私の言葉に驚いたのである。憤慨したのでも気を悪くしたのでもなく、あくまでこちらの台詞に虚を突かれたのであった。

「どういう意味だい?」

「ラルフとマーヴィンは学生時代からずっと一緒に住んでいる。一〇年か十一年の間、私の知るかぎり、二人が相手を裏切ったことはただの一度もない。それどころか、彼らが言い争いをしているところさえ、見たことがないんだ。私はあのような二人の関係に、どこにも〈滑稽〉なところはないと思う。ところが君の結婚生活ときたら——君は毎朝奥さんに手紙を書きまくり、毎晩パムとやりまくっているんだから——そういう結婚生活こそ、滑稽に見えるね。茶番もいいところだ」

アントニオの与える苦痛のお返しに、私が彼を傷つけてやりたいという残酷な欲望を抱くのはこんな時だった。こちらの言葉に、アントニオの顔はますます生気を失い、その目は耐えがたい痛みをこらえることに懸命な人間のように霞んでいた。アントニオはまた窓の方に顔を向けると、もはやそれ以上口を開こうとはしなかった。列車がニューヘーヴン港に着くと、黙ったまま車両から降りた私たちは、依然沈黙を守ったまま人声のかまびすしいプラットホームを歩き、アントニオは旅券の審査を受ける事務所に入っていった。室内には、いかにも疲れた顔をしたスペイン人のトラック運転手の一団の他に誰もいなかった。

「冷えるね、ここは」両腕で体をくるむようにして、アントニオは言った。

「君は外套は買わないんだね」

「もう必要ないさ。じきに、さんさんと陽《ひ》の照り輝くところに帰るんだから。そして、戻って来りゃあ、こっちも夏だ」

「でも、あまり楽観的になるのは禁物だ」

突然アントニオがこちらに顔を向けた。「俺たちゃ、お互いやり方がまずかったね、ディック、そうじゃないか」

「上手だったとは言えないね」

「でも、俺が今度戻って来るときにゃ、事情はちがってるよ」

私は、一体どのようにしてそんな変化が可能なのか、見当もつかなかった。

「ディック、あんたにゃ感謝しているよ。この、俺の気持ちだけは分かって欲しいんだ。あんたの好意には心から感謝している。俺は他人に素直に、ありがとうって言えない性格《たち》だから、あんたは俺のことを恩知らずな奴だと思っているだろう。けどディック、俺が言うのは嘘じゃない。あんたにゃ心から、本当に感謝しているよ。あんたは俺に、親切すぎるほど親切だった」

「自分の気に入った人間に親切にするのは、なにも難しいことじゃないさ。そういうのは美点と結びつかないよ、前にも言ったと思うがね。しかし、こんなに親切にしなければ――もし君のためにこんなに尽くそうとしなければ、もし私がこんなに世話をせずに放っていれば……でも、まあ、こんなことは考えずにおくとしよう」

ちょうどその時、しわくちゃの紫がかった顔をした小柄な係官が事務所の狭苦しい洞窟《あなぐら》から出てきて、「お待たせしました！」と叫んだ。

「さあ、アントニオ、パスポートだ」

「ディック、俺を待たずに行ってくれ。こっちもその方がいい。汽車に遅れちゃ大変だ」

「じゃ、気をつけて、アントニオ」私はそう言うと、両の手で彼の手をにぎった。その刹那、こちらの体を彼に寄せて、私は彼の唇に自分のものを重ねたいという狂おしい欲望に駆られた。が、そんなことをしたら、目をぎらつかせたこの小柄な係官は一体どんな反応を示すだろう?「許してくれよ、アントニオ」

「バカ言うなって」

「じゃ、気をつけて」

アントニオを見送ったあと、私は振り返らなかった。私は、ロンドン行きの臨時列車の出る、人声のかまびすしいプラットホームを歩いていた。この列車はいったんプラットホームに入ってから、波止場沿いに冷たい烈風にあおられながら、もう一方の小さな駅をめざして進むのだが、ブライトン行きの列車はその駅から出るのだった。こちらの視界の片隅に、アントニオを乗せた船がぼんやりと現われた。私は船の方に視線を向け、そこにアントニオの姿を探すことをしなかった。たぶん今頃彼はスーツケースと古い折り鞄をたずさえて、舷門あたりの通路を歩いていることだろう。そして多分この時でさえ、相客の女の品定めをしていることだろう。こんなことをあれこれ考えると、私の胸は急に痛み出した。

次の列車まであと三〇分近く待たねばならなかったので、私はバスで帰るか、それとも街へ出てコーヒーでも飲んで体をあたためるか思案したが、結局そのいずれをもせずに、外套のポケットに深く手をさし込み、プラットホームのベンチに体をしずめた。長椅子に腰をすえると、てこずる抜歯《ばっし》をようやくすませて歯科医の門を出た人間の安堵感があった。今の痛みをがまんするのが辛さに、いくら患部に麻酔を打ったところで、それはすぐに効かなくなり、やがてそれまで以上の苦しみを味わう羽目になることを、人は体験的に知っている。その意味からすると、本当の苦痛はこれから先に控えていることになるのだが、それでもやはり、見方を変えれば、最大の痛みは現に味わっているものとも言えるのである。

私はこの時、一枚の黄色っぽい紙——それはトイレットペーパーのように見えた——が線路の間ではためいていたのを覚えている。それは何かに引っかかっていたが、剃刀《かみそり》の刃のように冷たい一陣の風が吹くたびごとに、今度は、その紙片がおのれの自由を阻んでいるものからうまく身を解き放つことができるかどうか、気にかかってならなかった。そして、ついにその紙片が自由を得て、ヒラヒラと辺りをとびまわり、こちらの視界から消えた時、理由はしかと分からなかったが、この小事が私の心に高揚感を与えたのだった。

私は行きの列車の中で、アントニオの結婚生活について暴言を吐いたが、それでも彼は怒らず、あの最後の言葉を口にしたのは見上げたものであった。彼はよく出来た男だったのだ。「あんたは素晴《セイ・ウン・》らしい人だ。一流の人物《オッテイマ・ペルソーナ》だよ」、相手よりもむしろ自分を喜ばせたくて、私はアントニオにちょっとした親切をほどこすことがあったが、そんな時彼はよくこう言ったものである。だがそれは、アントニオについては本当であっても、こちらには当てはまらなかった。突如として私は、過ぎ去ったそれぞれの週を、叶わぬ恋ゆえの欲求不満や嫉妬や憤りといった、主観的にゆがんだ霧の流れを通じてではなく、それらが実際あったように客観的に見ている自分に気づいた。アントニオはこちらに対する態度において、時として我儘で無分別、場合によっては残忍なことすらあった。だが、それを責める資格が私にあったろうか。分別のあるどれほど多くの人間が同様のことをしてきたことだろう。アントニオを相手に私は空騒ぎをし、威張りちらし、秘事のうちでも最も微妙なことにまで探りを入れ、果ては寄生虫のように彼の人格と生活の中に侵入し、そこに我がもの顔で居すわろうとした。自身が生きてゆくために、私という寄生虫をこの男が拒絶したとて、何の不思議があろう。

この時ふと急に、東京の領事館で会計係として働いていた、中年過ぎの、小柄で猫背のスコットランド女のことが思い出された。ここの領事館の秘書には若くて美しい娘が多かったが、仕事の面では有能でも、いたって容姿の悪いこの猫背の女が、彼女たちの言葉を借りれば、私に「ほの字」だというので、笑い種になったことがある。この女は何かと口実をつくっては私の執務室に入ろうとした。また日本人の部下にあれこれ指図する時の、一語一語言葉を短く切って言う、あのスコットランド訛とは似ても似つかない上品ぶった声で、自分は貴方が発表した物語については、「ロンドン・マガジン」誌に載ったものであろうが「エンカウンター」誌に載ったものであろうが、どんな雑誌に掲載されたものでも全て楽しく読んでいると甘えるように言った。果ては、こちらの自宅《フラット》のそばや、私が仕事上の客を昼食に連れていく、彼女にとっては身分不相応の高級レストランで待ち伏せし、こちらの姿を見るや、さも偶然会ったかのように言葉をかけてくるのだった。「まあトムソンさん、こんな所でお目にかかるなんて、奇遇ですわ。お宅はこの近くですの？　わたしの贔屓にしているかわいい美容師さんが、ちょうどこの角を曲がったところにいらっしゃいましてね」などと言いながら。私はつねにこの醜女《しこめ》がこちらを見つめているのを、また、ある種の目に見えない、ねばねばした分泌物が、さながら心霊体《エクトプラズム》のように、彼女のずんぐりしたピグミー族を彷彿させる体から発散し、こちらの全身をつつんでゆくのを意識した。私の拒否に遭うたびに、彼女はますますその熱を上げていったが、この女の常軌を逸した献身的な奉仕を、私はいつも、残忍にもはねつけたのだった。もし原稿をタイプする必要があれば自分が喜んでするると彼女が言えば、「ありがとう、マクグレガーさん。でも、私はいつもこういうことは、その道のプロに頼んでいるのでね」とぞんざいに断りを言ったし、ことある毎《ごと》にこちらを夕食に誘い、「わたし、何人かオーストラリア人の友だちがいましてね、今度お引き合わせしたいと思ってますの。とっても腕のいい外科医とその奥様ですのよ」などと餌をなげてきても、もっともらしいごまかしが言えれば無論のこと、たとえそうでなくとも、いろいろ口実をもうけてその招きを断るのに、私はほとんど躊躇《ためらい》を感じなかった。

マクグレガーに対する私の態度と比較すれば、アントニオのこちらに対するそれはどれほどましだったことだろう。私がアントニオの足許でその小瓶を微塵に壊そうとした高価な軟膏は、あわれなマクグレガーの献身がこちらの鼻をついたと同様、その異臭がアントニオの鼻を刺したにちがいない。が、アントニオはじっとその臭気に堪えた。彼はやさしい男だった。こちらが恩に着なければならないほどの男だったのだ。

「あんたは素晴らしい人だ。一流の人物だよ《セイ・ウン・オッティマ・ペルソーナ》」――そう、彼に許せる範囲内で――その境界は己れの周囲《まわり》の影を、そしてそれ以上に己れの中の得体の知れないものの影を恐れる大方の人間のそれでもあるが――アントニオは素晴らしい男でいてくれた。私の友だちだった、いまは亡きあの哲学者が気づいたように、彼の並外れた容姿の美しさはまさに、その天性の並外れた美しさの外面的な表示であったのだ。

そんなことを考えているうちに、冷たい空気を押し分けるようにして、列車がプラットホームに入って来た。私はからの客車に乗り込むと、肘の上に顎をのせ、名残りを惜しむように首をめぐらして、アントニオの船を見やった。

ほら、船だ！　そう、海面を見下ろしながら船尾に一人たたずんでいるのは、アントニオにちがいない。私はこの時、窓を降ろし、大声で彼の名を呼び、手を振りたいという狂おしい欲望に囚《とら》われた。だが、これだけ離れていては、たとえ声を張り上げて手を振っても、アントニオがそれを認めることはよもやあるまい。私はやっとの思いで自制した。列車が大学の最寄りのファルマー駅で止まるまで、自分がどうしていたのか、まるで覚えがなかった。私は眠っていたのか？　それとも、この何日間かのごたごたから来る気疲れで、頭が一時的に機能を停止したのか？

ただ覚えているのは、列車がふたたび動き出した時、私の車両に飛び込んできた男の言った、「やあ、今日は。僕、この列車が入って来たとき、ホームの反対側から、先生の姿を見てたんですよ。最初は、こりゃあ間に合いそうにないって思ったんですがね」という声に、目が醒めたということだけである。

この言葉に私はさながら、麻酔が覚めて我にかえった患者が付き添う看護婦の面《おもて》を見入るようにして、当惑気味に、そのふっくらとした青年の顔を凝視した。

「僕のこと、お忘れになりました？」

「いや、いや、ちゃんと覚えているよ。君は、一度アントニオが我家《うち》に連れてきて、一緒にスパゲッティを食べた人だね」

「そう、夜遅くにです。あの時の、ロジャーですよ」彼はそう言って、手にしていた折り鞄を網棚の上におくと、こちらの向かいの席に座った。「僕、先生に、ぜひもう一度お会いしたいって思ってたんです。でも、体をこわしてしまって」

「体をこわしたって、一体どうしたのかね?」

「盲腸ですよ。あのパーティの翌日ね。そりゃあお腹が痛くって。きっと、あのスパゲッティが悪かったんだ。僕、ブライトンの総合病院にかつぎ込まれて、その晩に手術を受けたんです。病院にいる間、僕、先生のご本、三冊再読しましたよ」

ロジャーは例によって、熱病に冒されたように神経を高ぶらせて言った。この手の興奮の元には性的欲望の亢進があるのだが、アントニオも加わる形で夜を過ごした折りなど、私も同種の病にかかり、その翌日には同席した友人たちからしばしば、「昨夜はたいそうノリがよかったね」などと冷やかされたものである。しかし今は、そうした集いのことを思い出してみても、ますます痛みが高じ、失望が募るだけであった。

とつぜんロジャーが言葉を切って、言った。「ご気分が悪いんですか」

「いや、たいしたことはないんだ。ちょっと、インフルエンザにやられたんだと思うよ」私はごまかしを言った。

「それじゃあ、外出はひかえられないと」彼は人をあやすようなやさしい口調でこちらの身を気遣った。それはまさしく、私がかつてアントニオの身を気遣った時の口調であった。

「その通りなんだけれど、アントニオの見送りがあってね」

「あいつ、イタリアへ帰ったんですか?」

「ああ、そうなんだ」青年の前でこう口にした時、私は唇が震え、瞼《まぶた》が燃えるように熱くなるのを感じた。「ただ、帰ったと言っても、復活祭の休暇でだけどね」

「僕、あいつのこと、本当を言うとよく知らないんです。一体、どんな人間なのか。やっと知り合いになったのは、あのパムっていう女の子を通じてなんですけどね。あの娘《こ》、あの夜も先生のところに居たんです。覚えてらっしゃいます？　あいつ、彼女にかなりイカレているように見えましたね」

「ああ、覚えているとも、君の言う通り、アントニオは、その、あの娘にずいぶん熱を上げているようだったね」

駅に着くと、ロジャーはタクシーを止め、私をその中に乗せると、家まで送っていこうと言い張った。この申し出が、屋内に招じ入れられるのを期待してのことであるのは分かっていた。「よろしかったら、なにか召し上がるもの、つくりましょうか。買い物はいかがです。お役に立つことがあったら、なんなりと仰って下さい」ご親切はありがたいが、これ以上迷惑をかけることはできない、床に入って寝《やす》めばすぐよくなるからと、執拗な彼の申し入れを、私は頑としてはねつけた。

「じゃ、もしなにかお困りになることがあったら、お電話下さい。いや、こっちからお電話して、ご様子をうかがう方がいいかな」そう言うと、ロジャーは手にしていた手帳を一枚やぶき、以前のように、そこに自分の電話番号を書きつけた。

「何かあったら、こちらから電話するよ」

ロジャーは若く、さわやかで威勢がよく、物知りな上に気が利いていて、同性愛の友人がよく「イ《デ》イ男《シュ》」と呼ぶような人間だった。しかしこの時、私が彼に抱いた唯一の望みは、早くこの場から立ち去ってくれということだった。彼は非常な出しゃばりで、まるで観劇の折りに舞台の主役を見るのを妨げる前列のお客の後頭部のように、こちらの気持ちをいらいらさせた。

ロジャーは二、三度電話をよこしたが、その後、私がこの男に会うことは二度となかった。

18

アントニオを見送った日は、長く辛い一日だった。これまで痛みを止めていた麻酔はさめる一方で、目に見えない胸の奥の空洞から、やはり目に見えない血と膿汁が洩れはじめると、体からは徐々に力が抜けていき、失せていくその体液の量が増すにつれて、目眩《めまい》も激しくなっていった。少しでも体を動かせば、それだけ早く体内から精気が抜け出してしまうのを危惧するかのように、私は食堂の、背もたれの真っ直ぐな椅子に腰をかけ、両の腕で体を抱え込むようにしたり、猫のセリマが傍《そば》に身を寄せて喉をごろごろ鳴らすなか、ベッドの上に仰向けになり、焦点のさだまらぬ目でじっと天井を眺めたりしていた。

ついに夜がやって来た。そして、自分の服用する睡眠薬のことや、馴れない静けさのこと、また今日までの、まんじりともせずベッドに身を横たえ、「今は何時だろう？　あいつは一体なにをしてるんだ？　あいつはパムと一緒なんだろうか？　二人は、今ごろ激しく抱きあっているのか？」などと気をもむ生活《くらし》から解放されたことを思った。と、まるで何時間にもおよぶ入念な情交のあとに感じるような、官能的な慰藉を覚えるのだった。歯をガチガチ鳴らしながら服を脱いでパジャマに着がえ、手も顔も洗わぬままベッドに上がった。まだ一〇時であった。

さあ、これで眠れるだろう。なぜって、他に何もすることはないのだから。家の中に入って来る者はいないから、表の扉がバンと開《あ》くこともないし、あいつとパムが夜中に台所に入って、何杯もコーヒーをおかわりしながら話す声がうるさく響きわたることもない。明かりが私の寝室のドアの下から洩れているのを見たり、階段のきしる音を聞いて、「アントニオ、君なのかい?」などと叫ぶ必要もなければ、女との逢い引きでくたくたになっているアントニオを部屋に入れ、「それであの娘《こ》の抱きごこちはどうだったね?」と訊きたいところを、「どうだい、あの娘と一緒で楽しかったかね」と尋ねたり、「こっちも少しは可愛がっておくれよ」とねだりたいところを、「おい、ちっとはここで話していけよ」などと求める必要もさらさらない。それにアントニオが部屋を後にする際、痙攣のせいで硬直した頭を腕でささえ、涙のむずむずする目で暗闇を見つめ、これから私はまんじりともできぬのに、相手はじき深い眠りに落ちることを承知で、「じゃあアントニオ、しっかり睡眠をとるんだよ」と声をかけるようなことだって、もうする必要はないのだ。私はもうすぐ眠りこけるだろう。医者の注意もきかず、三錠もの睡眠薬を飲んだのだから。それに、二度と目覚めたいとは思わないし、他の苦痛なら目下の苦しみを忘れるために望ましいが、この苦痛だけはそうではないのだから。

私は眠った。

何時間か経《た》ったと思われた頃、電話が鳴った。いつまでも鳴りやまぬ電話のベルは、意識の底を遊泳する私の腸《はらわた》に釣り針のように突き刺さり、異物にのたうつこちらの体を、当人の減圧の苦しみにかかわりなく、その表面へと強引に引き上げるのであった。

私は手をのばして明かりをつけ、受話器を取った。「はい、もしもし」私の声はまるで重い風邪を引いた男のようだった。

受話器の向こうから聞こえてくるのは、フランス語と英語のごちゃ混ぜである。やがてその雑音の中から、はっきりとした言葉が聞き取れた。「ディック、あんたかい？」

「ああ……アントニオ！」（こんな風に、あの男はこちらの安否を気遣って、わざわざ電話をかけてよこしたのだ。どんなに僅かにせよ、彼は、彼は私のことを気にかけてくれていたのだ。）「アントニオ、今どこにいるんだね？」

「パアリイだよ」（彼は「パリ」と言うところをこう発音していたので、私はしばしばその誤りを正したものだが、この男は正しく発音できなかった。）「ディック——困ったことになっちまったんだ」アントニオの声には差し迫ったものがあった。だが奇妙なことに、その声音は彼が大学から電話をかけてよこす時よりも、遥かにはっきりしていた。「力を貸してほしいんだ」

「そりゃあいいが、一体どうしたと言うんだね」

「仕事《ワーク》を失くしちまったのさ。えらいこったよ」

このアントニオの言葉に、私はてっきり、彼が大学での地位を失ったのだと思い、それにしても、そんな情報《しらせ》がどうしてフランスにいるこの男の許に届いたのであろうと訝った。が、アントニオはすぐに言葉を足した。「論文の草稿だよ。俺がサセックスで書いてきたやつ全部だ。俺は折り鞄に入れたように思うんだが、その中にないんだよ。ひょっとしたら盗まれたのかもしれないし、あるいは、どこかに置き忘れたのかもしれない。俺の寝室か大学の研究室か、パムの部屋かにね。ディック、頼むから、そいつを探してくれないか」

「ああ、分かったよ。もちろん、探してみるとも」

もしアントニオが、自分の将来を左右するような論文の草稿をどこかに置き忘れたとすれば、それは、彼が出発直前に見せた精神的混乱の徴候の中でも最悪のものであった。

「あんたを頼りにしているよ。頼れるのはあんただけだ。あんたなら、きっとあれを見つけ出してくれるって、信じてるんだ」

そう、確かにアントニオは私がその草稿を探し出すことを確信していた。我家の彼の寝室にも、大学の彼の研究室にも（翌朝、私は彼の学校に出向くことになった）、パムの部屋にもないとすれば（彼女の家に赴いたとき、相手はこちらの言葉を疑い、対応はいかにも冷ややかだった）、そのありかは、我家での獣のような激しい情交の先か後に、二人が訪ねたワイン・ロッジであるはずだった。

「こっちが見当違いをしていなければ、たぶん見つかるよ」

「ディック――それから、その……」

「えっ？」

しばしの間、沈黙があった。

「なんだって？　まだ何か、あるのかい？」私は訊ねた。

「部屋のことだよ。覚えているだろ。昨日の夜、俺、あんたに話したじゃないか。こっちに来る間中、俺はずっと、ずっとそのことを考えていたんだ。ディック、俺には家族の住む家がいるんだよ。頼むから、あの部屋、こっちにまわしてくれよ。もしもそっちに女房を呼び寄せられなきゃ、俺は――」

「しかしアントニオ、昨日も話したように、雅との約束を破るわけにはいかないんだ。彼も困っているんだからね」

「ディック、もしあの部屋が借りられないんなら――あんた、どういうことになるか、分かっているのかい？――俺はもうそっちには戻れないんだ、二度とね！」

その声の主は私のこの寝室にいるようであった。あたかもアントニオ本人が目の前にいて、ねだったり威したりしているような気がした。

「なにを言ってるのかね。こっちへ戻らなくってどうするんだ。バカなことを言うもんじゃないよ。このまま帰ってこなかったら、君の学者としての将来は……」

「仕事より女房の方が大事だよ、ディック。家庭の方が大切なんだ。俺にゃ、女房と子供を護る義務があるんだ。もし俺がイギリスに戻ったとして、こっちがそこでどれほど弱い立場にあるか、あんた知ってるだろう。あんた、俺のアキレス腱のことをいつも言っていた。もし俺がそっちへ帰って、またパムとよりを戻すことになったら……ねえ、頼むよディック！」

「今は判断がつかないね、少し考えてみないと」

「ディック、頼む、お願いだ！」

「その件についちゃ、もうちょっと考えてから手紙を書くよ。草稿の方は見つけたらすぐに電話を入れるから」

「ありがとう、ディック……頼りにしてるよ——それじゃ《チャオ》」

「それじゃ、また、坊や《チャオ・チャオ・バンビーノ》」白痴のように私は返した。

私はベッドに戻ると、アントニオの言った部屋のことを考えた。睡眠薬はこちらの頭を混乱させ、もはや瞼をあけていることができなくなっていた。あいつは本当のところ、何が言いたかったのだろう？　あれは依頼というより、一見そうは見えないが、巧妙な強迫だったのではないのか？　もちろん、あの男の細君が階下《した》に暮らすようになれば、彼にとって私はもはや姑のように口うるさく耳障りな存在ではなくなり、逆に、己れの家庭人としての義務から逃れられる恰好の避難所となるだろう。それに多分、パムと会うことも止すはずだ。かりにまだ関係をつづけるにしても、これまでみたいに大っぴらにやることはないだろう。それがこちらの復讐心から出ていることは明らかであったが、私はこうした想像に慰めを感じた。

いずれにせよ、パムのことは問題ではなかった。いちばん大事なのは、それがどれほど激しい苦痛をともなうものであれ、アントニオとの再会であった。雅のことも問題ではない。彼の妻と子供のことも同様である。私はどんなことをしても、もう一度アントニオに会わねばならないのだ。どんなことをしても。

鉛のように重い眠りの幕《カーテン》が意識の舞台上にずっしりと降りてきて、私の生命《いのち》を押しつぶし、それが降りきった瞬間、私がすでに下していた恥ずべき決断を脳裏から消し去ってしまった。

19

それから一〇日ばかり過ぎたある夜、玄関の呼び鈴が鳴った。表の扉を開けると、雨の中を、傘もささず外套も着ずに戸口にたたずんでいるのはパムであった。彼女は、明らかに敵意に満ちたこちらの視線の前で、卑屈になっているように見えた。「ディックさん、こんな時間に突然おじゃましてご迷惑だとは思ったんですけど。伺うときは、前もって電話でお断りしておくのが肝心だって、アントニオからもよく聞かされてましたし。でも、たまたまこの近くを通りかかったものですから、ちょっとお会いできないかな、と思って……」パムは言い訳がましく言った。

「さあ、とりあえず、屋内《なか》へ」

「ありがとうございます」

彼女は細身の体をお辞儀でもするかのように上下に動かしながら、遠慮がちに室内へ入って来た。

「お濡れになっているんじゃ？」

「いえ、そんなことはありません。車で来ましたから」

「じゃあ、その車は？」

漠然と、あのおぞましい小型車がだんだんダメになっているという彼女の告白を、私は待っていた。

「まあ、あの車、とんでもないことになってしまって、これまで故障なんてしたこと、なかったんですけど……あのう、こうして上がり込んじゃって、お邪魔じゃありません？」そう言う間にも、パムは腕にかけていたハンドバックの中にごそごそ手を入れて、煙草を取りだした。平生はとても落ち着きのある彼女が、この夜に限っていかにもそわついていた。

「いや、そんなことはありません。どうぞお気遣いなく。なに、こちらも今までここに独りでいたんですが、なんだか気が滅入ってしまって、誰か電話をかけてくるか、訪ねて来てくれないかなって、思っていたんです」こうは言ってみたものの、実のところ、パムの訪問は私の望むところではなかった。「さあ、そこにおかけになって」彼女はこちらの勧めた席に腰をおろすと、上品に両足をそろえ、膝の上に両の手をおいたが、その様子はまるで面接試験に来た求職者のようであった。私はマッチ箱を手にすると、彼女の煙草に火をつけた。

「例の原稿、見つかりました？」パムは訊ねた。

「原稿って、なんの？」

「アントニオの、例の論文ですわ」

「ええ、ええ、見つかりましたよ」それを結局見つけたことを、彼女には話さずにおこうと思っていたが、当人を前にして、その決心を私はすっかり忘れてしまっていた。「あの草稿は大学にもここにもありませんでね、見つけたのはワイン・ロッジでした」

パムは煙草の先に目をやりながら聞いていたが、私がそう言ったとたん、蒼白い彼女の顎から頬にゆっくりと赤味がさしてきた。

「すぐに速達で送ってやりましたよ。ちょっとばかり物入りでした。発送したっていう、電報まで出したんです。もちろんあの男からは、受け取ったという報せも来なけりゃ、電報を読んだっていう返事もありませんがね」

「なんの便りもないんですの？」

「いいえ、便りは二度ほどもらいました。ですが便りといっても、一通は同僚のために政府刊行物発《ステイショナリー・オ》行所《フィス》からちょっとした報告書を取り寄せてほしいという短い依頼の手紙で、もう一通はフロレンスの例の大聖堂《ドウオーモ》の絵葉書ですよ」

「でもあの人、先生にはちゃんと連絡を取っているんですのね」

「あなたには、彼から便りはないんですか？」自分の声が内心の喜びを表に出してしまうことのないようにと留意しながら、私は訊ねた。

「一行だって、書いちゃくれませんわ」そう言って、彼女はしょんぼりと頭《かぶり》を振った。「あの人から、許しを出すまで便りはするなって、言われているんです。彼、わたしの手紙が自宅《いえ》に届くのはまずいんで、友だちに、こっちの手紙の受取人になってもらうよう話をするつもりらしいんですけれど、でも……」パムの声は次第に小さくなっていった。彼女は肩をすくめた。

「アントニオは久しぶりの帰国で、することが沢山あるんだと思いますよ」

「それだけじゃありませんわ、きっと」そう言いながら、パムは震える手で煙草を口許へもっていったが、下唇もぶるぶる震えている。「あの人が連絡をよこさないのは、わたしとのことを終わりにしたいからですわ、きっと」

彼女のこの言葉に、先だってアントニオに送った電報のことが脳裏にひらめき、とつぜん私は罪の意識に胸が痛んだ。「お望みどおり、あの部屋は君の家族に提供する」、その電報に私はこんな一文を付け加えていた。それにしても私は、この二人の別れ話にどんな役回りを演じたのか？

「結局、あの人の言ったとおりになりました」パムは言葉をつづけた。「わたしはあの人に騙《だま》された、とは言えません。彼は、彼はいつも正直に言ってました、『パム、どうか分かってくれ、俺にゃ、家族は捨てられないんだ』って。『俺はわがままだ』とも言ってましたわ。『俺は自分勝手な人間だ。別れるときが来ても、やさしさみたいなものは、どうか期待しないでくれ』ってね。そうなんです、アントニオは以前から、こういう日の来ることをちゃんと言ってたんです。ですからわたし、あの人から期待できる中身、分かってました。でもやっぱり、こうなってみると、辛いんです」

パムはそう言うと、ハンドバッグからハンカチを取りだそうとして屈み込んだが、その拍子に、彼女の灰色がかった長い金髪が顔にかかった。その時、その一房が女の凭れている紺色のクッションにうずを巻いているのに気づいたが、それは確かに、アントニオが帰国する前日、浴室の配水管に落ちていたものと同じであった。パムが手にしたハンカチを口許にやった時、私は最初、肩を大きく揺っている姿を前にして、この女は咳が我慢できないのだろうと思ったが、事実はそうではなかった。彼女は泣いていたのである。髪で顔を隠したまま、パムはしゃくり上げていた。

しばらく、私は黙って相手の様子をうかがっているより他なかった。

「こ、こんなこと、なんでやっているのか、わたし、自分でも分かりませんわ」途切れ途切れに、パムは言った。

「あんたは同情が欲しくてここへ来たのかね」彼女の言い草に、こんな科白が私の胸をよぎった。

「ああ、わたし、自分のことがとっても惨めで」

パムがそう嘆いた時、この彼女の言葉がとつぜん真実味をおびてこちらに迫ってきた。私と同様、この女も、「とても惨め」なのだ。けれどパムは私とちがって、こうして泣きじゃくっていれば、それで心が安まる。そう思いつつも、私は彼女の腰かけているソファーの所まで行くと、そこにたたずんで、相手の様子をうかがった。先ほどまで、パムは同情するにあたらないと思っていたが、いまや彼女のことが哀れに思えてくるのだった。この憐憫の情はとりもなおさず、パムと同様アントニオの虜となった自分への憐れみの気持ちの延長であり、それは忽ちのうちに、目の眩むような頭痛や激しいこむら返りのような、肉体的苦痛をよび寄せた。

「パム」私はそう言って彼女の肩に手をかけた。「そんなに泣くんじゃないよ」

私の言葉に、彼女はこちらの手を取ったが、その親指に彼女の熱い涙がひとしきり落ちて流れた。パムはいまや脅えた子供のように、瞼をかたく閉じてすすり泣いていた。

私はパムの傍に腰をおろし、握られた手を引き抜こうとしたが、彼女はあくまでそれを放そうとしなかった。「……惨めで……分かっていたことかも知れませんけれど……ちっとも構っちゃくれませんもの……そりゃ寂しくて……」パムはこちらの肩に頭をあずけ、胸につかえていることを、話の纏まりには頓着せずに次々と口にした。私の頬にあたった彼女の髪は絹のようになめらかに見えて、その実いたって肌触りが悪かった。

私の首にかかっていたパムのしなやかな腕がこわばるのが感じられたが、それと同時に、彼女の指先がこちらの項《うなじ》を軽くさすったかと思うと、それは私の頭髪のなかに入り、愛撫するように動くのだった。その動きはますます執拗さを増していった。「この何日かの間、わたしがどんなに寂しかったか……とっても惨めで……あなたになんか、分かりっこないわ……」

「あなたになんか、分かりっこない」だって？　この言い草に、私は笑い出したいような、ヒステリックな欲望にとらわれた。

「来る日も来る日も便りを待つんです。いくら待っても無駄だと知っていても、それでもやっぱり待ちつづけるんです。朝早くに目がさめて、郵便屋なんか来たはずはないって分かっていても、階下《した》へ降りて、空の郵便箱を開けずにはいられない。そしてそれから一〇分もたつと、またしても郵便箱を開けに階下へ降りてゆくんです。こんなの、気違いのすることでしょうか?」

「まあ確かに、マトモな神経の人間のやることじゃありません。ですが、この私も、いま仰られたのと同じことをしてましたよ」

「わたし、彼がいないと、とっても寂しくって、寂しくって」パムは呻くように言った。

と、とつぜんぎょっとするようなことが起こった。女の唇が私の頬にあてがわれたのである。そして、妙に塩気のある唇が私の唇に触れた。が、その恐れは、すぐに強烈な不快感と歓喜の入り混じった感情に変じた。前方へ伸びた私の両の手は、その掌で、女の骨ばった体を感じていた。そのほっそりとした膝、少年のような腿《もも》、痛々しいほどにやつれた肩、哀れなほど小さな胸、私の手はそれぞれの感触をたしかめていったが、手が乳房にとどいた時、彼女は小さな呻き声を発した。こちらの指のあいだで、乳首はまたたく間に固くなっていった。私の口は相手を求めてまた下の方に動いたが、私たちの唇が合わさった時、この行為は憎しみから出たのでも愛情から出たのでもなく、それらの混合から出たという思いが、異様な激しさで私の胸を突きあげた。あいつの唾液がこの唾液と混じり合ったんだ。あいつの農夫のような手が、こうしてやさしくこの乳首を撫でたんだ。あいつの髪の毛が、こんな感じでこの金髪と縺れ合ったんだ。あいつのこういう愛撫を受けるうち、この女は徐々に、徐々に、欲望でふるえる奴の体を自分の中へ迎え入れていったんだ。

パムの手は、いまや私のズボンのボタン隠しにあった。そして、アントニオとの捨てばちな情事の際とおそらく同様の興奮のうちに、息をはずませ、そのボタンに手をかけていた。こちらの下腹部に、女の頭は迫ってゆく。なるほど、あいつはずいぶんうまくこの娘《こ》を仕込んだものだ。さぞや満足だろう。私は、イタリアの女が滅多にこんなマネをしないことを知っていた。

「アレを、着けたほうがいい?」私は囁いた。

「いいのよ、そんなこと、心配してくれなくて」

「でも、こういうことは気をつけないと、パム」

「いいんだったら、そんなこと——ちゃんと大丈夫なようにしてあるわ」

パムのこの台詞を聞いたとたん、私に、この「ちゃんと大丈夫なようにしてあるわ」というのが、彼女がこうなることを当初から見通すか希望するかしていたことを意味するのか、それとも、淫らな女のつねとして彼女が日頃から避妊の注意を怠っていなかったことを意味するのか、という疑問が湧いた。そしてこの疑いは今でもなお、しばしば頭をもたげるのである。

いまやパムは私の上着に手をかけていた。「そんなに急《せ》くんじゃないよ、パム。もっとやさしく、ゆっくりとやっておくれ」

が、パムの気違いじみた性急さは、すぐにこちらにも伝わった。彼女のストッキングを引き下ろそうとすると、爪がその網目にかかったが、私はそれに破れ目のできることに頓着しなかった。

「明かりを消して」目を閉じたままパムは言った。

彼女の思い通りにしてやったが、その直前、私は女の無防備な細い身体を自分の視野におさめた。ベルトの締められていた腰のまわりの皮膚のたるみ、片方の腿にある大きな黒子《ほくろ》、まるで身を守るようにひき寄せられた両の膝。

部屋を暗くすると、唐突ともいえる速さで私はパムの中に体を沈めた。絶望が私の荒々しさに拍車をかけた。こちらを受け入れた時、パムはわずかに叫び声をあげ、彼女の銀色の爪は私の頸に深く食い込んでいった。ちょうど今の俺の体と同じように、あいつの体もお前の体の上で汗ばんでいたんだ。俺の体臭がお前の肉に残るように、あいつの体臭もお前の体に残っている。俺の精気《エッセンス》がお前の体内に潜むように、あいつの精気もお前の体内に深く潜み、それはどんなに希薄になろうとも、永遠にその名残りをとどめるのだ、お前の生理、お前の記憶の一部となって。一突きごとに、パムの口から、痛みによるものとも喜びによるものとも知れない激しい呻きが洩れたが、私は己れの体の先が相手の体の奥にとどく度に、彼女のことを忘れ、女の肉を通してアントニオの中に突き進んでいくような気持ちになった。この間私は幾度となく、アントニオと二人で同時にパムを所有しているという幻想を抱いたが、その想念はいよいよ激烈な情交に私を駆り立てるのだった。

ことが終わって、私たちは小さなソファーに並んで身を横たえていた。体を動かすことはなかったが、喘《あえ》ぎは止まらなかった。と、ある馬鹿げた考えが胸をよぎった。あいつはブリュッセル・レースの上で破廉恥な行為をやったが、俺はこのビロードの上で同じことをこれまでにやったことがあったかしら？

パムの人差し指がこちらの顎にかかった。槍のようにとがった彼女の爪が無精髭にあたって音を立てる。その手がゆっくりと私を愛撫した。

「ご存じでしょうけれど――あの人はわたしに、一度もこんなことはしなかったわ」

私は、パムの言ったことの意味が呑み込めなかった。今もって、それは謎である。それは、アントニオとの情事のなかで彼女が決して達することのなかったオルガスムを私がもたらしたということか？　それなら、ありうることだ。彼はパムと愛し合う時も、さぞかし性急で自分勝手だったことだろう。それともアントニオが、彼自身あるいはパムの尻込みから、挿入を控えたということか？　それなら、奴のベッド・カバーや私のタオルに、精液の大きな染みがついていたわけにも納得がゆく。

パムは眠そうにクスクス笑いをしながら言った。「ねえ、イギリスの女って、普通こういうとき、前よりよかったかって、男の人に訊くんでしょ。わたし、これまでになく素敵な思い、させてもらったわ」彼女は顔をこちらに向けて耳元でささやいた。「あなたはどうだった？」

私は彼女に答えなかった。返事の仕様がなかったからである。

「わたしのこと、嫌気がさした？」

「いや、そんなことは断じてないよ」

「おかしなことだけど……」パムは物思いに耽るようにして言った。「本当に不思議な気がしたの。今あなたに抱かれているとき、わたしが迎え入れているのが半分はあなたで、半分は——アントニオだって気がしたの。こんなこと言ったからって、気を悪くなさらないでね。わたし、ずっとアントニオのこと考えていたし、とってもあの人のことが恋しかったから、そう思ったって、当然よね……」

私もこの女に、彼女を抱いた時の気持ちを率直に言うべきだったのであろう。そうしていれば、こちらはもっと勇気があり、心が寛かったことになる。が、私はこう口ごもっただけであった。「ああ、まったく当然のことさ」

「ディックさん、これでやっとあなたとも友だちになれたわね。この前ここにお邪魔したとき——あの人がオクスフォードに行ってた時のことだけれど、あなた、わたしにそりゃあ親切で、丁重に扱ってくれたわ。でも、わたし感じてたの、あなたは表向きはやさしいけれど、心の奥じゃ、とってもわたしのこと憎んでるって。打ち明けるとね……」こう言うと、細くとがった銀色の爪を、またこちらの顎から頬に這わしながら、パムはクスクス笑いを洩らした。「わたし、あなたのことがとっても怖かったの。それに嫉妬も感じたわ」

「私に嫉妬を？」

パムは頷いた。「あなたにそんな気持ちを抱くなんて、愚かしいとは分かってたけど……でも、あなたとアントニオって、いつも文学や哲学や政治や美術や音楽のことを話題にして、知的な生活を共有してらしたわ。けれどわたしは学問や芸術にかかわることを、あの人と分かち合うことができなかった。わたしたち、会ってもほとんど話すことがなくって。わたしの知っている男の人の中じゃ、あの人ぐらい、こっちの話に耳をかさない人間はいなかったわ。そりゃあ、わたしの話すことって、つまらないことばかりだけど」

パムの唇が私の唇を求めてきた。が、その唾液の味に、いまや私は嫌悪感を覚えはじめていた。

「わたし、あなたのことについちゃ、もううんざりするほど聞かされたわ。これこれしかじかのことにあなたはどんな考えをもっているか、今どんなものを書いているか、そしてなにを言ったか、あの人の話すのはいつもそんなことばかり。彼、自分が今まで会ったイギリス人のなかで、あなたほど才気《スピリトーソ》に溢れている男はいないって、そりゃあ褒めてたわ」そう言って、パムは溜息をついた。「そう、だからわたし、あなたにとっても嫉妬していたの。正直言って、あの人の奥さんや子供に対するやきもちより、あなたに対するやきもちの方が強かったと思う。こんな気持ちって、やっぱりおかしいかしら」

「冷えてきたね。服を着た方がいい」そう言って、私はソファーから起き上がると、チョッキのほうに手をのばした。パムはと言えば、こちらの体をしげしげと眺めている。

「ねえ、本当のところ、肉体的な面では、わたし、アントニオは好みじゃないの。自分でも意外な気がするけど、わたしこれまで一度だって、ああいう筋肉質の男に惹かれたことないのよ。ああした体つきの男って、いつも嫌悪感を感じてしまう」こんな言葉を洩らすと、パムは夢うつつの様子でようやくソファーから身体を起こし、衣服を身につけはじめた。

「こういうことって、結局、一時のなぐさめよね」ブラジャーを着けながら、パムは言った。彼女の身震いが次第に激しくなっているのに私は気づいた。

「寒いかね？」

「少し、でも服を着てしまえば大丈夫だわ」

「君の言う通りだよ、こんなことは、どうせ一時しのぎさ《パリエイティヴ》」私は言った。「でも、いくら一時しのぎだって、何もしないよりはましってもんさ」

こちらに嫉妬を覚えたというパムの言葉は、私を喜びで満たして当然だった。が、奇妙なことに、彼女の台詞に私が喜びを覚えることは一切なかった。それどころか、これを切っかけに、私はいよいよ気が滅入り、恥じ入る気持ちが強くなっていった。

「それ、なんなの？」パムは訊ねた。

「それって？」

「パリなんとかって？」

「パリエイティヴ」という言葉にある、「一時しのぎ」と「鎮静剤」という二つの意味を、私はパムに説明した。

彼女が着終わったところで、私はお茶を勧めたが、相手は断った。「いいえ、結構よ。わたし、急いで帰らないと……もし、あの人から便りがあったら、教えて頂戴ね。約束よ」

「もちろん、報せるとも」

「ありがとう、ディック」パムはそう言うと戸口の方へ急いだが、扉の所でこちらを振り向いた。

「わたしのこと、悪い女だなんて、思わないでね」

「君が悪い女だって？　どうして、そんなことを？」

「わたしのこと、そう思っている男の人がいるわ。アントニオだって、多分そうよ」

「ああ、イタリア人は、そういうところがあるかも知れないね」

「彼はそういうこと、一切口にしたことがなかったわ。でも、わたしのこと、低く見てたと思う。尻軽な女だって」

パムの言葉に、「尻軽」女について彼が言っていたあれこれの台詞が、こちらの胸に浮かんだ。だが、あのアントニオほど「尻軽」な人間がいるだろうか。

「また会えるわね」こちらの気持ちを探るように、パムは言った。

「ああ、またぜひ」

彼女がこちらに顔を向けたので、私は余儀なく相手の口に唇をつけた。

が、結局のところ、アントニオが戻ってくるまで、私たちが顔を合わせることはなかった。

20

アントニオは頼みごとがあって、階下の部屋から私の許に上がって来ていた。この頃には、すでにアントニオも細君も、たんにこちらに願いごとを持ち出すにとどまらず、その懇願のことごとくが聞き入れられることに慣れていた。だが今回は、彼はいかにも心配気だった。

アントニオはまず、キャレッタが私のために肉団子《ポルペッテ》をつくりたいと言っているという話から切り出した。この料理は彼女の得意なものの一つだった。アントニオが家族を連れて我が家に戻って以来、私は幾度となく彼らを晩餐に招待したが、彼らがこちらを夕食に招いてくれることは滅多になかった。来週の木曜日は空いているかとアントニオが訊ねてきたので、私は手帳を調べ、大丈夫と答えたのだが、実のところ、アントニオとの約束なら何であろうと都合をつけたから、手帳を繰ってわざわざ予定を調べる必要などないのだった。

「この席に、パムも呼びたいと思っているんだけどね」

「パムを呼ぶ、だって?」

アントニオがパムとよりを戻しているのかどうか、私は知らなかった。二人の仲を詮索するために彼女と会うことはなかったし、英国《こちら》へ戻って以来、アントニオの友だちの前では、私は依然として彼の「いちばん親しい偉い友人」ではあったが、私たちのかつての親密さは徐々になくなり始めていた。

パムについて、私はこれまでにも一度か二度話題にのせたことはあったが、そんな時アントニオの見せる表情はあいまいで、返事の方もまるで明確さを欠いていた。この男が彼女のことを忘れようとしているか、あるいは少なくとも、私と彼女のことであれこれ話すのを厭《いと》っているらしいのは、はっきりしていた。

「あいつ、前からうちの子供たちに会いたがってたね」

「しかしアントニオ、あの娘《こ》に声をかけることが、本当に適当かね?」

「友だちとして呼ぶだけだよ、ディック。ただの友だちとしてさ。あんたも来てくれるし、これで

——残りの連中にはみんな声をかけた」

「パムとは時々会っているのかね?」

私がこう訊くと、ぎこちなく体の位置をかえ、規則正しい生活と、胃にもたれはするがきわめて美味いキャレッタの料理のおかげで最近とみに肉づきのよくなった顎に、彼は手をやった。「時々、学校の喫茶室でコーヒーを飲むよ。でも、それだけのことさ」このアントニオの言葉に私は、一度ならずキャレッタが、不愉快なことがあるとすぐに出すあの鼻にかかった、興ざめのするような涙声で、アントニオは仕事が忙しすぎて、八時になるまで大学にいる始末だとこぼしているのを思い出した。

「でもアントニオ、パムと奥さんを会わせるなんて、そんな危ないことは控えた方がいいんじゃないのかね。君がなんでそんな危険なことをしたがるのか、合点がいかないね。あの娘にとっちゃ、それは少なからぬショックだろうし、君にとっても危ないことだ。私にしたって、どんな顔をして彼女に接したらいいか、見当もつかない」

「ディック、あんたは取り越し苦労をしすぎだよ。パムはあれで分別のある女だ。俺たちが以前一緒

に楽しい時間を過ごしたのは事実だが、それはもう終わったことを彼女は知っている。あいつは、失恋したなんて思っちゃいないよ。俺たちはそんな関係じゃなかった。あいつ、子供たちが見たいって言っているんだよ。あれは、子供が好きな女でね」

この件で、これ以上アントニオと言い合っても無駄だと私は悟った。どうしても晩餐にパムを呼ぼうとするアントニオの心のうちが私にはっきり見えたわけではないが、おそらくは自分でも意識しない、女に対する残忍な気持ちから、しかしより直接的には、自分の溺愛する子供たちを愛人に見せたいという無神経な欲求から、アントニオはパムを呼ぶ決心をしたものだろう。

どこまでもパムの招待にこだわるアントニオを前にして、私は笑った。彼は、こちらの笑い声のうちにある軽蔑的な気配に気づいたと見えて、その声を耳にするなり顔を赤らめた。「アントニオ、君って男は、本当に信じられないことを思い立つ人間だね」

「どうして、そんなことを言うのさ？　俺のやろうとしていることはそんなにおかしなことじゃない……けど、ディック、俺はひとつだけ、ちょっとあんたに頼みがあるんだよ」アントニオの声は他人に内緒事を打ち明ける時の、あのやさしいものになった。彼は片手でこちらの腕をつかむと言った。「キャレッタには、パムのことを、あんたの友だちだって言おうと思うんだ――あんたの彼女だってね。そうさせてくれないか？　パムはまずあんたの所へ来て、それから、あんたがあいつを俺たちの所へ連れてくる。そこで俺がキャレッタに、パムとはあんたを通して知り合った、だからあんたと一緒に招待したって、話そうと思うんだ」

このアントニオの言葉に、私は相手をまじまじと見た。「本当に、君って奴は、信じられんことを言う男だね」私は言った。

「どうだい、そういうことにしてくれよ」

なおも相手を見ながら、私は溜息をついた。「君の頼みを拒んだことがあったかね」

「なんでこんな招待を受ける気になったのか、自分でも分からないわ」

玄関の鏡の前で口紅をなおしながらパムは言った。私は、彼女の唇の色が吸血鬼の接待役《ホスト》を彷彿させるような銀色でなく、明るい珊瑚色であることに気づいた。「自分でもまったく訳が分からないわ」

「君は本当に彼の子供たちが見たいのかね？　あの子たちはすっかり甘やかされちゃいるが、可愛いことは確かに可愛い」

「わたし、一度、子供さんに会わせてって、言ったことがあるの。それは仰るとおりよ。でも、わたしが本当に興味をもっているのは奥さんの方。彼女がどんな女性《ひと》か見たくってやって来た、というのが本当だわ。いったんは学校で、せっかくだけどお招きには応じられませんて、伝言のメモを書いたんだけど、それをポストに出しに行く途中、とつぜん、そう、あの人の奥さんがどんな女性か見てみたいっていう好奇心の方が強くなっちゃって……」

パムのこんな言い草を聞くうちに、その後アントニオとこの女の関係はどうなったのかというこちらの好奇心も、押さえがたいものになった。「今でも時々会うの？」私は訊ねた

「学校の喫茶室でね」パムはしごくあっさりと答えた。その返事に卑屈さは微塵もなく、そのことが私を打った。「一度か二度、ドライヴに行ったこともあるわ。スタンマー公園や丘陵地帯《ダウンズ》にね」パムはほんのりと頬を染めた。彼女がこんな恥じらいを見せずとも、私にはこの女の言わんとすることが分かった。「でも、本当のところ、わたしたちの仲は終わりだわ。いいえ、終わりにしなくちゃいけな

いの」パムはそう言って、足許のハンドバックの中に手にしていた口紅をしまおうとしたが、その上唇は震えていた。

「わたしの顔、こわそうに見えて?」口紅を手提げに入れてしまうと、彼女は背筋をのばし、鏡の中の自分を見つめた。

「いや、そんなことはないよ」

こう言いはしたが、実のところ私は、パムの顔色の悪さと急激な肉の落ち方に驚いていた。この何週間かの間、アントニオの方はかつてないほど健康そうに見えたが、パムの方は顔が萎黄病《いおう》のように蒼白で、体の痩せ方も憔悴というに近かった。時折り顔には痙攣が起こり、その度ごとに一方の瞼が、まるでその下にすすが入っているかのように、神経質な震えをおびるのだった。

「わたし、百歳のおばあちゃんみたい」

「そんな風には、絶対見えないって」

キャレッタはいくらか軽薄な面もないではなかったが、私にはいつも愛想がよかった。彼女は、パムが私の友だちであるという話を真に受けたので、この娘に対しても機嫌がよかった。キャレッタはほとんど英語が話せなかったので、二人が話をする際は、私とアントニオが甘いベルモットをすすりながら、通訳にまわった。二人の子供のうち、赤ん坊の方は隣の部屋で眠っていたが——キャレッタはつま先でそっと娘のいる部屋に入って、彼女の寝顔をみんなで見てやってほしいと頼んだ——いかにも可愛らしい五歳のカルロ少年は、部屋の隅で人形で遊んでいた。そのうち私は、キャレッタがパムの靴を褒め、パムがキャレッタにその髪をどこの店でセットしたのか訊くといった会話の通訳に飽きてしまい、独り席を立つと、少年の方へぶらりと足を運んだ。これまでにも、たとえばキティをつれて散歩に出る私について来るほど、少年が進んで私に懐《なつ》こうとしたこともあるにはあったが、あいにくこの夜は、彼が心を開くことはなかった。私が傍によると、息子は「とっとと失せな《ヴァ・ヴィーア》!」と声をはりあげた。これはローマの主婦たちがしつこい乞食や行商人を追い払うときに使う言葉で、こうした荒っぽさはイタリアではべつだん珍しいものではなかったから、こんな下卑た物言いをしたからといって、両親が彼をたしなめるようなことは一切なかった。

とうとうキャレッタがカルロを寝かしに行ったので、部屋にはアントニオとパムと私の三人だけになった。卓上のレースのナプキンの上には、空になったピンクの磨りガラスのグラスが並んでいた。アントニオは私がジンの好きなことを知っていたし、それはアントニオ自身の好物でもあった。アントニオはジンを一瓶買うことは途方もない出費になると、買うのを止めたのかしら? それとも、止めたのは細君の方か?

長い沈黙があった。

キャレッタに真心で接しようとしていたパムは今や悲しそうで緊張気味に見えた。ある種の倦怠感が私を支配していた。アントニオを前にしてこんな気分に陥るなど、絶えてなかったことである。アントニオが二、三度咳をしたが、これは明らかに、彼がこの場に漂う雰囲気を察知して、それに当惑しているか神経質になっているかの証拠《しるし》であった。それから彼はキャレッタにイタリア語で叫んだ。「メシ、急いでくれよ。早くすまさないと、食ってる最中に、雅と裕子《ひろこ》が来てしまう」アントニオのこの言葉で、雅と彼の細君も今夜の集いに招待されていることを、私は初めて知った。

「この子を寝かしつけるまで、どうにもなりゃしないわよ」キャレッタが大声で返してきた。アントニオとこの細君は、必ずしも互いの虫の居所の悪いのがその原因という訳ではないにせよ、こうして頻繁に怒鳴り声を上げあっているように見受けられた。二人の叫び声は階上へも嵐のように響きわたったものである。「あんた、そんなに言うなら、ここへ来て、カルロの面倒を見てよ。そうすりゃ、あたしだって台所に戻れるのよ！」

「じゃあ、ちょっと坊主を寝かしつけてくるから、失敬するよ」そう言ってアントニオは席を立った。アントニオが子供の所へ行くや、キャレッタが居間を通って台所に急いだ。居間には、私とパムの二人だけになった。

「カルロって、きれいな子ね」パムが言った。

「あの子は、まったく父親と瓜二つじゃないかね」

「でもあの子は父親とちがって、強くも逞しくもならないわ」

私たちはますますぎこちなさを感じながら話しつづけた。私がパムに寄宿舎での仕事の話をすれば、彼女はこちらに目下執筆中の作品について訊ねるといった具合である。隣の部屋からは、子供を寝かせるために「空へ《ヴォラーレ》」を歌うアントニオの声が聞こえてきた。どういうものか、その鼻にかかった軽いテノールを耳にしていると、私は胸に疼くような哀しみを覚えるのだった。アントニオが私の家に下宿し、パムと幸福の絶頂を味わっていた時期、彼はこの「空へ」と「チャオ・チャオ・バンビーノ」を、自室や浴室、はては食事中の食堂でも、いつも歌っていたのである。その陽気な歌がいま子守歌として静かにゆっくり歌われると、ある種の哀愁をおびて来るのだった。

「あの人ったら、まだあれを歌ってるわ」パムは急に話題を転じて言った。

「以前は、あの歌声がとっても神経にさわってね」

「わたしもよ」

ついに子供が眠りにつき、テーブルに料理が運ばれた。アントニオはふたたびイタリアの舞台俳優の演技を思わせる態度で、パムも私も食べきれないほどのスパゲッティをわれわれの皿に盛りつけたり、グラスにワインをついだりした。「さあ、世界でいちばん料理の腕がよくって、世界でいちばん美人の女房がつくった、世界でいちばんうまいスパゲッティだよ」アントニオはそう高らかに言うと、まず私が、そして次にパムがそれを頬張るのを見つめた。「どうだい、ディック、どうだい、パム、うまいだろう！」

キャレッタは、夫のこの大袈裟な賛辞やそれにまさるとも劣らない客への大袈裟な持てなしに、べつだん喜びの表情も不快の表情も見せるでなく、ぼんやりとした面持ちで、自ら調理したものを食べていた。彼女はいまや下顎の辺りに肉がつき、中年太りが目立ち始めていたが、それでもその美しさはパムとは比較にならなかった。しかし、キャレッタの豊かで、ほとんど淫らな肉感性と、それとは対照的なパムの蒼白い体とを比べると、アントニオが何故、彼がこれまで我がものにした女性たちとは似ても似つかないこのイギリス女に惹かれたのか、理解できた。テーブルについた四人の中で、心から寛いでいるように見えたのはキャレッタのみであった。しかし、アントニオから耳にしたちょっとした病気や、夫婦の間にかもされる種々の雰囲気から推して、一見安定しているかに見えるキャレッタの心の底に、神経症的な気質が潜んでいるらしいのは間違いなかった。

スパゲッティはキャレッタの他の料理同様美味かった。にもかかわらず、私はその美味しいはずの料理を、しょっちゅうワインを口に含んでは、無理に飲み下さなければならなかった。食事が喉につかえているのは、パムも同じであることに、私は気づいた。

「こんなうまい肉団子《ポルペッテ》、食べたことがないだろ」

「本当にいい味だよ」私は答えた。それは決して嘘ではなかった。

「ねえ、ディック、女房をもらうとどんなにいいことがあるか、分かっただろう。たしかに、あんたは束縛されることを好まない。そりゃあ、他人の束縛を受けないで自由でいるってことは、素晴らしいことだ。でも、考えてもみろよ、女房がいりゃあ、こうして美味いもんが食えるし、いろいろ世話だってやいてもらえる。あんたは独りだから、自分で家を切り盛りしなきゃならないし、メシだってつくらなきゃならない。それで、どんなによけいな時間を使っていることか」そう言うとアントニオはキャレッタの方を向いて、自分の言ったことを通訳し始めた。彼女は丸々と太った手で硬い黒髪をなでつけながら、こちらに笑顔を向け、頷きつづけた。「パム、君だってそう思うだろ。ディックは結婚すべきだよ。ディックは子供好きだし、どうしたって身のまわりの世話をやいてくれる女が必要だ。そうは思わないかい」

アントニオの言葉に、パムは無言でいた。

「でもディックさんは、このパムさんと結婚なさるんじゃないの?」キャレッタがイタリア語で口をはさんだ。彼女は冗談のつもりだったが、一方で、そういうこともありえぬことではないと信じていた。「そうしたら、あたし、パムさんに肉団子のつくり方、教えてあげるわ。そうすればディックさんはいつも喜んで……アントニオ、いまあたしの言ったこと、パムさんに通訳して」

アントニオは、「キャレッタはいつか君に、肉団子のつくり方教えてあげるって」とだけ、簡単に言った。

「それは嬉しいわ」

ようやくのことで、このおぞましい夕食は終わった。食事に時間がかかったので、雅と妻の裕子が訪ねてきたのは、キャレッタがパムの手を借りて皿を片づけている最中だった。二人の女が食器を流しに運んでいるのを見るなり、裕子はすぐに自分も手伝おうとした。着物姿の裕子は笑みを絶やさず、両手で皿を一枚ずつ胸の高さにささげ持ち、居間と台所との間を小股で足早に往復したが、キャレッタの粗雑な色気やパムのほっそりとしたぎこちなさと比べると、裕子の驚くべき気品と自信と威厳がいやが上にも目を引いた。これまでにもしばしば感じたことだが、私は雅の細君の挙措を眺めながら、改めて、将来もし自分が妻をめとることがあれば——年毎に現実味のなくなっていく話ではあるが——やはり日本の女性に如《し》かずと思った。

雅は形ばかりの挨拶を私にした。アントニオの家族に部屋を貸さなければならない旨を彼に伝えてからというもの、私たちの間には、かつての親密さは影を潜めてしまっていた。「雅、分かってくれないか」約束していた部屋を貸せなくなったことを彼に打ち明けねばならなくなった時、私は言った。「アントニオと奥さんの間がかなり危ないようなんだ。手遅れにならないうちに、家族をこっちへ呼び寄せる必要があるんだよ」「いや、ご事情は分かりました、トムソンさん」こちらの説明に雅はいちいち頷き、おしまいに、「僕の方は、どこか他所《よそ》をあたりますから」と、私に理解を示した。が、その顔には強張《こわば》った笑みのせいで亀裂が生じていた。「いや、君の力だけでは大変だ。アントニオのことじゃ、君に大変な迷惑をかけることになったんだから、部屋捜しについちゃ、できるだけのことをさせてもらうよ」度重なるこんな私の申し出を、雅が受けることはなかった。貴方はあまりに多忙であるし、自分のことで貴方を煩わせるのは気がひける、同僚の奥さんが車で部屋捜しにつき合ってくれそうだし、ウイニーも、フェビアン協会の仲間に不動産屋がいてその人に話をしてくれる約束だ、というのがその理由である。雅の口調は物静かで、あくまで礼を失するものではなかったが、その態度はきっぱりとしていた。結局、雅と裕子夫婦は、ウイニーの友人所有の、町からよほど離れたウッディングディーンの、ガレージの上の空き部屋に落ち着くことになったのだった。

女たちは居間に戻ると、その一角に腰をおろしたが、一方、雅とアントニオと私はその反対側の一角にたたずんでいた。

「雅、元気そうでなによりだよ」アントニオは日本人の背中をポンと叩くと、きさくな感じをよそおってそう声をあげた。アントニオはこの夜そういう親しみのある態度をずっと努力してとりつづけたが、それが表面的なものにすぎないことは、すぐに周囲《まわり》のものに知れた。「君もこんな美人の奥さんと一緒で、大した果報者だ。俺もべっぴんの女房をもらって感謝しているから、君の気持ちはよく分かるんだ。これから一緒に、せいぜいイギリス暮らしを楽しもうじゃないか」

それからアントニオは雅に、彼の生まれたばかりの息子のことを訊ねた。

雅の目は妙に冷え冷えとして、用心深いものだった。

その時、とつぜん戸口に、上着に緋《あか》い縁取りのついた、水色の豪華な絹のパジャマを着たカルロが現われた。

「カルロ、そんなところで一体なにしてるの?」息子の姿に気づいて、キャレッタが叫んだ。彼女の口調には、我が子に対して見せるいつもの態度と同じように、微塵も真の威厳というものがなかった。

「カルロ、ベッドにもどりなさい!」アントニオがつづいて叫んだ。

が、子供は重々しい眼差しを向けるパムに笑みを向けながら室内に入ってくると、そのまま父親の許に駆けより、その腕の中に体をあずけた。

「パパのかわいいおちびちゃん《プーポ》、一体どうしたんだね?」アントニオはソファーに腰をおろすと、膝の上に息子を抱え上げながら言った。

「ぼく、眠りたくなんかないよ。父《バッボ》さんといっしょにいたいよ」カルロは涙声で言った。

子供の姿に、裕子が雅に何かつぶやいた。裕子の言が子供の我儘に理解を示すものかどうかは、彼女の口調や顔つきからは判然とはしなかった。

「ディック、どうだい、かわいい子だろう」アントニオは言った。こんな風に息子を彼がほめるのは、度々のことだった。

「なんて言えば、ご期待にそうのかね？　みんな、この子は父親と瓜二つだと言ってるよ」

この私の言葉に、アントニオは膝の上で息子を上下に動かしながら笑った。「ああ、美《ウン》しき《ベル》わらべ《バンビーノ》よ」彼はほとんど歌うように言った。

「ちょっと失礼。うっかり忘れてしまうところでした」雅が言葉をはさんだのは、アントニオが気勢を上げたその直後である。彼はそう言うと玄関の方にいったん姿を消し、間もなく美しく包装してリボンをかけた包みを手に戻ってきた。それから彼は子供の前にかがむと、「ハイ、これ、カルロ君へのおみやげ」と言って、その包みをさし出した。

包みを手にするや、子供は身体をくねらせて父親の腕から抜け出し、まずリボンをほどきだした。それを取ると、今度は包み紙を、紙片は床に落ちるにまかせて、引きちぎった。包み紙を剥がすと木箱が出てきたが、その中には、カルロ本人と驚くほどよく似た人形がおさまっていた。子供は人形に着せてある着物をむしり取ろうとしたが、それは木偶《でく》に貼りつけてあったので、叶わなかった。彼はついで人差し指をそれの帯の中に差し込んで、解きにかかろうとしたが、それも無理とあきらめると、次には、漆《うるし》を塗った頭髪の部分をいじくるのだった。われわれは黙ってカルロのすることを見ていた。

しばらくして、キャレッタが席を立ち、アントニオと息子のいるソファーの後ろにまわり、夫の肩に手をかけながら言った。

「まあ、きれいね、カルロ！ ちがう？《マ・エ・ベッロ・カーロ・ノン・ネ・ベッロ》」それはいかにもわざとらしく、甘ったるい口調だった。

贈り物の吟味に熱心なカルロは、母親の問いかけには答えなかった。

とつぜん子供は人形の腕を動かそうとした。しかしこれは、彼がもてあますほどもっている、西洋《こちら》の関節のある人形ではなかったので、腕は動かなかった。勝手の違う人形を、子供はやがて怒りにまかせて、その付け根のあたりを押したり引いたりし始めた。

「そんなこと、するんじゃないよ、おちびちゃん《プーポ》！」アントニオが言った。

「およし、カルロ、だめだったら《マ・ノ・カーロ・ノ》」キャレッタが叫んだ。

親子のそんな姿に、裕子はその小粒のダイヤのような品のいい唇に手を当てて、くすくす笑った。

パムと私は事態を傍観しているだけであった。

と、そのうち、ポキッという音がして、人形の腕がとれてしまった。カルロはキャッと小さな悲鳴をあげたが、すぐに壊れた人形の胴体と腕を、暖炉めがけて投げつけた。

「まあ、カルロ、悪い子だね、なんてことするの！」キャレッタは子供を叱ったが、先ほどと同様、その声にはまるで威厳というものがなかった。

「カルロ、いいかげんにしないか《カーロ・バスタ》」アントニオが諌《いさ》めた。

が、子供はわめく一方で、父親の言に従おうとはしなかった。

「この子、ベッドに連れてゆくわ」キャレッタはアントニオの膝にのっている子供を抱えあげて言った。カルロは耳をつんざくような悲鳴を上げ、足をばたばたして身もだえしている。

「よし、俺が連れていこう」アントニオが言った。

「それがいいわ、お願いよ」

調子の高いささやき声でなだめながら、アントニオは息子に肩車をし、部屋から出ていった。

「どうか、雅と裕子さんに、せっかくのプレゼントを申し訳ないことをしたって、謝っといて下さいな」床にころがっている人形の胴体と腕を拾い上げながら、キャレッタはイタリア語で言った。私は細君の言葉をそのまま二人に伝えた。「あんな子供には、ああいう美しいものの値打ちが分かりませんから」こちらがまたキャレッタの言葉を通訳すると、若夫婦はいかにも鷹揚にそろって頷いた。二人がこの出来事を胸のうちでどう思ったか、本当のところは分からない。「人形は、アントニオが直しますわ」キャレッタが言った。「あの人、こういうものの修繕が得意なんです。何でも新品みたいに直してくれて」

私たちは話題を転じた。キャレッタが雅夫婦に質問すると、それをまず私が雅に、ついで雅が細君に通訳し、返事は逆の順序でキャレッタに伝えるという作業がしばらくつづいた。そのうち、隣の部屋から聞こえていた泣き声がとぎれ始め、ややあって、それはついに止んだ。アントニオの歌っていたのは、またもやあの「空へ」であった。

ついにアントニオは忍び足で部屋を出ると、背後でドアをやさしく閉めた。私は彼の態度に、かつてこの男が我家に独り住まいをしていた頃、早朝の三時、四時、五時という時間に帰宅して、家中が震えるほど騒々しく玄関や寝室のドアを開け閉めしたり、階段を上り下りしていたのを思い出した。

「申し訳ない、みんな。カルロはとても気紛れで《カプリッチオーソ》」

「カルロはその点でも父親似だね」私は言った。

雅がその時、先ほど子供への贈り物を取りに行った折りと同じように、「ちょっと失礼」と言って席を立ち、玄関の方に消えるや、すぐに大きな封筒を手に戻ってきた。「これ、ずっと前からあなたにさし上げようと思っていたんです。覚えておいでですか？　例のアントニオさんのサッカーの試合で、ぼくが撮った写真ですよ」

「ほう、キャレッタ、見せてもらえよ」アントニオは声を高くした。「キャレッタは俺が英国《こっち》で試合しているとこ、観たことがないんだよ。こいつが来たときゃ、もうシーズンが終わっちまっててね」

アントニオのこの言葉に、雅は封筒からサイズの大きな、光沢のある写真を数枚取りだすと、相手に渡した。それから彼はたたずんだまま両手を前に組んで、アントニオを見つめた。その唇から、しかつめらしい仄《ほの》かな笑みが洩れている。キャレッタはまたもやアントニオの後ろにまわると、夫の肩にそのふくよかな手をおいて写真をのぞき見た。

「おや、こりゃあ、ハーフ・バックがファールをしたところだよ……ほら《シー》、こっちが俺だ、もう少しのところで一点取れたんだが、あいにく風が強くてね……これが俺たちのチームのキャプテンさ。キャレッタ、今度やつに紹介するからね。それから、ここにいるのが俺……」アントニオは、写真の一枚一枚を細君に説明した。その口からは、英語とイタリア語が交互に飛び出してくる。アントニオは明らかに、これらの雄姿に目を通しては、大きな喜びに浸っていた。「おい、雅、君の写真の腕は大したもんだよ。君は、俺がこんな、滑って転びそうになっている瞬間まで、見事にとらえている。ちょっと見ろよ、ディック」そう言って、アントニオはこちらに写真をさし出した。が、私の目は、彼が言ったものの下になっている一枚に留まった。

それを見るなり、アントニオはぎょっとした面持ちになったが、すぐさまはしゃぐように言った。

「こりゃあ、ディックにやるやつだろ。ディック、雅はあんたにいいみやげをもってきたもんだ。ほら、ご覧よ、パム」

それから今日に至るまで、私は、雅が持参した写真の中にこの「みやげ」を入れたのは、たんに無邪気な気持ちからだったのか、それとも悪意からだったのかと思いを巡らしているが、今後もその謎が解けることはないだろう。

私はパムの写真を手にすると、それをつくづくと眺めた。むろん彼女は、自分がその瞬間望遠レンズで撮られていたとは夢にも想っていなかっただろう。だが、アノラックのポケットに手をさし込み、愛らしくにっこりして試合の行方《ゆくえ》を追っているその姿は、まるで撮影者の要望に応えてポーズを取っているように見えた。こうして彼女が笑みを浮かべているのは、おそらく、この瞬間グラウンドで何かが起こったためであろう。が、今ではずいぶん昔のように思えるこの日のパムの笑顔には、アントニオと相思相愛の仲になった満足感がありありと窺われた。

「でもあなた、いつ、これ……」パムは呟いた。「わたし、全然気がつかなかったわ……」ここまで言うと彼女は言葉を切り、私の肩ごしに写真に見入った。

写真を手渡すと、パムはそれを受け取り、椅子の背に体をもたせかけた。

「これが、わたし?」パムはさも信じ難そうに言った。彼女は初めのうち、俯《うつむ》きながらその写真をまじまじと眺めていたが、そのうち顎を前に突きだすようにして面《おもて》をあげ、人差し指の槍のように長い爪で眉間を掻いた。まるで急に襲ってきた痛みを消しゴムで消すかのようであった。

私と同じように、アントニオもパムを凝視していた。キャレッタは太って形の醜くなった手を相変わらず夫の肩にかけ、彼の背後にたたずんでいたが、その手は死神さえ招きかねない重苦しい存在として、私を言いようのない恐怖で満たした。

私はパムへ視線をもどした。彼女はまだ爪で額を掻いていたが、今にも泣き出しそうに顎をぶるぶる震わせていた。娘の膝にのった写真がこちらに微光を投げかけている。私はパムのことを不憫に思ったが、彼女に対する憐れみの背後にはつねに自己憐憫の気持ちが感じられたから、この時私の胸をかきむしったものが、娘の救いのない苦しみであったのか、それとも私自身の絶望であったのかは判然としない。それから、私の視線はアントニオに向けられた。過去には絶えてなかったことであるが、驚くべきことに、この男に対するこちらの憐憫の情もまた、これまでになく大きなものになっていた。

アントニオの肩に置かれたキャレッタの手は、まるで囚人の踝《くるぶし》に着けられた鉛の球《たま》であった。われわれの目が合った時、アントニオは作り笑いを洩らしたが、それはほとんど苦痛にゆがんでいた。とりわけこちらを戦《おのの》かせたのは、あまりの苦痛のためにほとんど無感覚に陥って輝きを失っている眼《まなこ》であった。その目は、「俺を、自由に、自由にしてくれ！」と、底知れぬ無言の叫びをあげていた。

「イタリア男が、家畜になんぞなるものか」しかし、私とパムとキャレッタの三人は、皆そろってアントニオを家庭の愛玩動物《ペット》にしようとした。そもそもの初めからそういう運命にあったとはいえ、パムと私はその試みに失敗した。ひとりキャレッタだけは、まだ若年のアントニオを捕獲し、時を移さず調教することで、目的を果たしたのである。彼はつねに隙《すき》を見ては逃亡を企てるだろうが、成功することはまずあるまい。おそらくこの男は今後も、私のような男やパムのような女にかしずかれて、そこに出口の幻を見ることだろう。だが、あの丸々と太った手、重い鉛の球が彼から離れることはない。二人の子供、それにさらに多くの数えきれぬ荷物がこの男の肩にはかかっているのだ。本当は自分が属していないにもかかわらず、属さずにはいられないと思い込んでいる、ある階級の愚かでおぞましい倫理に、アントニオは終生縛られつづけることであろう。

パムと私は不幸であった。だが私たちはその不幸を通して自分たちの天性の最奥に潜む欲求を見出し、たとえそれが実を結ぶことなく終わろうとも、その欲求に衷心から仕えることによって、完璧な自由を実現したのである。アントニオは不幸であった。なぜなら彼は、己れの天性の最深部に潜む欲求について、漠然としか気づいていなかったからである。

今やキャレッタは夫の頸に両腕をまわしていた。その光景を前に、私はその腕を払いのけるべく、叫びをあげたいような狂おしい思いに駆られた。「止めろ、止めろ、止めるんだ！　この男を絞め殺すんじゃない！」

エピローグ

これらの事柄はすべて、およそ一年前に起こったことである。

雅と裕子は日本に帰った。帰国後、彼は私に一通の手紙を寄越したが、それには、「滞英中は、ひとかたならぬお世話になりました。意を尽くしませんがお礼まで」と簡単に認められているだけだった。その後雅には二度ほど手紙を書いたが、日本から二度と便りの来ることはなかった。この先も、彼から手紙の届くことはあるまい。

パムのほうは、先月結婚した。相手は彼女より十一歳年上の男で、ノーウィッチでガソリンスタンドを経営しているという。パムはこちらに披露宴の招待状を送ってきたが、パーティには出席せず、あの薩摩焼きをお祝いとして贈るにとどめた。彼女からはさっそく礼状が届いたが、それには、「とびっきりの贈り物、ありがとう」とあった。かつては我家《うち》に入るたびにこの焼き物がこちらの神経を苛立たせたものだが、今はそれがなくなって嬉しい限りである。

アントニオとキャレッタと子供たちはフロレンスに帰国した。一家が去った後、地下の部屋の多くは改装し直さなければならなかったし、家具についてもそのほとんどは修理するか買い換えねばならなかった。アントニオがその弁償をしようと言わなかったのは無論だが、こちらもその請求はしなかった。来月私はイタリア旅行をするつもりで、その折り、アントニオの家族とも一〇日ばかりいっしょに過ごす予定にしている。彼との再会を想うと、こちらの胸は興奮と恐れで苦しくなるばかりである。結局、一家との再会を、私は果たさないのではなかろうか。

アントニオにまつわるこの苦悩を文字にすれば、心が浄化され、その治療にもなると期待して、私はこの物語を書き始めた。が、結果的には、そのどちらの効能もなかった。魔物は未だ祓われてはいない。悪霊に取りつかれたまま、その呪詛《のろい》を私はなお負いつづけているのである。

私は自分のことを、外科的処置にせよ薬にせよ、また転地にせよ休息にせよ、どんな治療を施しても、症状が一時的にやわらぐことはあっても、決して完治することのない病に冒された人間であると思っている。もちろんそのような病気を患う人間の常として、私も「奇跡」を願わぬわけではない――ごく希な事例として、病が自然治癒していくことがあるのは、医者でさえ認めている。深く肉体に根を張っていた病巣がとつぜん解体し始め、長い間抑えられていた本来の働きを主張する組織の中へ吸収されるのである。だが、そんな僥倖が私に訪れることはまずなかろう。病は終生、私の中に棲みつづける。それは消滅を私と分かち合うものであり、今では私の一部となり、取り除くことの叶わぬものであるので、それなくして私は、自分の未来を描くことができない。

いまの私はただ、己れの信じることのなかった神に祈るばかりである。「おお神よ、どうぞお教え下さい、愛しつつ、愛さずにいられる術《すべ》を！」と。

訳者あとがき

彼らにとって、徳とは、謙遜にし、飼い馴らすものである。これによって、彼らは狼《おおかみ》を犬にし、さらに人間そのものを、人間の最良の家畜にしたのだ。

ニーチェ『ツァラトゥストラはかく語りき』

「『貴様は亭主の顔に泥を塗ってくれた。いかにも貴様のやりそうなことだ。僕の履歴を見事に汚してくれた。恥を知れ、恥を！　亭主が世間の笑い者になるのが嬉《うれ》しいか』

そして今度は床の上のかづの体を所きらわず踏んだが、その軽い体重はいかにも非力で、叫び声をあげながらころげまわるかづの体の豊かな弾力に、足はともするとはね返された」

右に引いたのは、三島由紀夫の傑作『宴のあと』の一節である。この作品が、一九五九年四月の東京都知事選に当時の社会党から立候補して落選の憂き目を見た元外相有田八郎と、有田の後添いとして、夫の選挙戦を懸命に支えた般若苑女将畔上輝井をモデルにしたものであることは人のよく知るところであろう。当初「中央公論」に連載されたこの小説を苦々しい思いで読んだ有田は、連載終了後、本稿の冒頭に挙げた件《くだり》（第十二章）と、第十七章の、かづが雪後庵再開のため、吉田茂を彷彿させる政界の長老沢村尹《いん》に金策の支援を乞う場面を事実無根であるとして、単行本にする際はこれを削除するよう三島に求めた。が、作品構成の緻密さを重んじる三島は有田の要求を拒否、作品は初出の形のまま刊行されるのだが、この出版を受けて有田は、「はなはだしいプライヴァシイ上の侵害をこうむった」として、三島と出版元の新潮社を告訴する。一審は有田側の勝訴、三島側はこれを不服として直ちに控訴するが、控訴の後有田が死去し、遺族との間に和解が成立するまで裁判は長くつづき、三島を悩ませた。

三島に降りかかった「プライヴァシイの侵害」にまつわる同様の災難《わざわい》は、三島の親友だったフランシス・キングが、自らの同性愛の体験を赤裸々につづった『家畜《ア・ドメスティック・アニマル》』刊行の際にも起こった。作中のアントニオのモデルとなったキングの思い人、ジョルジョ・バローニを当初自宅《いえ》に置いていた労働党の元国会議員トム・スケフィントン＝ロッジを雛形に小説の狂言回しウイニフレッド・ハーコートを創り上げ、爵位の獲得という実現の見込みのない夢に憑かれたこの世話焼き女のことを、「実を言えば、ウイニーの予感なるものはいつも惨憺たる結果を迎えることで有名だった。この女は、言ってみれば執念深いばくち打ちと選ぶところがなく、一途な信仰心とぎょっとするようなしたたかさを併せもった、典型的な奇人の類《たぐい》だったが、そんな彼女の情熱は、犬や馬の競走であれ選挙であれ、敗色濃厚な陣営に肩入れする時、炎と燃え上がるのだった」と揶揄した時、キングはトムの怒りをかった。キングとトムの共通の友人である作家ジョン・ヘイロックの許にあった小説の新刊見本を偶然読んだこの元国会議員は烈火のごとく怒り、高名な弁護士を使って、出版元のロングマン社に出版差し止めを求める。当時今ひとつの名誉毀損の訴訟問題の余震に揺れていた出版社側は、結局この要求を呑んだ。かくして『家畜』は一九六九年、刊行予定日の一〇日前にすべての書店から回収されることとなる。キングはこの作品を直ちに書き直し、小説は翌七〇年に刊行されるのだが、およそ文学を解しないトムの検閲に遭ったその改訂版においては、政治についての記述がすべて削除され、またアントニオの恋人パムが英国人からオーストラリア人に変えられることによって、作品は構成上致命的な欠陥を孕むことになり、本来なら三島文学における『金閣寺』の地位を占めるはずだったこの小説は、出版時、ついに一遍の書評も出なかった。『家畜』のオリジナル版がトムの死後ゲイ・メンズ・プレスから刊行されたのは、実に一九八四年のことである。『宴のあと』には、「……それからさまざまの苦労のあげくに、今日《こんにち》の地位を得たかづは、自分が一旦心に念じたことは、いつか必ず実現するという確信を持っている。いかにも理不尽な確信だが、今までの人生は、曲りなりにもその確信どおりに動いてきたのである」（第八章）という作品のテーマを暗示する一節が見られるが、一方『家畜』にも、三島と同じく人間存在の根底に意志もしくは情動をおく作家の真骨頂を示す同趣の言葉がのぞく。「……今までの人生で私は、自分が達成したいと思うことを達成するのに慣れてしまっていた。そしてついには、もし人があるものに充分関心をもち、その追求のためにどんな犠牲をも払う覚悟があるならば、彼の手を逃れるものはなにもないという、非合理でほとんど神秘的な信念に到達していたのだ」（第一〇章）というのがそれであるが、その中に同様の記述を持つこれらの作品はまた、発刊時世上に同種のセンセイションを惹き起こした。

フランシス・キングは一九二三年、インド政庁の官吏で結核を患っていた父の療養先スイスで生まれた。大伯父には、イェイツと共にアイルランド文芸復興運動を指導し、終生ロンドンのアイルランド文芸協会会長を務めたリチャード・キングがいる。幼年期を父の勤務地インドに送り、九歳の時教育のため独り英国へ遣られた。オクスフォード大学で古典学を修め、大学在学中に『暗い塔へ《ツウ・ザ・ダーク・タワー》』で文壇デビュー。ベイリアル・カレッジの大学院で研究をつづける傍ら、英国文化振興会《ブリティッシュ・カウンシル》に所属、学位取得後は学究の途に進まず、さながら三島の賞賛したロレンス・ダレルのように、振興会本部より派遣される様々な国を舞台に作品を執筆した。『岩の上の男《ザ・マン・オン・ザ・ロック》』はギリシアでの、また出世作『隔てる川《ザ・デバイディング・ストリーム》』はイタリアはフィレンツェでの体験がもとになっている。一九五九年にはブリティッシュ・カウンシル京都代表として来日。四年半に亙る日本滞在中に、三島由紀夫、詩人の西脇順三郎、「具体」（具体美術協会）の主宰者吉原治良等多くの芸術家や学者と親交を結んだ。因みにキングが日本滞在中に発表した『税関《ザ・カスタム・ハウス》』の中心人物の一人、美術家にして実業家のフロモトは、吉原製油の社長でもあった吉原をモデルにしたものであり、同作品の第五章には、五九年に開催された第八回具体美術展の模様が克明に描かれている。日本勤務を最後に、文筆に専念するためキングはブリティッシュ・カウンシルを去るのだが、作家の日本文化・文学へのその愛着と造詣は深く、帰英後も、「スペクテイター」誌や「サンデー・テレグラフ」紙等の有力雑誌や新聞、またBBCのような放送メディアを通して、谷崎潤一郎、川端康成、三島由紀夫は言うに及ばず、井伏鱒二や遠藤周作や村上春樹、あるいは政治学者の丸山眞男といった人々の仕事を積極的に評価し紹介した。殊に井伏鱒二と遠藤周作の作品が英国で市民権を得たについては、キングの筆に依るところが大きい。

『家畜』は、一九六〇年代の後半、英・サセックス大学の訪問研究員として経済学研究に従事していたイタリア人ジョルジョ・バローニとの邂逅から生まれたキングの代表作である。

一九六六年の春、当時ブライトンで執筆活動をしていた作家は、自宅の庭に植える苗木を分けてもらうべく、近くに住む前述の元国会議員トム・スケフィントン＝ロッジの邸を訪ねた。が、訪問先の主人《あるじ》に屋内に招じ入れられるや、苗木のことは直ぐさまキングの脳裡から消えてしまった。その時居間でトムと一緒にお茶を飲んでいた、緑のコールテンのズボンにセーターを着、蒼白い顔に長い金髪をたらした、両性具有者《アンドロギュノス》を思わせる美しい若者が作家の目を惹いたからである。これがバローニであった。この美貌のイタリア人は、キングの心に、顫えるような濃い影を曳いた。「バローニを一目見た時、私は彼に、自分がこれまで一度として体験したことのないような性的魅力を感じ、そのために目眩《めまい》をおこしたほどである」とは、キングの自叙伝『イエスタディ・ケイム・サドンリイ』の中に見える一節である。

トムがバローニのことを内心疎ましく思っていることを知ったキングは、それを幸いにして、直ちにこのイタリア青年を自宅に引き取るのだが、実のところバローニは、同性愛者ではなく、女好きの妻帯者であった。あたかも、この英人作家が作品執筆にあたって範にしたであろうプルーストの『失われた時を求めて』第五編『囚われの女』のアルベルチーヌのモデルとなった、作家の実らぬ恋の相手、美貌のイタリア人アルフレッド・アゴスチネリがそうであったように（因みに、アゴスチネリは飛行機の操縦に憑かれたスポーツ好きの青年だったが、バローニもまた、プロサッカー選手という異色の経歴の持ち主であった）。『囚われの女』にはアゴスチネリをめぐるプルーストの嫉妬の苦しみが塗り込められているのと同様に、『家畜』にはバローニへのキングの癒しがたい恋の苦悩がそそぎ込まれている。物語は、主人公のトムソンとその恋敵パムが、互いを互いの恋の障害物とすることによって自らの情欲の炎をさらに燃え立たせるという筋立てを持つが、不毛の情火にその身を焦がす彼等の醜悪な挿話に充ちたこの作品に、凛とした高い気品を与えているのは、おそらく第三章で主人公のトムソンが友人の日本人に対して口にする次の言葉であろう。

「……そう、君の言うとおりだよ。私は、犠牲には深い意味があると思っているんだ。犠牲を払うことで、それの存在理由となっているものに対して、高い価値が生まれるのさ。私は領事館での地位を捨てて初めて、作家という仕事に真から誠実に向き合えるようになったんだよ」

こう述べた後、トムソンはさらに次のように己れの考えを展開する。

「私は、夫は妻を、妻は夫を裏切っちゃいけない、などと言ってやしないんだ。人間は自分の人生でいちばん尊いと思うものを選び、それのために進んで自らを犠牲にする覚悟をすべきだ、と言っているのさ」

右の会話に頻出する「犠牲《サクリファイス》」という言葉は、キング文学の核心へ至るための最重要語《キーワード》である。この件《くだり》を書いた時、作家の脳裡にはかつて耽読したニーチェの『悲劇の誕生』の中の次の一節が浮かんでいたはずである。

「人類は、彼が関与し得る最善最高のものを冒瀆行為によって獲得し、そしてこんどはその結果を受けとらなければならない。それは、とりもなおさず洪水《こうずい》のごとき苦悩と悲哀であり、恥辱を受けた天上の神々が、高い志に燃えて向上の努力をつづける人類に下す——下さざるを得ないものである」（阿部賀隆訳）

この一節の直ぐ後には、「厭世主義的悲劇の倫理的な基盤は人間の悪の是認、しかも人間の罪過の、ならびにそれから受ける苦悩の是認である、とされている」（同）という言葉がつづくが、ここで言われている「人間の悪」もしくは「人間の罪過」とは、われわれ人間の深奥《しんおう》に潜んでいる暗い情念の力と考えてよい。この情念の力に導かれて自己を貫く生き方は、既成の倫理規範の枠の外へ出ることになるが故に、必然的に多大の危険と苦悩をわれわれにもたらすだろう。しかし幾多の犠牲をも顧みず、あえてその厳しい結果に挑戦することのうちに、ニーチェに倣ってキングは人間の尊厳を見るのである。作家にとって、情動の積極的肯定こそは、悲劇の倫理的基底となっているのだ。

従って、プロメテウス的徳を説く『悲劇の誕生』の作者同様、キングにとってもまた、先の暗黒への挑戦を回避し、小市民的な安逸さに身をゆだねることは、著しく人間の品位を貶《おとし》める行為となる。そしてまさに、己れを犠牲にすることを厭って、自らの魂の奥の叫びに耳を傾けず、「心地よい」日々の暮らしを享受するだけの卑小な人間こそ、「家畜」なのである。

興味深いことに『家畜』は、ニーチェとの親縁性が言われるマックス・ヴェーバーの『プロテスタンティズムの倫理と資本主義の精神』と同様の構成を持っている。ヴェーバーの同書は――あたかもミシェル・フーコーの『言葉と物』が「人間の終焉」を以て終わるように――「……こうした文化発展の最後に現れる『末人《レッツテ・メンシエン》たち』にとっては、次の言葉が真理となるのではなかろうか。『精神のない専門人、心情のない享楽人。この無《ニ》の《ヒ》も《ツ》のは、人間性のかつて達したことのない段階にまですでに登りつめた、と自惚れるだろう』と。――」（大塚久雄訳）という鋭い近代批判で終わっており、本書には、宗教改革を起点とする、自由と民主主義の光彩を放つ「明るい」近代合理主義社会が、実はその可能性自体のうちに人間を「無のもの《ニヒツ》」に貶める根拠を有するという逆説が提示されているのだが、同様にキングの『家畜』の終局においても、そこには大きなどんでん返しが用意されており、一見生を謳歌しているかに見える、自由で屈託のなさそうなアントニオは、最後に人間の尊厳を失った、卑しい「囚人」の顔を露わにする。

「アントニオの肩に置かれたキャレッタの手は、まるで囚人の踝《くるぶし》に着けられた鉛の球《たま》であった。われわれの目が合った時、アントニオは作り笑いを洩らしたが、それはほとんど苦痛にゆがんでいた」

ヴェーバーやフーコーがその著作で告発する「末人」や「人間」は、キングの「家畜」と同様、ニーチェの『ツァラトゥストラはかく語りき』の「序説」で説かれている「終末の人間」に依拠したものであることは論をまたないが、こうした卑小な存在を去って、われわれが精神の高貴さを獲得するためには、あのソポクレスの描くオイディプスのように、己れの暗い運命《さだめ》のもたらす苦難にぜひとも堪えねばならない――「必然的なものは私を傷つけはしない。運命愛《アモール・ファティ》こそ私の最内奥の本性だ」という勇気と決意をもって。

この小説の「エピローグ」に、「魔物は未だ祓われてはいない。悪霊に取りつかれたまま、その呪詛《のろい》を私はお負いつづけているのである」と出てくるが、「呪詛」には、同性愛のみならず、主人公が己れの運命として希求する芸術も含意されていることを見落としてはならないだろう。キングは己れの同性愛を、『失われた時』のプルーストに倣って芸術の隠喩《メタファー》として使っているが、自分の担うこの「魔物」に主人公がめげることはない。長い苦悩の果てについにトムソンは、己れの引き受けた悲劇をこそ喜悦《よろこび》とする境地に立つのである、「パムと私は不幸であった。だが私たちはその不幸を通して自分たちの天性の最奥に潜む欲求を見出し、たとえそれが実を結ぶことなく終わろうとも、その欲求に衷心から仕えることによって、完璧な自由を実現したのである」と。

この度の翻訳に当たって用いた底本は、本来なら一九六九年にロングマン社から刊行されるはずであった幻のオリジナル・テキストである。私がキング自身よりこのテキストを借り受けたのは二〇〇一年の四月のことであるが、実はそれに先立つ九八年の春、私は七〇年刊行の改訂版に基づく小説の翻訳を完了していた。だがこのテキストによる翻訳については、作業の最終段階で作品の構成上の破綻に気付き、またそのことを原作者のキングも率直に認めたので、改訂版による『家畜』の邦訳出版はここに断念することとした。だが引き続いてオリジナル版に基づき小説の改訳を行う気にはさすがになれず、この仕事はひとまず脇へおいて、私は当時今ひとつの懸案事項であった、三島由紀夫の先蹤と言われる郡虎彦の英文戯曲集の翻訳に着手したのであった。そして郡作品の翻訳にメドのついた二〇〇二年の夏、私はオリジナル・テキストに基づく『家畜』の改訳を開始したのである。それは、原作者と訳者が全く逆の行程を辿って同一の目標を目指すという、今まで行ったことのない味わい深い体験であった。そしてこの希有な体験をする過程で、自身が作家修業をしていた頃特に影響を受けた作家として、フォースター、モーム、ヘンリー・ジェイムズ、フォレスト・リード、メイ・シンクレアといった母国の先達や、ピランデルロ、ブーニン、チェーホフ、アンドレ・マルロー等の外国作家の名を挙げることの多かったキングが、こちらの予期した通り、プルーストの『失われた時』と並んで、ニーチェの『悲劇の誕生』や『ツァラトゥストラ』や『権力への意志』から多大の感化を受けていることを知ったのは、私のキング研究にとっていかにも有益なことであった。

以上のように、『家畜』の翻訳は当初予想だにしなかった難事であったが、私の改訳に、みすず書房の辻井忠男氏が注目して下さったのは、望外の幸せであった。まず氏の誠意に特記して感謝したい。またイタリア語表記の問題で、プルースト研究家の明治大学教授川合高信氏が、同僚の文学部教授山田恒人氏をご紹介下さったのも有難かった。山田氏はイタリア演劇がご専門で、目下私の従事しているキングの代表的戯曲、十九世紀イタリアの代表的耽美派の作家ダヌンツィオと時の名女優エレオノーラ・ドゥーゼとの恋を描いた『炎の恋人《ザ・エピファニー・オブ・ファイヤー》』の翻訳にあたっても数々の有益な助言を頂戴しているが、両氏のご厚意に深謝する次第である。それから、本書に数多く出てくるイタリア料理の訳語については、校正の山本桂さんの助言が有難かった。氏に感謝の意を表したい。また、本書のプロローグとして引かれているダンテの『神曲』からの一句は、京都時代のキングが親交を結んでいた故壽岳文章氏の手になる訳文であることをお断りしておく。最後に、数奇な運命を持った本書に対して、出版の機会を与えて下さったみすず書房編集部に改めてお礼申し上げる。

二〇〇六年初春

横島 昇

著者略歴

(Francis King)

1923年スイス生まれ．幼年時代を父親の勤務地インドで過ごす．オクスフォード大学で古典学を専攻．学生時代『暗い塔へ』で文壇デビュー．1949年よりブリティッシュ・カウンシルに入り，イタリア，ギリシア，エジプト，フィンランドに赴任．行く先々の国を舞台に小説を発表する．1959年より63年までブリティッシュ・カウンシル京都代表として日本に滞在．日本勤務を最後にブリティッシュ・カウンシルを去り，帰英して文筆に専念する．代表作に本書のほか，1951年『隔てる川』（サマセット・モーム賞），1964年『日本の雨傘』（キャサリン・マンスフィールド短編賞），1978年『E. M. フォースター評伝』，1983年『闇の行為』（「ヨークシア・ポスト」紙小説部門年間最優秀賞）などがある．1978年から85年まで英国ペンクラブ会長，翌86年から89年まで国際ペン会長を務める．長年に亙るその優れた業績により，1985年，英国王室よりコマンダー勲章（the C.B.E.）を，また2000年に英国ペンクラブより金ペン賞を授与される．

訳者略歴

横島昇〈よこしま・のぼる〉 1953年京都府に生まれる．1976年京都外国語大学卒業，80年同大学院修士課程修了．著書 『フランシス・キング 東西文学の一接点』（こびあん書房，1995）．訳書 フランシス・キング『日本の雨傘』（1991，河合出版），郡虎彦『郡虎彦英文戯曲翻訳全集』（2003年，未知谷）．

フランシス・キング
家　畜
横島昇訳

2006年3月24日　印刷
2006年4月6日　発行

発行所　株式会社 みすず書房
〒113-0033　東京都文京区本郷5丁目32-21
電話　03-3814-0131(営業)　03-3815-9181(編集)
http://www.msz.co.jp

本文印刷所　シナノ
扉・表紙・カバー印刷所　栗田印刷
製本所　青木製本所

ISBN 4-622-07212-2